Arena-Taschenbuch
Band 50905

In dieser Reihe ist außerdem erhältlich:
Bendix Brodersen. Angsthasen erleben keine Abenteuer

Das gleichnamige Hörbuch ist bei Arena audio erschienen.

Weitere Titel der Autorin im Arena Verlag (Auswahl):
Mein Lotta-Leben. Alles voller Kaninchen
Mein Lotta-Leben. Wie belämmert ist das denn?
Mein Lotta-Leben. Hier steckt der Wurm drin!
Mein Lotta-Leben. Daher weht der Hase!
Mein Lotta-Leben. Ich glaub, meine Kröte pfeift!
Mein Lotta-Leben. Den Letzten knutschen die Elche!
Mein Lotta-Leben. Und täglich grüßt der Camembär
Mein Lotta-Leben. Kein Drama ohne Lama
Lotta feiert Weihnachten

Superhelden fliegen geheim
Superhelden haut nichts vom Sockel
Superhelden schwimmen immer oben
Als ein Weihnachtsheld vom Himmel fiel

Linni von Links. Berühmt mit Kirsche obendrauf
Linni von Links. Ein Star im Himbeer-Sahne-Himmel

Alice Pantermüller
wollte bereits während ihrer Grundschulzeit »Buchschreiberin« oder Lehrerin werden. Nach einem Lehramtstudium, einem Aufenthalt als Deutsche Fremdsprachenassistentin in Schottland und einer Ausbildung als Buchhändlerin lebt sie heute mit ihrer Familie in der Lüneburger Heide. Bekannt wurde sie durch ihre Kinderbücher rund um »Bendix Brodersen« und die Erfolgsreihe »Mein Lotta-Leben«.

Alice Pantermüller

Bendix Brodersen
Echte Helden haben immer einen Plan B

Arena

Für Mutti, Vati und Bine –
meine allergrößten Fans

FSC
www.fsc.org
MIX
Papier aus verantwortungsvollen Quellen
FSC® C110508

1. Auflage als Arena-Taschenbuch 2016

Dieses Werk wurde vermittelt durch die
Michael Meller Literary Agency GmbH, München.

Vignetten: Susanne Göhlich
Umschlaggestaltung: Fréderic Bertrand
Umschlagtypografie: KCS GmbH · Verlagsservice & Medienproduktion,
Stelle/Hamburg
Gesamtherstellung: Westermann Druck Zwickau GmbH
ISSN 0518-4002
ISBN 978-3-401-50905-1

Besuche uns unter:
www.arena-verlag.de
www.twitter.com/arenaverlag
www.facebook.com/arenaverlagfans

Prolog

Die Sonne schien auf das grüne Blätterdach. Sie blinzelte durch die Palmwedel und malte Lichtkringel auf den Waldboden – zumindest dort, wo sie es so weit durch die dichten Blätter schaffte. Ein Tautropfen perlte an die Spitze eines gebogenen Grashalms. Er blitzte kurz in einem Sonnenstrahl auf, fiel ins Moos und war verschwunden.

Eine leichte Brise raschelte durch die Baumkronen, dann waren wieder nur die Vögel zu hören. Vögel, die kreuz und quer durch die Luft schwirrten. Vögel, die in den Zweigen der Bäume saßen. Vögel, die durchs Unterholz hüpften. Es tschiepte und krächzte, es trillerte und gluckste, es gurrte und pfiff. Die Luft vibrierte vor Vogelstimmen.

»Ich will wieder aufs Schiff zurück. Das ist voll öde hier!« Das Gesicht des Mädchens war hinter der riesigen Sonnenbrille kaum zu erkennen. Man sah eigentlich nur ihren

Schmollmund. Sie war stehen geblieben und hatte die Arme vor der Brust verschränkt.

Der Mann, der vor ihr ging, drehte sich um. »Och, Prinzesschen!«, rief er und schob einen Zweig beiseite. »Nun guck dich doch erst mal um. Du findest hier bestimmt was Schönes.« Er breitete die Arme aus. »Alles, was du siehst, gehört dir! Du brauchst bloß zu sagen, was du haben willst!«

Sie stampfte in den weichen Waldboden. Dann trat sie nach ein paar braun gesprenkelten Vögeln, die ihren rosa Trekkingstiefeln zu nahe gekommen waren. Erschrocken hüpften die unter einen Strauch mit gigantischen Blüten, die nach Vanille dufteten. Dort tschilpten sie leise vor sich hin. Es klang wie Meckern.

»Ich will einen Tiger!«, maulte das Mädchen. »Das weißt du genau! Und hier gibt es keine Tiger. Nur dämliche Vögel.«

Sie standen auf einer kleinen Lichtung, umgeben von dichtem Grün und unzähligen Blüten, von denen jede einzelne versuchte, besser zu duften als alle anderen. Ein paar Vögel hüpften neugierig aus dem Unterholz herbei. Vier oder fünf bunte Sittiche ließen sich aus den umstehenden Bäumen herabgleiten und reckten ihre Flügel. Dann trippelten sie näher an die Menschen heran.

Der Mann zwirbelte seinen Schnäuzer. Er versuchte ein verschwörerisches Grinsen. »Wir sind doch gerade erst angekommen. Und das, nachdem wir so lange unterwegs waren. Komm, Prinzesschen, wir bleiben erst einmal ein paar Tage hier und gucken, was es Interessantes gibt. Wie wäre es mit dem Vogel dahinten?« Er zeigte auf einen schwarz-gelben Vogel mit gekrümmtem Schnabel.

Das Mädchen blickte nicht einmal in die Richtung. Es starrte in die Büsche. Dann schrie es auf. »Verdammtes Biest! Siehst du, Vati, jetzt hat mir so ein dämlicher Vogel ein Loch in meine Designerstiefel von *Hubert Le Connard* gepickt!« Es trat nach einem unscheinbaren Vogel mit kräftigem Schnabel. »Ich will sofort neue haben!« Wütend starrte das Mädchen auf die Stelle, an der der Abdruck eines Schnabels im weichen Leder zu sehen war.

»Selbstverständlich, Prinzesschen.« Der Mann hob beschwichtigend die Hände. »Ich rufe nachher gleich Hubert an. Er soll dir ein neues Paar Stiefel anfertigen.«

»Und eine Jacke, passend zu den Stiefeln!«

»Aber sicher, Herzchen.«

»In Himmelblau!«

»Wie du es wünschst, mein Augenstern.«

Jetzt schwieg das Mädchen. Nur die Vögel waren noch zu hören, sie waren einfach überall. Schon wieder näherten sich einige von ihnen zwitschernd den Stiefeln. Den rosa Stiefeln des Mädchens und den derben Männerstiefeln. Eine Art Huhn mit gigantischen Füßen kam aus einem Busch gehüpft und äugte interessiert herüber.

Das Mädchen schmollte.

»Ist es nicht großartig?«, dröhnte der Mann plötzlich so laut, dass eine Handvoll braun gesprenkelter Vögel schimpfend davonflitzte. »Eine einsame Insel mitten in der Südsee! Noch nie hat irgendjemand seinen Fuß auf diesen Boden gesetzt. Wir sind die Ersten! Diese Insel gehört uns! Uns ganz allein! Ich werde sie *Kathis Insel* nennen.«

Kathi schmollte noch immer.

Am Rand der Lichtung stand noch eine dritte Person. Es

war ein junger Mann, dessen grünbraune Kleidung fast mit den Büschen verschmolz. Struppiges schwarzes Haar hing ihm ins Gesicht und ließ ihn noch bleicher erscheinen, als er sowieso schon war. Seine Augen hatte er auf den Boden gerichtet. Besser gesagt: sein linkes Auge. Das rechte war nämlich von einer Augenklappe verdeckt. Eine lange Narbe zog sich von seinem Kinn bis zum rechten Auge.

Er starrte auf den Boden am Rand der Lichtung, wo sich zahlreiche Fußspuren in die weiche Erde gedrückt hatten. Und die Spuren stammten nicht von den rosa Designerstiefeln und auch nicht von den derben Männerstiefeln.

Der junge Mann hob seinen Blick und sah hinüber zu dem Mann und dem Mädchen. Aber er sagte keinen Ton. Er zog nur verächtlich die Mundwinkel herunter.

1.

»Alles Gute für dich,
alles Gute für dich,
alles Gute, liebe Ida,
alles Gute für dich!«

Ida grinste ihr breitestes Grinsen und sah von ihren Eltern über Tante Popeline zu Bendix und Chris hinüber. Dann fiel ihr Blick auf die Geburtstagstorte. Sie war riesengroß. Tante Popeline schien Unmengen an Schokolade und Kokosraspeln verbraucht zu haben. Vierzehn kleine gelbliche Kerzen brannten auf der Torte und warfen ein flackerndes Licht auf die Geschenke, die auf dem grob gezimmerten Holztisch lagen.

»Die Kerzen habe ich selbst gezogen«, erklärte Tante Popeline und hackte mit ihrer Nase, die aussah wie ein Storchenschnabel, in Richtung der Torte. »Aus Jojobawachs und

Brotfruchtmehl. Ach ja und ein wenig Fischfett habe ich benötigt, um sie so geschmeidig zu bekommen.«

»Und ich hab mich schon gewundert, warum meine Geburtstagstorte stinkt wie 'ne alte Makrele«, feixte Ida.

Tante Popeline machte einen sehr sparsamen Mund.

Bendix verbiss sich ein Grinsen. Dann musterte er das Päckchen in seinem Schoß und eine kleine Sorgenfalte entstand auf seiner Stirn. Ob Ida sich über sein Geschenk freuen würde? Es war ein langes Seil, das er am Strand gefunden hatte, eingewickelt in ein großes Bananenblatt. Aber was hätte er ihr sonst schenken sollen? Auf der Insel Floribunda gab es keine Geschäfte. Man konnte nichts kaufen. Und selbst wenn: Geld hatte Bendix sowieso keins.

Chris starrte nur auf die Torte. Bendix hörte ihn schlucken. Wieder und wieder.

»Na, dann pack mal deine Geschenke aus, mein Schatz«, sagte Thekla Salmonis und schob Ida zwei Päckchen über den Tisch zu, die in buntes Geschenkpapier gewickelt waren. Das Papier wirkte fremd in dem Haus, in dem alles so schlicht und einfach war. Fremd und aufregend. Bendix' Herz klopfte, als dürfte er selbst die Geschenke auspacken.

Es raschelte und knisterte, dann hielt Ida ein grünes Hemd in den Händen. Grasgrün mit einem Papagei auf der Brusttasche. Sie sah begeistert aus. »Danke, Mama!«

Chris wandte seinen Blick von der Torte ab und erspähte das Hemd. Seine Augen weiteten sich entsetzt. Aber er sagte keinen Ton.

Im zweiten Päckchen waren Stiefel. Derbe Lederstiefel, riesengroß. Aber schließlich war Ida auch lang wie eine Kokospalme, genauso wie ihre Mutter und Tante Popeline.

»Oh, cool, die kann ich gut gebrauchen. Meine alten fallen schon auseinander. Vielen Dank!« Sie umarmte Thekla.

Tante Popeline räusperte sich. »Dann hoffe ich, dass du sie besser pflegst als deine alten Stiefel. Das Leder muss regelmäßig gefettet und gewachst werden, damit es lange schön bleibt. Es wäre ein Jammer, wenn die neuen Stiefel schon in Kürze so aussähen wie deine alten.« Missbilligend schaute sie auf Idas Füße, an denen die Stiefel fast nur noch von den Schnürsenkeln zusammengehalten wurden.

»Tante Popeline!« Ida verdrehte die Augen. »Die ollen Dinger sind auch vier Jahre alt! Vier Jahre! Ich hab sie zu meinem zehnten Geburtstag gekriegt, viel zu groß übrigens, und seitdem hab ich sie jeden einzelnen Tag getragen. Und für die Löcher kann ich nichts. Die haben die Compsognathen reingebissen.«

»Zu dem Thema äußere ich mich jetzt nicht.« Tante Popelines Mund wurde noch schmaler, wenn das überhaupt möglich war.

Bendix wusste, dass sie die drei Compsognathen nicht mochte. Besonders wenig mochte sie es, wenn Ida die drei kleinen Saurier mal wieder ins Haus ließ. Schließlich hatte sie eine Dinosaurierallergie. Und das wusste Ida genau.

Aber Bendix fand es klasse, dass Malm, Dogger und Lias immer in der Nähe herumwuselten. Andere Haustiere gab es schließlich nicht auf Floribunda. Einen Allosaurus wollte nicht einmal Bendix im Garten haben.

»Ähem.« Knut Salmonis räusperte sich. Seine Pfeife wippte in seinem Mundwinkel auf und ab. Er hatte sie immer im Mund, auch wenn er hier drinnen nicht rauchen durfte. »Nun pack schon meine Geschenke aus, mien Deern!« Er schob Ida seine Päckchen hin und sah sie erwartungsvoll an.

Ida lächelte ihrem Vater zu, dann riss sie das Papier auf. »Wow! Ein Fernglas! In Quietschgelb! Danke, Papa!« Sofort sprang sie ans Fenster und sah hinaus.

Bendix wusste, was sie sah. Den Garten voller Büsche und Bäume und Blüten, der sich hinunterzog bis an den schmalen Strand. Die weit geschwungene Bucht, die von der sandigen Landzunge auf der linken und von der felsigen auf der rechten Seite begrenzt wurde. Und dahinter nur der Pazifik, bis zum Horizont.

»Ich kann den Pterosauriern bis ans Zäpfchen gucken!«, rief Ida erfreut.

Dann musste es wirklich ein gutes Fernglas sein. Schließlich waren die Flugsaurier unten in der Bucht ein ganzes Stück von ihnen entfernt.

»Und es ist wasserdicht.« Knut biss auf seinen Pfeifenstiel. »Bis hundert Meter Tiefe.«

Ida lachte glucksend auf und drehte sich um. Sie ließ das Fernglas sinken. »Papa! Ich will damit Vögel beobachten und keine Fische!«

Aber Knut Salmonis war nun mal ehemaliger Kapitän eines Frachtschiffs und auf dem Wasser mehr zu Hause als auf dem Land.

In Knuts zweitem Päckchen war eine Stirnlampe. »Funktioniert ohne Batterien«, brummelte Knut in seinen roten Bart. »Du musst nur ein bisschen am Dynamo kurbeln, dann hast du für einige Minuten Licht.«

»Voll klasse, Papa! Danke!« Idas Augen leuchteten. Sofort fing sie an, wie wild zu kurbeln.

Bendix schluckte. Was für tolle Geschenke! Thekla und Knut mussten sie gekauft haben, als sie das letzte Mal auf den Galapagosinseln gewesen waren. Sein Seil kam ihm dagegen plötzlich noch schäbiger vor. Es war auch kein Trost für ihn, dass Chris offensichtlich gar nichts für Ida hatte, sondern nur begehrliche Blicke auf die Torte warf.

»Bitte«, sagte Bendix und schob Ida sein Päckchen zu. Dann senkte er die Augen.

Ida raschelte mit dem Bananenblatt. »Ein Seil!«, rief sie begeistert. »Und so ein langes auch noch. Das nehme ich mit nach Guano, damit Papa es mir nicht klaut. Danke, Bendix!«

Jetzt traute Bendix sich wieder aufzuschauen. Ida lächelte ihn an, von einem Ohr zum anderen. Ihre Sommersprossen schienen zu leuchten.

Schnell schaute Bendix wieder nach unten.

»Essen wir jetzt die Torte?«, fragte Chris.

Sie aßen auf der Veranda. Tante Popeline hatte Kaffee gekocht und eine Kanne Kokosmilch auf den Tisch gestellt.

Bendix schlüpfte auf seinen Stuhl und versuchte, sich etwas vorzustellen, was noch besser war, als mit allen Bewohnern Floribundas gemeinsam auf der Veranda zu sitzen, eine Riesentorte vor sich. Ihm fiel nichts ein.

Aus dem Garten duftete es nach Vanille und Kakao. Kaffeesträucher und Süßkartoffeln streckten ihr Grün in die Luft. Zwischen den niedrigen Büschen standen einzelne Kokospalmen. Weiter unten im Garten wuchsen dann die höheren Bäume, die Papaya- und Mangobäume etwa. Doch von hier oben konnte Bendix über ihre Kronen hinwegsehen. Er sah den schmalen Streifen Strand, die beiden Landzungen und Knuts kleines Motorboot, die *Iguana*, die an dem kurzen Steg auf den Wellen schaukelte. Und den Pazifik sah er natürlich, Wasser, so weit das Auge reichte.

Er hörte den Ozean rauschen. Das Krächzen der Pterosaurier drang bis zu ihnen hinauf.

Bendix seufzte wonniglich. Wie lange war er jetzt hier, auf Floribunda, der Insel der Dinosaurier? Ein halbes Jahr etwa, oder? Er warf Ida einen kurzen Blick zu. Sie schob sich gerade ein großes Stück Torte in den Mund.

Er hatte keine Ahnung, welcher Tag heute war. Es musste ungefähr Oktober sein. Aber hier in der Südsee waren die Bäume auch im Oktober noch voller Laub und saftig grün. Und im Januar wahrscheinlich auch noch. Da konnte man schon mal das Zeitgefühl verlieren.

»Darf ich noch ein Stück?« Chris hielt Tante Popeline seinen Teller hin.

»Bitte.« Tante Popeline sah Chris scharf an.

»Danke«, sagte Chris. »Krieg ich jetzt noch eins?«

Die Torte war superlecker. Dass Tante Popeline alle Zutaten aus dem Garten hatte, war geradezu ein Wunder.

Aber außerhalb des hohen Zaunes, der das Grundstück umgab, wuchsen keine Früchte, keine Kakaobohnen, keine Vanilleschoten. Nicht einmal Gras gab es dort. Nur Baumfarne, Schachtelhalme und andere prähistorische Pflanzen. Schließlich war das Leben auf der Insel im Jura stehen geblieben. Nicht nur das Leben der Pflanzen, sondern auch das der Tiere.

Floribunda war der einzige Ort auf der Welt, an dem es noch Dinosaurier gab. Warum das so war, konnte Bendix sich nicht erklären. Und auch sonst niemand. Zumindest hatte es noch keiner getan.

»... bis zum *Muschelsand* hinunter. Was hältst du davon, Bendix?«

Bendix schrak auf. »Äh, Entschuldigung. Ich hab gerade nicht zugehört.« Er grinste schief.

»Kein Problem.« Thekla wedelte mit der Kuchengabel und zeigte damit irgendwo hinter das Haus. »Ich sagte nur, dass ich heute mit dir und Chris durch den Wald bis zum Fuß des Vulkans gehen will. Zum Qualmer. Und von dort aus werden wir hinunter zum *Muschelsand* wandern. Da diese Seite der Insel dicht bewaldet ist, gibt es noch immer Ecken, die wir nicht kennen. Aber ich bin mir sicher, dass es dort nur so wimmelt von Dinosauriern.« Sie nickte zufrieden und schob sich noch eine Gabel voll Torte in den Mund. »Die Torte ist übrigens ausgezeichnet, Popeline«, sagte sie dann. »Genauso eine wünsche ich mir auch zu meinem Geburtstag.«

Tante Popeline nickte nur kurz, aber sie verzog ihren Mund zu einem schmalen Lächeln.

»Wann hast du denn Geburtstag, Thekla?« Chris sah hoffnungsvoll auf. Er hatte bereits sein drittes Stück Torte auf dem Teller. Ein Schokobart klebte rund um seinen Mund.

»Oh, das ist noch ein Weilchen hin.« Thekla legte die Gabel auf ihren Teller. »Fast ein halbes Jahr.«

Chris sah enttäuscht aus. Er seufzte tief. Aber er sagte nichts, sondern balancierte ein weiteres Riesenstück Torte in Richtung Mund.

»Chrr ... örg ... zzz!«

Bendix drehte sich zu den Stufen um, die vom Garten auf die Veranda führten. Ein kleiner grüner Kopf reckte sich über die oberste Stufe. Ein sehr kleiner grüner Kopf mit einer Art Schnabel. Er fauchte Bendix an. »Chch!«

Dann sprang ein Mini-Dinosaurier mit einem Satz auf die Veranda, schüttelte sich und trippelte an den Tisch heran. Er reckte sich, äugte neugierig in Richtung der Torte und krächzte. Dabei entblößte er zwei Reihen nadelscharfer Zähnchen.

»Träum weiter, Liasch«, nuschelte Ida. »Dasch ischt meine Geburtschtagschtorte.«

»Kind, man spricht nicht mit vollem . . .« Tante Popeline hatte noch nicht zu Ende geredet, da waren auch schon die anderen beiden Compsognathen auf die Veranda gesprungen.

»Grrr . . . üz, üz, üz.« Dogger saß bereits auf der Brüstung und machte einen langen Hals. Interessiert starrte er auf die Torte.

Malm witschte unter Bendix' Stuhl durch und richtete sich an Chris' Beinen auf.

»Verschwinde!« Chris versuchte, ihn mit dem Fuß wegzuschieben, aber Malm hatte seine Krallen in Chris' Hose eingehakt. »Chch!«, fauchte er ihn an.

Tante Popeline nieste.

»Gesundheit«, sagte Bendix.

»Danke«, sagte Tante Popeline und warf Ida einen vorwurfsvollen Blick zu, obwohl die doch nun wirklich nichts dafür konnte, dass die drei Mini-Dinosaurier so verfressen waren.

»So, nun ist Schluss. Genug Torte geguckt!« Thekla war aufgesprungen und klatschte in die Hände. Ihr Stuhl machte einen Höllenlärm, als sie ihn zurückschob. Mit großen

Schritten polterte sie auf die Compsognathen zu. Die fauchten missmutig und sprangen in alle Richtungen davon, bevor sie am Fuß der Treppe wieder zusammenfanden und raschelnd in den Büschen verschwanden.

Bendix hörte sie zischen und zetern.

Thekla hatte sich ihrer Tochter zugewandt. »Gut. Ida, du verbringst deinen Geburtstag sicherlich auf Guano, nicht wahr?«

Ida lehnte sich in ihrem Stuhl zurück. Sie lächelte breit. »Ja, klar. Wo sonst, wenn nicht bei meinen Vögeln?«

Floribunda hatte eine kleine Schwesterinsel. Guano lag nicht weit von der größeren Insel entfernt. Man konnte sie in weniger als einer Stunde mit der *Iguana* erreichen.

Auf Guano lebten keine Dinosaurier. Es gab dort nur Vögel. Große Vögel, kleine Vögel, unauffällige Vögel und solche, die in allen Farben des Regenbogens leuchteten. Aber das ganz Besondere an ihnen war, dass es sie nirgendwo anders auf der Welt mehr gab. In allen anderen Teilen der Erde waren sie ausgestorben. Nur auf Guano hatten sie sich noch zu einem bunten Haufen zusammengefunden.

Selbst Ida konnte nicht erklären, warum das so war. Und dabei war sie diejenige, die sich um die Vögel kümmerte. Guano war ihre Insel und sie war mit niemandem lieber zusammen als mit ihren Vögeln.

Klar, dass sie auch an ihrem Geburtstag rüberwollte.

Knut räusperte sich. »Dann lass uns man die Anker lichten«, knurrte er. Im Mundwinkel wippte schon wieder seine Pfeife auf und ab, obwohl er doch gerade noch von der Torte gegessen hatte. »Du willst sicherlich sofort los.«

»Jaja, *du willst sicherlich sofort los,* alles klar.« Thekla verdrehte die Augen. »Ich kann mir schon vorstellen, wer von euch beiden es nicht erwarten kann, aufs Wasser zu kommen.« Sie grinste Knut an.

Es sah so aus, als grinste er zurück, auch wenn Bendix das unter dem roten Vollbart nicht so richtig erkennen konnte.

2.

Folgendes«, sagte Thekla Salmonis. »Wir steigen auf die felsige Landzunge und wandern auf ihrem Rücken ein Stück ins Innere der Insel. Dort folgen wir den Trampelpfaden der Dinosaurier bis zum Fuß des Qualmers . . .«

». . . wo wir Mittagspause machen«, warf Chris schnell ein. Er sah ein bisschen sorgenvoll aus. Lange Fußmärsche waren nicht nach seinem Geschmack. Vorsichtshalber kniete er sich schon einmal hin und öffnete seinen Rucksack, um zu sehen, was Tante Popeline ihm eingepackt hatte.

»Wo wir selbstverständlich nur Mittagspause machen, wenn nicht zu viele Dinosaurier in der Nähe sind.« Thekla stemmte ihren langen Stock in den Boden. »Zum Essen möchte ich ein wenig Ruhe haben und nicht ständig befürchten müssen, selbst gefressen zu werden.«

Jetzt sah Chris noch beunruhigter aus. Er verschloss seinen Rucksack wieder und drückte ihn an sich.

Bendix schluckte. »Gibt es da denn viele Dinosaurier?« In dem Teil der Insel war er bislang noch nicht gewesen.

Thekla setzte ihren Rucksack auf. Archibald, der Archäopteryx, der wie so häufig auf ihrer Schulter saß, hüpfte von einem Bein aufs andere und krächzte verärgert. Dabei entblößte der Urvogel zwei Reihen spitzer Zähne in seinem Schnabel.

»Das hoffe ich doch«, sagte Thekla und strahlte. »Nun nehmt euch jeder einen von den langen Stöcken und kommt. Dann werden wir es herausfinden.« Und sie drehte sich um und stapfte den Pfad zum Strand hinunter. Schon nach wenigen Augenblicken war sie zwischen den Büschen verschwunden.

Seufzend schulterte Chris seinen Rucksack.

In Bendix' Bauch begann es zu kribbeln. Was würde ihn auf der Seite der Insel erwarten? Vielleicht sogar eine ganz neue Saurierart? Er griff sich einen Stock und tauchte hinter Thekla in das dichte Grün des Gartens ein.

Thekla zog die schwere Gartenpforte hinter ihnen zu und verschloss sie sorgfältig. Sie stapften über das Strandkraut am Wasser entlang. Kolonien von Pterosauriern bevölkerten den Strand, es war ein einziges Gekrächze und Geschnattere. Zahlreiche Tiere glitten durch die Luft, von wo aus sie wieder und wieder zur Wasseroberfläche niederstießen, um mit einem Fisch im Schnabel aufzutauchen.

Für Bendix waren die Flugsaurier mittlerweile so normal wie Möwen am Meer. Trotzdem beobachtete er sie noch immer gern: den Gnathosaurus mit seinem Reusenschnabel, den kleinen Laopteryx, den Rhamphorhynchus mit seinem langen Schwanz . . .

»Schaut mal, da!«

Bendix drehte sich zu Thekla um, seine Augen folgten ihrem ausgestreckten Zeigefinger. Er lachte leise auf. »Coelurus!« Direkt vor ihnen sprangen mehrere der kleinen Fleischfresser aus den Schachtelhalmen am Rand des schmalen Strands. Einen Moment lang standen sie nur stocksteif da und reckten ihre flachen grauen Köpfe. Die Federbüschel an ihren Armen sträubten sich. Dann fauchten sie wütend, bevor sie mit großen Sätzen davonsprangen.

Archibald trippelte auf Theklas Schulter hin und her und krächzte ihr besorgt ins Ohr.

Thekla nahm ihren Hut ab und strich sich durch das struppige, kurze Haar. Anschließend setzte sie ihn wieder auf. »Ist es nicht wunderbar, dass sie immer näher an das Haus herankommen? Sie verlieren allmählich die Scheu vor uns. Und so soll es doch sein, dass sie sich ganz natürlich auf ihrer Insel bewegen, so, als seien überhaupt keine Menschen hier!« Sie nickte zufrieden und stapfte weiter durchs Strandkraut. Bendix sprang hinter ihren kräftigen, braun gebrannten Waden her. Er fand nicht, dass die Coelurus besonders zutraulich waren.

Der Boden wurde steiniger, sie näherten sich der felsigen Landzunge. Nachdem sie zunächst von Stein zu Stein gehüpft waren, mussten sie schließlich ordentlich klettern, um hochzukommen.

Auf der anderen Seite der Landzunge lag der endlose, schneeweiße Strand *Muschelsand*.

Atemlos stand Bendix am Rand der Felsen und blickte sehnsüchtig hinunter. Hinter sich hörte er Chris ächzen. »Können wir nicht gleich da runter? Wo wir doch nachher sowieso dahin wollen!« Wie ein Mehlsack ließ Chris sich hinter ihm in den Schatten einiger Palmfarne plumpsen und öffnete seinen Rucksack. »Es ist heute viel zu heiß, um durch die Gegend zu latschen.« Er holte seine Wasserflasche heraus und trank sie leer.

Bendix lachte. »Wir sind doch gerade erst losgegangen.« Er schaute zurück zum Haus, das nur einen Katzensprung entfernt auf einer Anhöhe lag. Dann betrachtete er den schmalen Streifen Strand, den sie gerade entlanggelaufen waren. Am anderen Ende der Bucht schwang sich die zweite Landzunge weit ins Meer hinaus, flach und sandig und nur spärlich von Gestrüpp und Palmfarnen bewachsen. Dahinter wurde die Küste allerdings wieder felsig. In der Ferne sah Bendix die Pazifikwellen gegen die Klippen branden. Und da ganz hinten . . . was war das? Bendix schirmte die Augen mit den Händen ab. Erst jetzt merkte er, dass auch Thekla wie gebannt aufs Meer starrte.

War das ein Boot, das da hinter den Felsen aufgetaucht war? Dieser kleine Fleck, der auf den Wellen auf und ab tanzte?

Sofort spürte Bendix diesen Knoten im Bauch . . . bitte kein Boot, kein fremdes Boot! Niemand durfte auf die Insel kommen und die Dinosaurier sehen! Die Gefahr war zu groß, dass . . . dass . . . Bendix mochte gar nicht weiterdenken. Seine Augen tränten schon vom Wind und vom Starren auf diesen hüpfenden Fleck. Dann atmete er erleichtert auf. »Es ist nur die *Iguana!*«, rief er Thekla zu.

Thekla starrte weiter. »Stimmt«, sagte sie langsam, »ich frage mich nur . . .« Sie verstummte und zog die Stirn kraus.

»Was ist denn?«, rief Bendix gegen den Wind an.

Thekla nahm ihre Brille ab und rieb mit einem Hemdzipfel daran herum. »Warum kommt Knut schon wieder zurück? Da muss etwas passiert sein!« Sie setzte die Brille wieder auf und nahm dafür den Hut vom Kopf. Ihre Haare standen wild in alle Richtungen ab. Sie sah aus wie ein aufgeschreckter Vogel.

»Vielleicht hat er einen großen Fisch gefangen und ist für heute schon fertig«, schlug Bendix halbherzig vor. Er wusste, dass das nicht stimmen konnte. Knut verbrachte jede freie Minute auf dem Wasser. Er würde niemals früher zurückkommen als nötig.

Thekla stapfte mit großen Schritten auf und ab, den Blick weiterhin auf das kleine Boot geheftet. Das Moos dämpfte das Poltern ihrer Stiefel. Sie trat einen Farn platt und kickte mehrere kleine Steine durch die Gegend, ohne es zu merken. Dann blieb sie mit einem Ruck stehen. »Wir müssen wieder runter«, erklärte sie bestimmt. »Das lässt mir keine Ruhe. Ich muss wissen, was los ist.« Schon hatte sie sich an den Abstieg gemacht.

Bendix drehte sich zu Chris um. Der hatte sich mittlerweile hingelegt, den Kopf auf dem Rucksack. Jetzt rollte er sich auf die Seite und stützte sich mit einem Unterarm ab. »Was ist los?«, rief er und seine Stimme klang hoffnungsvoll. »Klettern wir wieder runter?«

Bendix nickte. »Thekla will wissen, warum die *Iguana* wieder zurückkommt.« Er drehte sich kurz zur Bucht um. Das bunt bemalte Boot war schon ein ganzes Stück näher gekommen. »Und ich will es auch wissen«, fügte er leise hinzu.

Chris sah aus, als könne er sich nicht entscheiden, ob er sich aufrappeln oder liegen bleiben sollte. Aber dann kündigte er durch lautes Stöhnen und Ächzen an, dass er wohl doch vorhatte aufzustehen.

Bendix rannte über das Strandkraut. Theklas Vorsprung konnte er nicht einholen, aber er wollte da sein, wenn die *Iguana* am Steg anlegte. Ein paar Archäopteryxe stoben vor ihm auf. Zeternd flatterten sie in die Büsche.

Was war bloß passiert? Irgendetwas mit Ida? Bendix wischte einen Schweißtropfen weg, der unter seinem Hut hervorgekullert war, und rannte noch etwas schneller.

Thekla stand schon auf dem Steg. Sie blickte dem Boot entgegen und rief etwas. Bendix hörte undeutlich Idas Stimme, die sehr aufgeregt und schrill klang, aber er konnte kein Wort verstehen. Die *Iguana* war noch zu weit weg. In dem Motorengebrumm, dem Rauschen des Pazifiks in der Ferne und dem Gekrächze der Pterosaurier gingen die Stimmen unter.

Außer Atem kam Bendix auf dem Bootssteg an. Die Bretter unter seinen Stiefeln vibrierten, als er auf Thekla zulief. »Thekla!«, schrie er. »Was ist passiert?«

Thekla wedelte mit der Hand und starrte weiter hinüber zur *Iguana*, die bereits in die Bucht eingelaufen war. Sie stand so weit vornübergebeugt am Kopf des Steges, dass Bendix befürchtete, sie würde jeden Moment ins Wasser fallen.

»...ama!«, kreischte Ida in einiger Entfernung. »...a...iesi ...iff...ua...!« Mehr war nicht zu verstehen.

Bendix trat von einem Bein aufs andere. Er konnte nicht still stehen.

Die *Iguana* kam auf sie zugeschossen, schneller, als Knut sonst in die Bucht einlief. Der Motor knatterte, glucksend plätscherte das Wasser gegen den Steg.

Idas Kopf ragte über der Windschutzscheibe auf. Der Fahrtwind ließ ihre blonden Zöpfe waagerecht in der Luft flattern. Ihre Finger klammerten sich um den oberen Rand der Scheibe. »Ma-ma!« Ihre Stimme klang schon ganz heiser.

Endlich drosselte Knut den Motor. Idas braun gebranntes Gesicht war bleich wie der Vollmond. Irgendetwas Fürchterliches musste passiert sein.

»Ein Schiff!«, brüllte sie Thekla und Bendix entgegen. »Vor Guano liegt ein Schiff! Ein riesiges weißes Schiff liegt da vor Anker! Mama! Ein Schiff!« Dann versagte ihre Stimme.

Und Bendix versagten fast die Beine. Ihm wurde schwindelig und er musste sich hinhocken. Ein Schiff! Ein Schiff vor Guano, nur einen Katzensprung von Floribunda entfernt! Genau das, wovor er am meisten Angst hatte! Fremde Menschen, die an Land kommen würden, die die Tiere entdecken würden ... erst die Vögel ... dann die Dinosaurier ...

Hinter ihm polterten Stiefel über den Steg. »Was ist passiert?«, rief Chris schnaufend.

Bendix drehte sich nicht um. Er sah, wie Thekla ihrer Tochter eine Hand entgegenstreckte. Ida ergriff sie und sprang mit einem Satz auf den Steg. Die *Iguana* schaukelte. Knut stellte den Motor aus und machte das Boot fest.

Einen Moment lang war es unwirklich still.

»Ein Schiff!«, krächzte Ida. Sie drehte Thekla ihr verzweifeltes Gesicht zu. Selbst ihre Sommersprossen wirkten blass.

Bendix sah, dass sie geweint hatte. »Ein Schiff, Mama! Ein riesiges, riesiges . . .« Sie brach ab.

Thekla nahm sie in den Arm. In ihren Augen schimmerte Sorge. Stumm und mit fragendem Blick sah sie Knut entgegen, der jetzt ebenfalls auf den Steg sprang.

Knut nahm seine Mütze ab und kratzte sich am Kopf. Dann kratzte er sich den roten Bart. Schließlich setzte er die Mütze wieder auf und biss auf den Pfeifenstiel, dass es nur so krachte. »Tja«, knurrte er, »jetzt sitzen wir aber ordentlich auf Schiet! Eine richtige Luxusjacht liegt da vor Anker. Direkt vor der Küste.«

Ida heulte schmerzhaft auf. »Meine Vögel! Was machen die mit meinen Vögeln? Sie sind so zutraulich! Sie kennen doch nichts Böses!« Und dann schnodderte sie Thekla das Hemd voll.

»Ja, und ihr?« Thekla sah Knut mit großen Augen an, während sie Ida festhielt. »Was habt ihr gemacht?«

»Wir haben erst mal beigedreht und sind wieder zurück. Wir haben einen bannigen Schreck gekriegt, beim Klabautermann! Wir wussten nicht, was wir tun sollten!« Knut bohrte seine Fäuste tief in die Hosentaschen. Er paffte ein paar kleine, schnelle Rauchwölkchen.

Bendix erwachte aus seiner Erstarrung. »Wir müssen wieder hin!«, schrie er. »Wir müssen denen sagen, dass die Insel uns gehört und dass sie wegfahren sollen!« Er schlotterte. Noch mehr als vorher fühlten seine Beine sich an wie Gummi. Das durfte alles nicht wahr sein! Die Sonne schien, das Wasser plätscherte an den Strand, alles war so schön und ruhig wie immer. Wie konnte es da möglich sein, dass nur ein paar Seemeilen entfernt ein Riesenschiff vor Anker lag?

Ida befreite sich aus Theklas Armen. »Ja, wir müssen sofort wieder hin«, schniefte sie und wischte sich die Nase am Handrücken ab. Ein kleines, angriffslustiges Funkeln hatte sich zurück in ihre Augen geschlichen. »Und wir nehmen das Betäubungsgewehr mit! Und die Axt aus dem Schuppen! Und Tante Popelines Brotmesser!«

»Nein«, sagte Thekla fest. Sie sah plötzlich sehr bestimmt aus. »Wir werden alle nach Guano fahren. Jetzt gleich. Aber wir nehmen keine Waffen mit. Wir reden mit den Leuten. Sicherlich sind es vernünftige Menschen, die begreifen werden, dass sie die Inseln in Ruhe lassen sollen. Bendix?«

Bendix sah auf. »Ja?«

»Lauf bitte schnell hoch und hol Tante Popeline. Sie muss ebenfalls wissen, was los ist.«

»Ist gut.« Bendix war froh, dass seine Beine ihm gehorchten, als er sich in Bewegung setzte. Er schlängelte sich an den anderen vorbei, dann rannte er los.

»Sag Tante Popeline, dass sie noch ein bisschen Proviant einpacken soll«, rief Chris ihm hinterher.

»Und nimm das Schweizer Taschenmesser von deinem Vater mit!«, hörte Bendix die Stimme von Ida, die sich schon wieder sehr nach Ida anhörte.

Aber Bendix rannte nur und war froh, dass er rennen konnte, den ganzen Weg zum Haus hoch. Am liebsten wäre er diesem Albtraum davongerannt.

3.

Niemand redete, als die *Iguana* die Bucht verließ. Das kleine Boot schaukelte auf den Wellen, bis Knut den Kurs änderte und parallel zur Küste fuhr. Erst da wurde es ein kleines bisschen ruhiger.

Tante Popeline hatte ein großes Tuch um ihren Kopf geschlungen und hielt es mit beiden Händen fest, obwohl ihre rechte Hand noch immer einen Holzlöffel umklammerte. Das Tuch flatterte im Wind und Tante Popelines Gesicht sah noch spitzer aus als sonst.

Chris hatte sich in den Windschatten hinter der Scheibe gedrückt. Sein Gesicht war bleich; er wurde schnell seekrank.

Auch Ida war bleich. Sie starrte unverwandt nach vorn aufs Wasser, obwohl Guano noch gar nicht zu sehen war.

Links von ihnen lag die Felsenküste. Riesige Klippen

streckten sich weit ins Meer hinaus, dazwischen öffneten sich aber auch immer wieder kleine Buchten mit weißem Sand. Sie waren bevölkert von Pterosauriern. Bendix konnte ihr Gekrächze und Gekreische jedoch nicht hören, weil der Wind in seinen Ohren knatterte und das Wasser schäumend an die Felsen brandete.

Die *Iguana* sprang durch die Wellen wie ein bockendes Pferd. Gischt spritzte am Bootsrumpf hoch, sodass sich am Boden des Bootes langsam ein wenig Wasser sammelte und hin und her schwappte.

Dann umrundeten sie eine Felsenzunge und Guano kam in Sicht. Mehr als ein flaches grünes Fleckchen Land in der Ferne war noch nicht zu erkennen.

Jetzt war auch Bendix von der Sitzbank aufgesprungen und stand neben Ida. Der Wind riss an ihren Haaren und trieb ihnen die Tränen in die Augen. Noch immer sagte niemand ein Wort, man hätte auch schreien müssen, um sich zu verständigen. Aber Bendix spürte, dass Ida unter Strom stand wie ein Hochspannungsmast. Wenn er sie berührt hätte, hätte er bestimmt eine gewischt gekriegt.

Er klammerte sich an der Reling fest und behielt Guano im Auge. Manchmal verschwand die Insel hinter einem Wellenberg, dann tauchte sie wieder am Horizont auf.

Langsam wurde sie größer. Und dann sah Bendix auch diesen weißen Fleck, direkt vor der Küste. Zunächst sah er fast so aus wie eine der zahlreichen Schaumkronen. Doch sehr schnell wurde er zum Schiff. Es musste ein sehr großes Schiff sein, wenn man es aus dieser Entfernung schon so deutlich erkennen konnte.

Bendix schnappte nach Luft.

Neben ihm trat Ida ein paar Mal gegen die Sitzbank auf ihrer Seite, dann fing sie an, mit den Fäusten gegen die Windschutzscheibe zu trommeln.

Tante Popeline bewegte den Mund, aber der Wind fauchte und die Wellen rauschten und von Tante Popeline war kein Ton zu hören.

Mittlerweile waren alle von den Bänken aufgestanden und schauten hinüber zur Insel Guano. Je näher sie kam, desto greller strahlte das weiße Schiff in der Sonne. Schließlich musste Bendix geblendet die Augen zusammenkneifen.

Das Schiff lag im Windschatten der Insel zwischen Felsen, die ebenso weiß leuchteten, da Generationen von Vögeln sie fleißig bekleckst hatten.

Bendix schluckte. Sein Gehirn war leer. Das Bild, das er vor sich sah, war einfach falsch. Das weiße Schiff durfte dort nicht liegen. Es hatte hier nichts zu suchen.

Noch immer klammerte er sich an der Reling fest, obwohl sich die *Iguana* mittlerweile ebenfalls im Windschatten von Guano befand und die See mit einem Mal sehr ruhig war. Jetzt hätte man sich auch wieder miteinander unterhalten können. Trotzdem sagte noch immer niemand ein Wort.

Knut drosselte den Motor. Der Außenborder spuckte und knatterte nur noch leise vor sich hin. Sie näherten sich dem Bug des fremden Schiffes und umrundeten ihn. *Maracuja,* las Bendix. Der Name war in großen orangenen Buchstaben auf den Rumpf des Schiffes geschrieben.

Scharen von Riesenalken saßen auf den Felsen, die aus dem Wasser ragten, und schnatterten vor sich hin. Einige reckten sich und streckten die kurzen Stummelflügel. Es sah so aus, als gähnten sie.

Ungerührt beobachteten die Seevögel die *Iguana*. Sie waren es gewohnt, dass das kleine Holzboot an ihnen vorbeifuhr.

Bendix hatte keine Augen für sie. Er starrte an der weißen Schiffswand hoch, die neben ihm aufragte wie ein Eisberg. Seine Beine zitterten so sehr, dass er sich hinsetzen musste.

Tante Popeline hatte das Tuch vom Kopf genommen und sich über die Schultern gelegt. Sie strich sich über die Haare, die wie immer zu einem strengen Knoten gebunden waren. In der Hand hielt sie noch immer den Holzlöffel.

Der Motor der *Iguana* erstarb in einem Gluckern. Lautlos glitt sie auf das Heck der *Maracuja* zu, wo Knut nach einer straff gespannten Ankerleine griff und ihre Fahrt stoppte.

Einen Moment lang schauten alle nur hoch, dorthin, wo sich das Achterdeck der Luxusjacht befinden musste. Niemand sagte etwas.

Das Wasser plätscherte leise gegen den Schiffsrumpf, die Alken krächzten vor sich hin. Aus der Ferne waren sogar Vogelstimmen von Guano zu hören. Einige der Vögel konnten sehr durchdringend pfeifen oder schreien.

Außerdem wummerte ein Bass durch die Luft. Auf dem Schiff musste jemand Musik hören, aber Bendix hörte nur den Bass. Jeder Schlag dröhnte ihm durch den ganzen Körper. Bumm-bumm-bumm.

Ida straffte ihre Schultern. Sie wirkte mit einem Mal sehr entschlossen. »Hallo!«, schrie sie nach oben. »Jemand zu Hause?«

Bendix hielt die Luft an und lauschte, so wie alle anderen auch.

Bumm-bumm-bumm.

Nichts.

Ida senkte den Kopf. Ihre Augen suchten den Boden der *Iguana* ab, bis sie das Gesuchte fand. Sie griff nach dem Bootshaken, den Knut ganz vorn in den Bug geschoben hatte, und zog ihn hervor. Der Stiel war aus Holz, der Haken aus Metall.

»Ha!«, rief Ida und reckte den Bootshaken wie eine Lanze nach oben. Sie holte aus, zielte und schlug mit dem Haken gegen eine der metallenen Stützen der Reling. Das Geräusch war so durchdringend, dass es Bendix in den Ohren klingelte. Es musste auf dem ganzen Schiff zu hören sein.

Der Schlag war noch nicht verklungen, da holte Ida ein weiteres Mal aus ...

»Nein, nicht, Ida! Einmal ist gen. . .«

... und donnerte den Bootshaken ein zweites Mal gegen die Metallstütze. »He!«, schrie sie in den Lärm hinein. »Jemand zu Hau-se?«

Ein Wutschrei war die Antwort. Er schien von weit her zu kommen, näherte sich aber sehr schnell. »Was fällt euch ein . . .?« Und im nächsten Augenblick beugte sich ein Mann über die Reling.

Bendix blinzelte und rutschte automatisch ein Stück auf der Bank zurück.

»Was zum Teufel fällt euch ein, gegen mein Schiff zu schlagen?! Ich sage euch, wenn man auch nur einen Kratzer sehen kann, dann werdet ihr noch heute von meinem Anwalt hören!« Der fremde Mann schwenkte sein Whiskyglas so heftig, dass sich eine Fontäne über die *Iguana* ergoss. Bendix wischte sich mit dem Ärmel übers Gesicht. Er hatte ein paar Spritzer abbekommen.

Dann beugte der Mann sich über die Reling. Eine nackte Brust, bis zum Kinn mit blondem Pelz bedeckt, reckte sich den Bewohnern von Floribunda entgegen. An seinem Hals baumelte eine schwere Goldkette.

Tante Popeline blinkerte mit den Augen und nahm ihre Brille ab, um sie zu putzen.

»Höhöhö!«, dröhnte der Mann los. Die Laute kamen unter einem Schnurrbart hervor, der an den Enden aufgezwirbelt war wie zwei Schweineschwänzchen. Seine Stirn war schon etwas kahl, die Locken am Hinterkopf waren dafür umso länger. Er hatte sie zu einem dritten Schweineschwänzchen zusammengebunden.

»Höhö«, grölte er. »Was seid ihr denn für Typen? Kommt in einer Nussschale über den Ozean gefahren . . . seid ihr vielleicht Robinson Crusoe und seine Familie?«

Dann musste er so lachen, dass auch noch der restliche Inhalt des Whiskyglases auf die Passagiere der *Iguana* hinabregnete.

»Familie Robinson, zum Schießen!«, wieherte er.

Bendix und Chris sahen sich verständnislos an.

Der Mann drehte sich um. »Prinzesschen!«, grölte er. »Komm mal her! Das musst du unbedingt sehen!«

Von irgendwoher kam eine patzige Stimme, aber Bendix verstand kein Wort.

»Och, mein Augenstern! Dir ist doch immer so langweilig. Jetzt gibt es endlich mal Abwechslung! Komm her, Prinzesschen!« Der Mann winkte jemandem zu, aber niemand kam. Also drehte er sich wieder um, stützte sich auf die Reling und ließ einen Arm baumeln. An seinen Fingern trug er klobige goldene Ringe. Die Armbanduhr an seinem Handgelenk hatte die Größe einer Kirchturmglocke. Gleich würde sie ihn in die Tiefe ziehen.

»Höhöhö«, lachte er wieder, aber diesmal klang es mehr wie ein Wimmern und er wischte sich über die Augen. »Köstlich, wirklich köstlich, diese kleinen Leute!«

Tante Popeline hatte sich als Erste wieder gefasst. Sie richtete sich auf und warf einen strengen Blick nach oben. »Auch wenn wir auf einer Insel in der Südsee leben, heißt es nicht, dass wir unzivilisierte Wilde sind! Ihr Verhalten ist nicht akzeptabel, mein Herr! Sie befinden sich in privaten Gewässern und sollten sich so benehmen, wie es sich für einen Gast gehört!« Sie nickte einmal energisch. Dann erst fiel ihr auf, dass sie die ganze Zeit über mit dem Holzlöffel in der Luft herumgepikst hatte, und sie versteckte ihn schnell hinter ihrem Rücken.

Einen Augenblick lang schaute der Mann verblüfft auf Tante Popeline hinunter. Dann zitterten seine Schweineschwänzchen und er brach in brüllendes Gelächter aus. »Höhöhö! Unzivilisierte Wilde!«, grölte er. »Private Gewässer! Du scheinst nicht zu wissen, wen du vor dir hast, du alte Vettel! Höhöhö!«

Tante Popeline erstarrte. Sie wurde ganz blass um die Nase. »Unverschämtheit!«, zischte sie.

Thekla trat vor. Sie stellte sich auf eine Sitzbank der *Iguana,* sodass das Boot kurz Schlagseite bekam und Bendix in ihre Richtung kippte. Ihr Kopf befand sich nun auf Kniehöhe des blonden Mannes.

Der hatte sich wieder beruhigt. Grinsend beugte er sich über die Reling.

»Thekla Salmonis«, stellte sie sich vor und nahm ihren Hut ab. »Zusammen mit meinem Mann Knut und meiner Schwester Popeline bewirtschafte ich die Inseln Floribunda und Guano. Beide Inseln befinden sich in unserem Besitz. Und da sie unter Naturschutz stehen, möchte ich Sie bitten, diese Gewässer so schnell wie möglich wieder zu verlassen. Selbstverständlich dürfen Sie sich vorher noch mit Frischwasser eindecken und auch von den Früchten der Insel nehmen. Aber spätestens morgen früh setzen Sie Ihre Reise bitte wieder fort.«

Einen Augenblick lang waren nur das Gluckern des Wassers und das Schnattern der Riesenalken zu hören.

Bendix nickte innerlich. Ja, das hatte Thekla gut gesagt, fand er.

Der fremde Mann brüllte auch gar nicht *Höhöhö*.

Stattdessen beugte er sich nur noch weiter vor. »Hör mal, Frau«, sagte er dann mit rauer Stimme, »ich bin Glotz III. Goldbein, Begründer und Inhaber des Goldbein-Imperiums, und ich liege mit meiner Jacht genau dort vor Anker, wo ich es will.« Als er sich aufrichtete, schlug die schwere Goldkette gegen seine Brust. »Die Inseln sind in eurem Besitz, sagst du mir. Gut. Beweis es! Ich achte Besitz. Auch den Besitz anderer.« Er lachte höhnisch auf. »Aber beweis es mir! Und bis dahin geh mir aus den Augen. Geht mir alle aus den Augen! Ihr Robinsons! Höhö! Höhöhö!« Er stieß sich von der Reling ab und war verschwunden. Nur sein dröhnendes Lachen war noch zu hören. Und dann setzte wieder der wummernde Bass ein.

Bendix war wie erstarrt. Aber Ida war aufgesprungen. »Das werden wir!«, brüllte sie. »Worauf du Gift nehmen kannst, du Großkotz!« Und sie wirbelte den Bootshaken über ihrem Kopf wie ein Lasso. Knut konnte ihr gerade noch in den Arm greifen, sonst hätte sie wohl ein Loch in den Rumpf der *Ma-*

racuja geschlagen. »Wir fahren sofort zurück!«, schrie Ida ihrer Mutter zu, »und holen die Kaufurkunde oder was ihr auch immer bekommen habt. Und dann kommen wir wieder her und verjagen dieses schweinegesichtige Goldbein! Und diesmal nehmen wir das Betäubungsgewehr mit! Und die Axt! Und Tante Popelines Brotmesser! Keine Gnade! Es gibt auch kein Wasser und keine Früchte mehr!«

Die *Iguana* schaukelte von einer Seite zur anderen.

Diesmal sagte Tante Popeline nichts. Sie tauschte nur so einen komischen Blick mit Thekla und Knut. Einen sehr komischen Blick, der Bendix alarmierte.

Beim scharfkralligen Allosaurus, dachte er. *Was ist denn jetzt schon wieder los?*

4.

Okay«, sagte Thekla, als sie wieder auf Floribunda angekommen waren und auf den Bootssteg stiegen, »ich rufe eine sofortige Versammlung auf der Veranda ein. Wir müssen besprechen, wie wir jetzt weiter verfahren.«

»Heiliger Huia, was gibt's denn da zu besprechen?« Mit einem Satz sprang Ida aus dem Boot. Die Holzplanken des Stegs ächzten. »Du holst das Kaufdings, den Vertrag oder was ihr da habt, und die Jungs und ich holen die Waffen.« Ida hatte die Hände in die Seiten gestemmt. »Und dann fahren wir sofort zurück und zeigen diesem Reichbauch, dass er mit uns nicht machen kann, was er will!«

Ihre Augen sprühten Funken und der Wind hatte ihre Haare in alle Richtungen gezaust. Es fehlte nur noch das Messer zwischen den gefletschten Zähnen und sie wäre als Piratin durchgegangen.

Thekla legte ihr eine Hand auf die Schulter. »Versammlung«, sagte sie. »Jetzt sofort. Es gibt etwas, was wir euch sagen müssen.« Sie sah ein wenig erschöpft aus, als sie sich umdrehte und durch den Sand zur Gartenpforte hinüberstapfte.

Bendix wechselte einen Blick mit Chris. Der zuckte ratlos mit den Schultern. Dann schaute Bendix zu Ida hinüber, aber die starrte nur ihrer Mutter nach, mit geballten Fäusten. Die drei setzten sich wortlos in Bewegung.

Tante Popeline hatte den Holzlöffel in die Küche gebracht und eine Kanne Ananassaft auf den Tisch gestellt. Jeder hatte ein Glas getrunken, durstig und schweigend. Jetzt sahen die Kinder Thekla erwartungsvoll an, während Knut und Tante Popeline ihre Blicke abgewandt hatten. Von Knut war nur das Knirschen seines Pfeifenstiels zu hören, auf dem er herumbiss.

Der Wind raschelte durch die Blätter des Gartens und wirbelte den Duft von Vanille und Schokolade auf. Insekten summten in den Blumen vor der Veranda.

Thekla holte tief Luft. »Machen wir's kurz«, sagte sie. »Guano gehört uns nicht. Wir haben seinerzeit nur Floribunda gekauft.« Jetzt zitterte ihre Stimme ein bisschen. »Wie es aussieht, haben wir nichts in der Hand, um diesen Goldbein von Guano zu vertreiben. Die Insel gehört uns einfach nicht.«

Bendix hatte das Gefühl, als hätte ihm jemand die Luft abgedreht. Stumm starrte er Thekla an. Das war doch nur ein blöder Witz, oder? Gleich würde sie lachen und *Reingelegt* rufen oder so.

Aber stattdessen sank Thekla auf ihren Stuhl und stützte

den Kopf in die Hände. Archibald, der auf ihrer Schulter saß, biss sich mit dem Schnabel in ihren Haaren fest und versuchte, ihren Kopf zu erklimmen.

Ida öffnete und schloss den Mund wie ein Fisch. Sie brachte keinen Ton heraus.

Chris schaute von einem zum anderen.

Dann stieß Ida einen lauten Schmerzensschrei aus. »Nein!«, schrie sie. »Das ist nicht wahr! Das kann nicht wahr sein! Guano ist meine Insel! *Meine* Insel!« Sie sah Thekla flehend an. »Mama, sag, dass das nicht wahr ist!«

Thekla seufzte müde. Sie griff nach Idas Hand, aber Ida zog sie weg.

»Mama!«, schrie Ida. »Warum? Warum habt ihr nur Floribunda gekauft und nicht Guano? Die Inseln gehören zusammen! Die Dinosaurier und . . . und meine Vögel!« Ihre Stimme brach und sie schluchzte nur noch. Dabei drehte sie sich weg, ihre Fäuste hämmerten gegen die Brüstung der Veranda.

Malm, der gerade seinen Kopf um die Ecke gesteckt hatte, floh schimpfend die Stufen hinunter und verschwand in den Kaffeesträuchern. Niemand beachtete ihn.

»Wir hatten nicht genug Geld«, sagte Thekla leise. »Wir haben alles verkauft, was wir hatten, um Floribunda bezahlen zu können. Und um noch ein bisschen was zurücklegen zu können. Denn wir verdienen ja jetzt nichts mehr. Wir konnten nicht noch eine zweite Insel kaufen.«

»Wir haben unser Häuschen verkauft«, knurrte Knut, »die Möbel, das Auto, meine großartigen Schiffsmodelle der *Gorch Fock* und der *Cutty Sark* . . . auch deine Tante Popeline hat alles verkauft, was ihr gehörte . . .«

»Meine exquisite Sammlung von Tieren aus Meißenburger Porzellan«, fügte Tante Popeline hinzu und seufzte. »Es waren ein paar besonders wertvolle Sammlerstücke dabei. Der Keiler etwa. Eine einzigartige Sonderanfertigung für den Prinzen von Dänemark. Oder der springende Hirsch mit seinem filigranen Geweih. Ein Einzelstück. Sehr kostbar.« Sie warf Ida einen Seitenblick zu. »Nur den Schwan mit dem edel gebogenen Hals hast du kaputt gemacht, bevor ich ihn verkaufen konnte.«

Ida verdrehte genervt die Augen. »Tante Popeline! Ich war sechs Jahre alt! Es war ein Versehen!«

»War es nicht«, zischte Tante Popeline. »Du hast mit dem Hammer daraufgeschlagen. Das kann man wohl kaum Versehen nennen!«

Thekla legte ihrer Schwester eine Hand auf den Arm. »Lass gut sein, Popeline«, sagte sie. »Überlegen wir lieber, was wir jetzt tun.«

Einen Moment lang schwiegen alle. Nur die Compsognathen raschelten in den Büschen und fauchten sich gegenseitig an. Die Hühner gluckten in ihrem Gehege. Und in der Ferne hörte man das Meer rauschen.

Archibald sprang von Theklas Schulter auf den Tisch, tippelte quer darüber und hüpfte dann auf die Verandabrüstung.

Bendix kämpfte gegen dieses Gefühl an, das in seiner Brust wütete. Dieses Gefühl, das ihm weismachen wollte, dass er hilflos war. Hilf- und schutzlos. Er wollte sich sicher fühlen, hier, auf Floribunda. Floribunda war sein Zuhause und sollte es für immer bleiben. Er wollte nicht ständig Angst davor haben müssen, dass fremde Menschen vor der Insel ankerten und sie in Gefahr brachten.

»Wieso habt ihr Floribunda überhaupt gekauft?«, fragte er leise, ohne aufzublicken. »Wie habt ihr die Insel gefunden? Kann man Inseln einfach so kaufen?«

Thekla und Knut wechselten einen Blick. »Nun, das war so«, sagte Thekla dann und lehnte sich nach vorn. »Vor rund sieben Jahren war Knut als Kapitän mit seinem Frachtschiff *Fiete Jannsen* auf dem Pazifik unterwegs, als sie in einen Sturm gerieten und . . . wieso rede ich hier überhaupt? Knut, erzähl den Jungs, wie du Floribunda entdeckt hast!«

Knut zuckte zusammen. Er knetete seine großen Hände, dann zog er die Mütze tiefer ins Gesicht. Es schien ihm nicht zu behagen, dass er jetzt sprechen musste. »Nun ja«, nuschelte er schließlich in seinen Bart, »wie gesagt, wir gerieten in einen Sturm. Windstärke zehn, heftige Böen von Südsüdost und haushohe Wellen, ein Kaventsmann nach dem anderen.« Die Pfeife in seinem Mund wippte beim Sprechen auf und ab. »Ein Zyklon mit Windgeschwindigkeiten von bis zu dreihundert Kilometern in der Stunde. Und die *Fiete Jannsen* mittendrin.« Knut nickte erschüttert. Und schien in seinen Erinnerungen zu versinken.

Bendix sah ihn erwartungsvoll an. »Und dann?«, fragte er, als Knut nicht weitersprach.

Knut schreckte auf. »Ja, dann«, knurrte er, »dann fiel die komplette Elektronik aus. Und die Satellitennavigation. Das Schiff kam vom Kurs ab. Zwei Tage lang waren wir ein Spielball der Gewalten. Dann ließ der Sturm nach.« Knut paffte ein paar Rauchwölkchen. »Aber die *Fiete Jannsen* war beschädigt. Wir liefen zwei kleine Inseln an, die aus dem Nichts im Meer auftauchten, und ankerten an der Leeseite der größeren. Wir hatten keine Ahnung, wo wir waren. Der

Bordelektroniker machte sich an die Reparaturen. Ich setzte mit ein paar Leuten im Beiboot auf die Insel über.«

Jetzt traute Bendix sich kaum noch zu atmen. Die Insel – das musste Floribunda gewesen sein! Floribunda, so wie sie war, als es dort noch keine Menschen gab. Als nur Dinosaurier hier lebten, die letzten Dinosaurier auf Erden!

Chris beugte sich auf seinem Stuhl vor. Es knarrte. Mit großen Augen starrte er Knut an. »Es war Floribunda, oder?«, fragte er heiser.

Knut nickte. »Floribunda. Meine Männer fanden sie langweilig. Keine Früchte, keine bunten Blüten, keine exotischen Tiere. Nur Gestrüpp. Sie kehrten aufs Schiff zurück und machten sich lieber dran, die kleinere Insel zu erkunden.«

»Guano!«, stieß Ida hervor. Ihre Augen funkelten wütend. Es schien ihr überhaupt nicht zu passen, dass ein paar ungehobelte Seemänner auf *ihrer* Insel gewesen waren. Und das auch noch vor ihr.

Wieder nickte Knut. »Richtig. Aber während sie auf Guano waren, schipperte ich wieder und wieder auf die größere Insel. Sie zog mich an wie Fischköppe die Möwen. Beim Klabautermann, diese Insel hatte was. Was Besonderes. Ich wollte es herausfinden.«

Bendix' ganzer Körper kribbelte, als liefe eine Horde Ameisen darüber.

Auf der Verandabrüstung tippelte Archibald hin und her. Er reckte seine Flügel. Sein Gefieder schillerte grünlich in der Sonne.

Knut nahm seine Mütze ab, strich sich über den Kopf und setzte sie wieder auf. »Ich fand einen Trampelpfad. Er führte in den Wald. Dort stieß ich auf breitere Pfade, getreten von bannig großen Füßen. Die Abdrücke sahen aus, als stammten sie von Vögeln, so groß wie Ladekräne. Ich folgte ihnen.« Knut senkte seine Stimme und sah sich mit großen Augen nach allen Seiten um, als würde er durch einen Urwald voller Riesentiere schleichen. Mit einem Mal schien er Spaß am Erzählen zu finden. »Ich hörte Geräusche, unheimliche Geräusche. Hier ein Knacken, dort ein Krächzen. Hinter mir huschten Tiere vorbei, ich fuhr herum wie vom Blitz getroffen, doch sie waren schon wieder verschwunden. Beim Klabautermann! Was war hier los?«

Ida lauschte ihrem Vater ebenfalls, obwohl sie die Geschichte schon tausendmal gehört haben musste. Sie hatte ihren Kopf in die Hände gestützt und blickte ihn erwartungsvoll an.

Auch Archibald war stehen geblieben. Er öffnete seinen Schnabel, gab aber keinen Ton von sich.

Unterhalb der Veranda fauchte einer der Compsognathen ihn an.

Archibald spreizte seine Flügel.

»Und dann stand ich plötzlich am Rand eines Kraters. Ich schaute in ein riesiges Tal runter und traute meinen Augen kaum: Dinosaurier!« Jetzt nahm Knut die Pfeife aus dem Mund. »Das ganze Tal war voller Dinosaurier.« Einen Moment lang schwieg er, sah von Bendix zu Chris und von Chris zu Ida. Dann lehnte er sich zurück und steckte die Pfeife wieder in den Mund. »Die Entdeckung war so unglaublich, dass ich beschloss, meiner Mannschaft nichts davon zu erzählen. Die hätten mich sowieso nur ausgelacht und an Spökenkiekerei geglaubt. Hätten gedacht, ich hätte zu viel vom Rum getrunken. Nachdem der Schaden an der *Fiete Jannsen* repariert war, schipperten wir also wieder los, zurück nach Europa. Aber die Dinosaurier gingen mir nicht aus dem Kopf. Was sollte ich tun? Wie sollte ich mich verhalten? Ich beschloss, meiner Frau davon zu erzählen.« Knut lächelte Thekla über den Tisch zu.

Für Thekla war das wohl die Aufforderung weiterzusprechen. Sie sprang auf und ruckelte an ihrer Brille. »Ich konnte es zunächst auch nicht glauben. Aber ich wusste doch, dass Knut kein Mann der großen Worte ist. Knut sagt lieber gar nichts, als dass er Unsinn redet.« Sie holte tief Luft. »Also gab es im Pazifik eine kleine Insel, auf der noch Dinosaurier lebten. So unglaublich sich das anhörte. Sie lebten dort, ungestört von den Menschen, seit Millionen von Jahren. Sollten wir sie ungestört lassen?« Sie musterte Bendix eindringlich. Der zuckte zusammen. Sollte er die Frage etwa beantworten oder was?

»Andererseits hatte Knut sie entdeckt. Ein Mensch war auf der Insel gewesen und hatte sie gesehen. War es da nicht wahrscheinlich, dass auch andere Menschen kommen und von den Dinosauriern erfahren würden? Und was würden diese Menschen mit ihnen machen? Sie schützen – oder sie abschlachten?« Jetzt fixierte Thekla Chris. Er rutschte unbehaglich auf seinem Stuhl herum und spielte mit seinem Saftglas.

»Hatten wir durch die Entdeckung nicht auch die Verantwortung dafür übernommen, was weiterhin mit diesen großartigen Tieren geschehen würde? Lag es nicht in unserer Hand, ob sie auch in Zukunft friedlich auf ihrer Insel leben konnten – oder ob sie innerhalb kürzester Zeit aussterben würden?«

Bendix spürte, wie Ruhe sich in ihm ausbreitete wie geschmolzene Schokolade. Thekla und Knut hatten die richtige Entscheidung getroffen. Das wusste er.

Thekla setzte sich. »Dann sahen wir den Bericht im Fernsehen. Durch den Zyklon, der auch Knuts Schiff beschädigt hatte, waren schwere Verwüstungen auf zahlreichen polynesischen Inseln angerichtet worden. Die Regierung hatte sich dazu entschlossen, einige unbewohnte Inseln zu verkaufen.« Über den Tisch hinweg sah sie Knut an. »Wir wussten sofort: Das ist ein Wink des Schicksals. Unsere Entscheidung war gefallen. Wir würden die Insel kaufen.« Sie nickte energisch. »Und das war auch der Augenblick, in dem meine Schwester Popeline ins Spiel kam. Denn wir waren nicht reich, während Popeline sich als alleinstehende Lehrerin ein kleines Sümmchen angespart hatte.«

Tante Popeline lächelte zufrieden. »So ist es. Zu dem Zeitpunkt war ich die Leiterin einer Privatschule für gutes Benehmen. *Das Knigge-Institut für Knaben und Mädel,* so hieß sie.« Sie stand auf und machte einen kleinen Knicks.

Bendix wechselte einen Blick mit Ida. Ida verdrehte die Augen und steckte sich einen Finger in den Hals.

Thekla wedelte mit den Armen. Wahrscheinlich wollte sie von Tante Popelines gutem Benehmen ablenken. »Ja und da ich wusste, dass meine Schwester eine Tierfreundin ist, die unzählige Wohltätigkeitsbasare zugunsten benachteiligter Tiere organisiert hatte, fand ich es angebracht, sie in unseren Plan einzuweihen.« Thekla strahlte Tante Popeline an. »Glücklicherweise war Popeline sofort davon überzeugt, dass sie helfen musste.«

Tante Popeline nickte gnädig. »Nun, zuvor hatte ich stets

Unsere Freunde in Federn und Fell unterstützt«, sagte sie, »aber ich erkannte, dass es Tiere gab, die meine Hilfe noch viel nötiger hatten.« Dann verzog sie säuerlich den Mund. »Natürlich wusste ich zu dem Zeitpunkt noch nichts von meiner Dinosaurierallergie.«

»Wir verkauften also alles, was wir hatten. Haus, Auto . . .« Thekla klang richtig begeistert.

»Schiffsmodelle«, Knut klang richtig bekümmert.

»Meine wertvollen Porzellantiere«, Tante Popeline seufzte tief.

». . . und kauften diese Insel, irgendwo im Pazifik, von der die polynesische Regierung nicht einmal wusste, dass sie existierte«, kicherte Thekla entzückt.

»Und die *Iguana*«, brummte Knut zufrieden in seinen Bart und sog an der Pfeife.

»Wir nannten die Insel *Floribunda.*« Die Lachfältchen um Theklas Augen wurden noch tiefer. »Das bedeutet *reich blühend.* Es war ein Witz, versteht ihr? Ein Witz. Hier blühte gar nichts, als wir ankamen.«

»Den Nutzgarten mussten wir erst mühsam anlegen.« Tante Popeline sah ein wenig leidend aus. »Viele Pflanzen haben wir mitgebracht, die anderen von der Nachbarinsel geholt. Aber sonst hätten wir hier nicht leben können.«

»Und das Haus haben wir mit eigenen Händen gebaut!« Knut betrachtete zufrieden seine kräftigen Pranken. Es war ziemlich deutlich, dass er das meiste am Haus gebaut hatte.

Auch Archibald öffnete jetzt seinen Schnabel. Diesmal ließ er ein durchdringendes Krächzen ertönen.

Bendix lehnte sich im Stuhl zurück. Seine Augen leuchteten. Die Geschichte war einfach zu verrückt. Wenn er nicht gewusst hätte, dass sie wahr war, hätte er sie niemals geglaubt. Aber er war ein Teil des Abenteuers. Er gehörte mit dazu.

Dann aber kam ihm die Frage in den Sinn, die ihn noch mehr interessierte: Wie kam es, dass die Dinosaurier hier überlebt hatten? Hier auf Floribunda – und nirgendwo anders?

Bevor er jedoch den Mund öffnen konnte, hörte er Idas Stimme neben sich. Sie klang sehr giftig. »Und was hat das alles mit meinen Vögeln zu tun?«, stieß sie hervor und verschränkte die Arme vor der Brust. »Was tun wir gegen diesen Großkotz auf seiner Superjacht? Was tun wir jetzt, um meine Vögel zu retten?«

5.

Bendix konnte nicht schlafen. Durch die Ritzen und Spalten der Fensterläden fiel Mondlicht und malte helle Streifen auf den Holzboden und seine Bettdecke.

Zum hundertsten Mal warf er sich auf die andere Seite. Er starrte auf die bläulichen Streifen und lauschte den Geräuschen der Nacht. Das Meer hatte sich beruhigt, trotzdem rauschte es die ganze Zeit über. Das Rauschen schwoll an, dann ebbte es wieder ab. Als ob es atmete. Ruhig und tief und fest. So wie Chris, der gegenüber im Bett schlief und leise vor sich hin schnarchte.

Wieder warf Bendix sich auf seinem Schlafsofa herum. Er hörte ein Grollen, dann aufgeregtes Krächzen. Ein Pfeifen, wieder und wieder. Die Geräusche kamen aus dem Wald, ein ganzes Stück entfernt. Die Dinosaurier schliefen ebenso wenig wie er.

Bendix seufzte. Sie hatten keine Lösung gefunden. Guano gehörte ihnen nicht. Die Eindringlinge auf ihrem weißen Schiff hatten ebenso viel Recht, die Insel zu betreten, wie sie selbst.

Und trotzdem: Guano war Idas Insel. Sie liebte die Vögel und die Vögel liebten sie. Sie tat alles für ihre Vögel. Wahrscheinlich würde sie sie mit ihrem Leben verteidigen.

Mit einem Mal hatte Bendix seine Füße vom Sofa geschwungen. Bevor er überhaupt wusste, was er tat, schlüpfte er bereits in seine Hose und zog sich das Hemd über den Kopf. Schlagartig war ihm klar, dass es nur eine Möglichkeit gab. Sie mussten rüber, nach Guano. Sie konnten den Inselbewohnern nur helfen, wenn sie da waren. Und wenn ihnen Guano tausendmal nicht gehörte: Es war ihre Aufgabe, die Vögel zu schützen. Was hatte Thekla vorhin über Floribunda gesagt? Über die Verantwortung, die sie mit der Entdeckung der großartigen Tiere übernommen hatten? Galt das nicht auch für Guano und seine ausgestorbenen Vögel?

Lautlos öffnete Bendix die Zimmertür und lauschte in die Dunkelheit. Stille. Leises Meeresrauschen. Irgendwo knackte es im Gebälk, jemand knurrte im Traum.

Bendix schloss die Tür hinter sich und huschte barfuß über den Flur. Ein wenig Mondlicht fiel durch das Fenster an der Stirnseite und malte ein schiefes Viereck an die Wand.

Vor Idas Zimmertür blieb Bendix stehen. Er hörte sein Herz schlagen, schnell und heftig. Leise pochte er gegen das Holz der Tür.

Nichts.

Ida war garantiert genauso wach wie er, das musste sie gehört haben. Er pochte noch einmal, ein klitzekleines bisschen lauter, und raunte »Ida!« gegen den Türrahmen.

Dann hielt er die Luft an und lauschte wieder. Draußen raschelte es, ein leises Knarren war zu hören. Der Pazifik rauschte.

Vorsichtig öffnete Bendix die Tür. Mondlicht flutete Idas Zimmer, die Fensterläden standen sperrangelweit offen.

Ihr Bett war leer.

Einen Augenblick lang starrte Bendix auf Idas Bett, dann drehte er sich um und sprang mit wenigen Sätzen die Treppe hinunter, lautlos wie eine Katze. Er lief bis zum Eingang, stieß die Tür auf und schlüpfte in seine Stiefel, die auf der Veranda standen. Dann rannte er weiter, tauchte in das dichte Gebüsch des Gartens ein. Zweige schlugen ihm ins Gesicht, blind stolperte er über eine Wurzel, fiel aber nicht. Ein süßes Duftgemisch durchzog die Nacht.

Im Laufen tastete Bendix nach seinem Taschenmesser. Es befand sich in der Brusttasche, wo es hingehörte. Gut so.

Rechts von ihm knackten Zweige und Schritte huschten durch das Laub. Jemand fauchte leise. Bendix' Herz rutschte in seinen Magen, wo es wild um sich schlug. *Die Compsognathen*, beruhigte er sich selbst, *es sind bloß die Compsognathen* ... aber ihm lief ein kalter Schauer über den Rücken. Das Mondlicht drang nicht durch die Kronen der Obstbäume hier unten im Garten und es war so dunkel.

Endlich erreichte er den hohen Holzzaun mit der schweren Pforte. Seine Hände fanden den Riegel und zerrten daran. Abrupt hielt er inne. Er hörte etwas. Ein Geräusch, das er kannte.

Der Motor.

Jemand versuchte, den Außenborder der *Iguana* zu starten. Es musste Ida sein. Sie zog an der Schnur, einmal, zweimal . . . der Motor jaulte auf, sprang aber nicht an.

Hastig stieß Bendix die Pforte auf, schlüpfte hinaus und schloss sie mit einem Ruck wieder.

Der Motor heulte auf, begann, zu spucken und zu knattern.

Bendix' Füße flogen über das Strandkraut, über den Sand, dann spürte er das feste Holz des Stegs unter den Sohlen seiner Stiefel. »Ida!«, schrie er. »Warte!«

Der Motor machte einen Höllenlärm in der Nacht. Er musste bis zum Haus hinauf zu hören sein. Ida drehte sich nicht um.

»Ida!« Mit einem Satz sprang Bendix vom Steg ab. Die *Iguana* hatte schon abgelegt, aber noch keine Fahrt aufgenommen. Bendix landete unsanft auf den Holzplanken, aber das war nichts gegen den Schrecken, den Ida bekam.

Sie fuhr herum, schrie auf und sah im ersten Moment so aus, als wollte sie sich auf Bendix stürzen, um ihn zu verprügeln. Nur das heftige Schaukeln des Bootes schien sie davon abzuhalten.

Bendix lächelte schief. »'tschuldigung«, rief er gegen den Lärm des Motors an und rieb sich sein Bein, das er an der Sitzbank gestoßen hatte. Dann rappelte er sich auf und rieb sich auch den Arm. »Aber ich glaub, es ist besser, wenn wir zu zweit sind, oder?«

Ida hatte ihr Gleichgewicht wiedergefunden. Sie lachte leise. Aber im Mondlicht sah ihr Gesicht bleich aus und ihre Augen glänzten tiefschwarz. Ohne ein Wort drehte sie sich zum Steuerrad um und lenkte die *Iguana* aus der Bucht hinaus.

Bendix sah zurück zur Insel. Irgendwo im Haus war ein Licht angegangen. Ein schwankendes Licht, das sich schnell bewegte. Wahrscheinlich stürzten Thekla und Knut gerade die Treppe hinunter, jagten ihnen durch den Garten hinterher und würden in spätestens einer Minute auf dem Bootssteg stehen und nach ihnen rufen.

Aber es war zu spät. Bendix und Ida waren unterwegs nach Guano.

Das Mondlicht glitzerte auf dem Wasser. Tausend kleine Lichtpunkte hüpften auf und ab und verschwanden wieder hinter tausend anderen kleinen Lichtpunkten. Der Himmel war klar und von Sternen übersät. Nur das Knattern des Motors störte. Am liebsten hätte Bendix ihn ausgestellt, sich auf eine Sitzbank gelegt und in die Sterne geschaut, unter sich nur das leise Gluckern des Wassers gegen den Bootsrumpf. Aber natürlich ging das nicht. Ida und er waren nicht zum Spaß unterwegs. Und je näher sie Guano kamen, desto mehr gluckerte es in Bendix' Bauch. Er stand neben Ida hinter der Windschutzscheibe und sah, wie die Insel immer größer wurde. Sie lag in kaltes bläuliches Mondlicht getaucht und sah gar nicht so einladend grün aus wie sonst.

Bendix klammerte sich an der Schutzscheibe fest. Der Fahrtwind zerrte an seinem Haar und der Motor war viel, viel lauter als am Tag. Da war es gut, dass Ida ihn drosselte, als sie nah genug an die Küste herangekommen waren. Anders als sonst fuhr sie nicht zum Anlegeplatz zwischen den weißen Guanofelsen, denn dort lag ja schon die *Maracuja* und schimmerte gespenstisch im Mondlicht. Kleine Funken schienen am Rumpf der Luxusjacht aufzublitzen wie Glühwürmchen. Bendix schluckte trocken. *Es sind nur Lichtreflexe,* sagte er sich. *Vom Mondlicht. Nichts weiter.*

Ida steuerte die *Iguana* ein ganzes Stück weiter nach links hinüber. Der Motor tuckerte nur noch leise vor sich hin, aber Bendix kam das Geräusch immer noch fürchterlich laut vor. Er sah weißen Sand vor sich auftauchen, hinter dem die dunklen Schemen von Bäumen hoch in den Himmel ragten.

Dann stellte Ida den Motor aus. Bendix atmete tief durch. Das kleine Boot glitt durch das ruhige Wasser auf den Strand zu.

Plötzlich war es unwirklich still. Kein einziger Vogel sang, obwohl Bendix wusste, dass die Insel voll war mit ihnen. Der Wind hatte sich völlig gelegt, das leise Plätschern des Wassers war das einzige Geräusch, das er hörte. Dann knirschte es und die *Iguana* saß im Sand fest.

Ida zog sich bereits ihre Stiefel aus. »Komm, wir müssen das Boot an den Strand ziehen.« Mit einem Satz war sie in das seichte Wasser gesprungen und zog an der Reling.

Bendix sprang hinterher. Das Wasser war hier kaum knietief und angenehm warm. Er stemmte sich gegen das Heck der *Iguana* und schob sie mit Ida so weit wie möglich auf den Strand hinauf, wo Ida sie mit einem langen Tau an einer Palme befestigte.

»So«, sagte sie und wischte sich mit der Hand über die Stirn. »Das hätten wir.« Sie sah schon wieder ganz zufrieden aus.

Bendix blickte sich um. Obwohl er erst ein Mal auf Guano gewesen war, wusste er, wo er sich befand. Irgendwo zwischen den Bäumen, die dicht bis ans Wasser hinunterwuchsen, stand Idas kleine Hütte. Auch am Tag lag sie gut versteckt im dichten Grün, bei Nacht war sie unsichtbar.

Ida war schon wieder auf das Boot geklettert und warf die Stiefel in den Sand. »Vorsicht!«, rief sie, »Kopf weg!«, und dann flog der Bootshaken hinterher wie ein Speer. Sand spritzte auf, als er sich in den Boden bohrte. Nacheinander landeten eine Axt, zwei Schraubenzieher, eine Säge und Tante Popelines Brotmesser am Strand.

»Ich wollte ja auch noch das Betäubungsgewehr mitnehmen«, sagte Ida grimmig und stemmte die Hände in die Seiten, »aber meine Eltern haben es in ihrem Schlafzimmer im Schrank eingeschlossen. Typisch! Wenn man es mal wirklich braucht, kommt man nicht ran!« Dann sprang sie an Land und machte sich mit Bendix daran, alles aufzusammeln, was am Strand verstreut lag. An ihrem Hals baumelte das gelbe Fernglas.

In der Hütte war es stockdunkel, aber Ida fand blind die Streichhölzer und entzündete eine kleine Öllampe.

»Ah!« Bendix sah sich um. Die Hütte war winzig und spärlich eingerichtet und trotzdem fand er sie klasse. Besonders mitten in der Nacht.

Es gab ein Bett, na ja, eher eine Matratze, die auf Holzbrettern lag. An einer Wand stand ein Bücherregal, das fast überquoll vor Vogelbüchern. Ein Fernrohr war auf die geschlossenen Fensterläden des einzigen Fensters gerichtet.

Auf einem kleinen, schiefen Tisch neben dem Bett legte Ida jetzt die Waffen ab. Fast liebevoll drapierte sie die Schraubenzieher und Tante Popelines Brotmesser um die Öllampe herum. Die Axt hielt sie am längsten in der Hand. Dann drehte sie sich ganz langsam zu Bendix um und starrte ihn hasserfüllt an. »Du glaubst wohl, du kannst hier machen, was du willst, was? Du Riesenstinktier!« Ihre Stimme klang so ätzend wie Salpetersäure.

Bendix schluckte. Er rutschte ein wenig auf dem Bett nach hinten.

Das sollte doch wohl nur ein Witz sein, oder?

Oder?

Über Idas Gesicht glitt ein entzücktes Grinsen. Sie ließ die Axt sinken. »Mann, ich übe doch bloß. Für den Großkotz.« Sie kicherte zufrieden und haute die Axt in einen Stützpfosten neben der Tür, dass die ganze Hütte wackelte. Dann griff sie nach der Öllampe. Das flackernde Licht warf tanzende Riesenschatten an die Wand.

»Du dahinten, ich hier vorne«, sagte sie zu Bendix und zeigte auf ihr Bett. »Aber die blaue Decke ist meine. Und wehe, du schnarchst. Dann musst du am Strand schlafen.« Damit löschte sie das Licht.

Bendix rollte sich am Fußende des Bettes zusammen. Er tastete nach einer Decke. Hoffentlich war es nicht die blaue. »Gute Nacht, Ida«, sagte er und drehte sich zur Wand.

»Gute Nacht, Bendix«, sagte Ida. »Schlaf gut!«

Als Bendix am nächsten Morgen aufwachte, schien schon das Sonnenlicht durch sämtliche Ritzen der Hütte. Er setzte sich auf und gähnte herzhaft. Erstaunlich, wie gut er geschlafen hatte. Tief und fest. Gar nicht so, als ob . . . nein, er wollte jetzt noch nicht an den Großkotz denken.

Ida war nicht in der Hütte. Sie war wohl schon draußen bei ihren Vögeln. Die waren auf jeden Fall auch schon wach.

Bendix hörte ihr Singen und Pfeifen und Krächzen aus allen Richtungen.

Er sprang auf und öffnete die Fensterläden. Licht strömte ein und ließ ihn blinzeln. Die Zweige eines Busches mit Riesenblättern reckten sich auch sofort zum Fenster herein, was ihnen nicht schwerfiel, da es keine Scheibe gab. In dem Busch saßen zwei Vögel, die ihr Getschilpe unterbrachen und Bendix irritiert aus ihren schwarzen Knopfaugen beäugten. Sie waren etwa so lang wie sein Unterarm und hübsch gefärbt: an der Unterseite weiß, oben braunschwarz mit einem rötlichen Schwanz. Auf dem Kopf hatten sie einen Schopf aus fisseligen, dünnen Federn. Beide reckten ihren Kopf und machten ein paar kleine Trippelschritte, während Bendix kaum zu atmen wagte. Da saßen zwei Vögel, keine Armlänge von ihm entfernt, und hatten überhaupt keine Angst. »Guten Morgen, Vögel«, sagte er leise.

Einer der Vögel duckte sich kurz, aber dann hüpfte er tatsächlich noch ein Stück näher heran und legte den Kopf schief.

Bendix hätte ihm am liebsten über den Rücken gestrichen, aber das traute er sich dann doch nicht. Stattdessen hüpfte der Vogel auf den Fensterrahmen und begann, wieder zu tschilpen, als wolle er Bendix etwas erzählen.

Ein wenig später verließ Bendix die Hütte und zwängte sich durch die Büsche, die ihn vom Strand trennten.

Ida saß im Sand, mit dem Rücken zu ihm. Sie war umgeben von Vögeln, die darum zu rangeln schienen, wer am nächsten bei ihr sein durfte. Karolina hockte auf ihrer Schulter und zog zärtlich Haarsträhnen aus Idas Zöpfen. Bendix kannte den Karolinasittich von seinem ersten Besuch auf Guano. Einige oliv gesprenkelte Vögel hüpften um Idas nackte Füße herum und pickten nach ihren Zehen. Zahlreiche kleine Vögel mit gelben Köpfen und kräftigen Schnäbeln stritten sich lautstark um den besten Platz an Idas Seite. Tauben gurrten und reckten ihre Köpfe. Bunte Sittiche flatterten schimpfend über Idas Kopf hinweg und versuchten gegenseitig, sich zu verscheuchen. Rote Vögel, bunte Vögel, unscheinbare Vögel, sie alle machten einen Heidenlärm, um Aufmerksamkeit zu erregen. Und es kamen immer noch neue Vögel hinzu. Gerade in diesem Augenblick stolzierten zwei große schwarze Vögel mit weißen Schwanzspitzen hinter Bendix aus den Büschen. Sie würdigten ihn keines Blickes, sondern staksten auf langen Beinen auf Ida zu.

Bendix war stehen geblieben. Sprachlos beobachtete er das Gewusel, das Ida umgab. Dann duckte er sich, weil ein weiterer Karolinasittich dicht an seinem Kopf vorbeischoss und mit lautem Krächzen auf Idas freier Schulter landete.

Ganz langsam ging Bendix näher. Er wollte sie nicht stören. »Hallo Ida!«, rief er, gerade laut genug, um den Vogellärm zu übertönen. Ein Stück entfernt ließ er sich in den Sand fallen.

Ida sah auf. Auf ihrem Gesicht lag dieses selige Lächeln, das man nur dann an ihr sah, wenn sie mit ihren Vögeln zusammen war. »Hallo Bendix«, rief sie zurück. »Hattest du schon was zum Frühstück? Nein? Iss was, dann können wir gleich auf Patrouille gehen.«

Essen? Hatten sie etwas mitgenommen? Fragend sah Bendix Ida an. Die grinste nur noch breiter und machte eine ausholende Armbewegung, die ein Prachtmoho sofort ausnutzte, um auf ihre Hand zu hüpfen. »Schau dich doch mal um. Die ganze Insel ist voller Frühstück.«

Ach ja, klar. Wie dumm von ihm! Er sprang auf und blickte um sich. Die Bäume auf Guano hingen voller Früchte, die Büsche bogen sich vor Beeren und unter den Palmen lagen Kokosnüsse im Sand.

Bendix pflückte sich eine Banane aus einer Staude und machte sich dann auf die Suche nach einer Kokosnuss, die schon aufgeplatzt war.

Ein paar olivgrüne Vögel mit kräftigen Schnäbeln hüpften interessiert um ihn herum und pickten nach seinen Füßen. Dann begannen sie damit, unter einem Strauch mit kleinen gelben Blüten im Boden zu hacken. Überrascht erkannte Bendix, dass sie Erdnüsse ausgruben. Mmh, lecker, darauf hatte er jetzt auch Lust!

Um die Vögel nicht zu stören, begann Bendix, unter einem anderen Busch zu graben, doch sofort kamen die Vögel zu ihm herüber, wuselten um seine Hände herum und pickten nach jeder Erdnuss, die er aus dem Boden holte. Dabei sahen sie ihn so bittend an, dass er es nicht übers Herz brachte, die Nüsse selbst zu essen. Stattdessen aß er noch eine Banane.

Dann stand Ida plötzlich vor ihm. Sie hatte die Axt über eine Schulter gelegt. Auf dem Axtstiel saß Karolina und plapperte aufgeregt vor sich hin. »Ida ist lieb«, schnarrte sie, »Ida ist lieb.« Bendix verbiss sich ein Grinsen. Ida behauptete zwar, dass Karolina sehr sprachbegabt sei, aber mehr als *Ida ist lieb* hatte er noch nicht von dem Sittich gehört.

Er richtete sich auf, blinzelte gegen die Sonne und sah, dass sich Ida sein Geburtstagsgeschenk, das Seil, um den Bauch gewickelt hatte. Die Schraubenzieher und Tante

Popelines Brotmesser steckten darin wie Waffen in einem Gürtel. Wortlos streckte sie ihm den Bootshaken und die Säge entgegen.

Bendix griff danach. Den Bootshaken hielt er wie einen Speer, aber was zum stachelschwänzigen Stegosaurus sollte er bloß mit der Säge machen, damit es nicht zu albern aussah? Schließlich steckte er sie ebenfalls in den Gürtel. Dann tastete er nach seinem Taschenmesser. Es steckte noch immer in der Brusttasche. Gut.

Ida nickte zufrieden. »So«, sagte sie und wischte sich eine Strähne aus der Stirn. Ein paar schwarz-gelbe Mamos flatterten auf. »Und nun auf in die Höhle des Löwen. Der Großkotz wird es noch bereuen, jemals aufs Meer hinausgefahren zu sein!« Schwungvoll drehte sie sich um und schritt auf langen Beinen voran. Zur Felsenbucht, in der die *Maracuja* vor Anker lag.

6.

Bendix konnte kaum Schritt halten mit Ida. Außerdem musste er aufpassen, dass er nicht ständig auf die Vögel trat, die sie umgaben wie eine schwirrende Wolke. Ein großer graublauer Papagei hatte sich ihnen angeschlossen und watschelte neben Bendix her. Er sah sehr entschlossen aus und Bendix war froh über den Bootshaken in seinen Händen.

»Das ist ein Mauritius-Papagei«, erklärte Ida ihm. »Schon über dreihundert Jahre ausgestorben. Als europäische Seeleute nach Mauritius kamen, hatten sie Ratten, Hunde und Schweine an Bord. Tja, das war das Ende der Mauritius-Papageien.« Ida seufzte. »Denn sie konnten nicht fliegen, wie so viele Vögel, die keine Feinde hatten, bevor der Mensch kam.«

Der Mauritius-Papagei sah so aus, als könnte er sich mit seinem riesigen Schnabel eigentlich ziemlich gut gegen Ratten, Hunde und Schweine zur Wehr setzen, fand Bendix. Notfalls sogar gegen Löwen und Bären. Er umklammerte seinen Bootshaken fester.

Bendix, Ida und die Vögel zwängten sich zwischen ein paar Büschen mit gigantischen rosa Blüten hindurch, dann liefen sie auf einem Trampelpfad durchs Gras, beschattet von Tulpenbäumen und einzelnen Kokospalmen. Zahllose Orchideen blühten zwischen den Bäumen. Es ging leicht bergauf. Zu ihrer Linken wuchs dichtes Buschwerk. Sträucher mit duftenden Blüten waren untrennbar ineinander verwachsen und zahllose Bäume bildeten zum Inneren der Insel hin einen dichten Wald. Rechts von ihnen war der Bewuchs spärlicher. Einzelne Beerensträucher und Strandmandeln raschelten leise im Wind. Der Boden zur Küste hin wurde immer steiniger. Nur Gräser und niedriges Gestrüpp hielten sich hier noch zwischen den Felsbrocken, die sich bis hinunter zum Meer erstreckten.

Bendix und Ida stapften stumm den Pfad durch das hohe Gras entlang. Selbst die Vögel wurden immer stiller, als ahnten sie, dass etwas nicht stimmte. Wenn einer zu laut tschiepte, krächzte ihn sofort ein anderer nieder.

Und dann lag sie vor ihnen, die *Maracuja*. Bendix hielt automatisch die Luft an, als die Luxusjacht hinter einem Felsen in Sicht kam. Aber Ida marschierte weiter. Nur ihre Fingerknöchel, die sie um den Axtstiel geschlossen hatte, wurden ganz weiß.

Erst, als sie die *Maracuja* direkt vor ihrer Nase hatten, ließ Ida sich zwischen einem Hibiskus und einem Oleander ins Gras fallen. Bendix setzte sich neben sie. Die Jacht lag keine hundert Meter von ihnen entfernt vor Anker.

Zwischen den Kindern und dem Schiff befanden sich die weißen Guanofelsen, die in der Sonne gleißten. Sie waren das Erste, was man sah, wenn man an dieser Stelle die Insel betrat, und nach ihnen hatte Ida sie benannt. Guano, Vogelkacke. Unzählige Seevögel saßen auf den Felsen oder kreisten darüber und sorgten fleißig für Nachschub.

Es war schon besser, dass Bendix und Ida im Gras geblieben waren.

Die *Maracuja* dümpelte in der geschützten Bucht. Niemand war an Deck zu sehen.

Bendix runzelte besorgt die Stirn. »Und wenn sie schon auf der Insel sind?«, fragte er Ida.

Ida schüttelte den Kopf. »Nein, das Beiboot ist noch da. Sie müssen an Bord sein.« Sie packte die Axt mit beiden Händen.

Bendix schwieg. Er beobachtete ein paar rötlich bräunliche Vögel mit oliv gesprenkelter Brust, die vor seinen Füßen durchs Gras hüpften.

Ida war seinem Blick gefolgt. »Schön, nicht wahr?«, sagte sie leise. »Das sind Piopios. Wunderbare Sänger, aber du musst früh aufstehen, um sie zu hören. Sie haben in Neuseeland gelebt und sind erst seit etwa fünfzig Jahren ausgestorben.«

Bendix wünschte sich, Ida würde ihm nicht bei jeder Vogelart gleich das Sterbedatum mitliefern. Er legte seinen Bootshaken ins Gras. Sofort war der von bunten Papageien umringt, die ihn beäugten und am Stiel knabberten.

»Paradiessittiche«, sagte Ida nur, als hätte sie seine Gedanken gehört. Dann seufzte sie, lehnte sich zurück und stützte sich auf die Ellbogen auf.

Eine ganze Weile lang sagte niemand etwas. Bendix nickte sogar ein, ganz beduselt vom süßen Duft der Hibiskusblüten. Insekten summten und brummten im Strauch ein kleines Schlaflied.

Doch dann rüttelte Ida plötzlich an seinem Arm. »Sie kommen!«, zischte sie.

Mit einem Schlag war Bendix hellwach. Er hörte einen Motor aufbrummen und blinzelte hinaus aufs Wasser. Tatsächlich, das Beiboot der *Maracuja* kam direkt auf sie zu! Bendix griff nach seinem Bootshaken und versuchte, das aufkommende Gefühl von Panik zu unterdrücken. Aber es kroch unaufhaltsam in ihm hoch. Es war schon in seinem Hals und schnürte ihn zusammen. Was sollte er nur gegen diese Leute tun? Er, ein zwölfjähriger Junge mit einem Bootshaken in den Händen?

Ida hingegen war aufgestanden. Sie hatte die Axt lässig über die Schulter gelegt und blickte dem Beiboot kühn entgegen.

Bendix rappelte sich hoch und stellte sich dicht neben Ida.

Drei Menschen waren an Bord. Zwei Männer und eine Frau, das heißt, nein, es war keine Frau, sondern ein Mädchen. Sie hatten das felsige Ufer erreicht. Einer der beiden Männer vertäute das Boot, der andere Mann, es war der Großkotz, stieg mit dem Mädchen aus. Er reichte ihr die Hand, damit sie nicht in die Vogelkacke greifen musste.

Bendix und Ida standen aufrecht und still wie Statuen. Vor allen Dingen Ida. Bendix' Beine hingegen wurden schon wieder ganz zitterig.

Nun kamen die drei Eindringlinge auf sie zu. Sie staksten

über die glitschigen Felsen und Bendix hörte das Mädchen maulen. Dann erstarrte der Großkotz. Er hatte Bendix und Ida entdeckt.

Einen Augenblick lang huschten Ärger und Ungläubigkeit über sein Gesicht, bevor es sich zu einem breiten Grinsen verzog. »Na, sieh mal einer an, wen wir da haben«, rief er spöttisch. »Die Robinsons! Höhöhö!«

Bendix verzog keine Miene. Er sah dem Großkotz und seiner Gefolgschaft stumm entgegen, genau wie Ida.

Die drei Fremden kamen näher. Das Mädchen sah durch seine Riesensonnenbrille zu ihnen hinüber, dann blickte es auf den Boden und wischte seine rosa Trekkingstiefel im Gras ab. Glotz Goldbein hingegen schob sich seinen Hut in den Nacken und stellte sich breitbeinig vor Bendix und Ida. Mit seinen dicken Fingern deutete er auf den Bootshaken, den Bendix aufrecht vor sich hielt wie einen Speer.

»Was ist denn das für eine gefährliche Waffe? Willst du mich etwa damit bedrohen? Mach dich doch nicht lächerlich, Kleiner!«

Ehe Bendix wirklich darüber nachdenken konnte, hatte er auch schon blitzschnell den Bootshaken nach vorn gestoßen und dem Großkotz den Lederhut vom Kopf geschubst. Der Hut kullerte ins Gras, wo er sofort von mehreren Sittichen interessiert beäugt wurde. Auch der Mauritius-Papagei watschelte heran und knabberte mit seinem Riesenschnabel an der Krempe.

Glotz Goldbeins Halbglatze leuchtete in der Sonne und wurde noch röter, als sie sowieso schon war. »Was fällt dir ein . . .?!«, wütete er los und seine Schweineschwänzchen zuckten. Doch dann brach er ab. »Na, jetzt hast du's mir aber gezeigt, was?«, knurrte er, bückte sich und griff nach dem Hut, wobei er die Vögel verscheuchte.

Bendix presste die Lippen zusammen. Mit einer Hand hielt er den Bootshaken umklammert, während sein Blick am Großkotz vorbeiglitt, hin zu dem Mädchen und dem anderen Mann.

Das Mädchen war etwa in seinem Alter. Es war von Kopf bis Fuß in Rosa gekleidet und starrte auf den Mauritius-Papagei, der hinter Ida stand und seinen Schnabel am Stamm einer Palme wetzte. Ihr Gesicht wurde fast vollständig von der Sonnenbrille und einem wagenradgroßen Hut verdeckt, aber lange blonde Haare hingen ihr über den Rücken und schimmerten in der Sonne.

Der andere Mann war noch ziemlich jung. Er war sehr lang und sehr dünn. Und er sah ein bisschen gruselig aus. Wie ein Pirat. Eine Narbe lief quer über sein bleiches Gesicht und verschwand unter einer Augenklappe. Schwarze Haarsträhnen hingen ihm wirr in sein linkes Auge.

Im Arm hielt er ein Gewehr.

Mit einem Mal erwiderte der Pirat Bendix' Blick. Doch sein Auge fixierte ihn so finster, als wolle er ihn durchbohren. Bendix fuhr erschrocken zusammen.

»Kommt«, sagte Glotz Goldbein, »wir gehen. Die Kindervorstellung ist vorbei.« Damit winkte er dem Mädchen und dem Piraten zu und setzte sich in Bewegung.

»Den da«, sagte das Mädchen.

»Bitte?« Der Großkotz blieb wieder stehen.

»Den da will ich haben«, sagte es mit fester Stimme und zeigte auf den Mauritius-Papagei.

»Eine gute Wahl, Prinzesschen, eine gute Wahl!« Goldbein

legte dem Mädchen die Hände auf die Schultern und drückte ihm einen Kuss auf den Hut. Dann wandte er sich zum Piraten um. »Aaron, du hast es gehört. Also mach dich an die Arbeit!« Er hüstelte und drehte sich weg.

Bendix riss die Augen auf. Was sollte das bedeuten? Sein Herz begann, gegen die Rippen zu schlagen, und er legte auch noch die andere Hand um den Bootshaken.

Aarons Auge flackerte und er schien noch bleicher zu werden. Langsam, ganz langsam hob er das Gewehr und zielte. Er zielte auf den Mauritius-Papagei.

Bendix' Magen rutschte ihm vor Entsetzen in die Kniekehlen. Er wollte schreien, brachte aber keinen Ton heraus. Neben sich hörte er ein drohendes Fauchen. Ida hatte die Axt über ihren Kopf gehoben und sich vor den Papagei gestellt. Das war nicht so einfach, weil er versuchte, sich neugierig an ihren Beinen vorbeizudrücken. »Niemand rührt die Vögel an«, stieß sie hervor.

Aaron zielte auf den Papagei, aber immer waren Idas Beine im Weg.

Glotz Goldbein sah genervt aus. »Worauf wartest du noch, Aaron?« Er drehte die Augen zum Himmel. »Du hast gehört, was Kathi gesagt hat. Also knall das Vieh ab!«

»Du hast gehört, was *ich* gesagt hab«, zischte Ida. »Außerdem hab ich eine Axt. Und ich weiß, wie man damit umgeht.« Sie hob die Axt noch höher über ihren Kopf. Karolina auf ihrer Schulter knirschte mit dem Schnabel.

Bendix kam Ida zu Hilfe. Er zielte mit dem Bootshaken auf Aarons linkes Auge.

Das Auge zuckte, war aber weiterhin auf den Mauritius-Papagei gerichtet.

Bendix hatte das Gefühl, dass sie eine kleine Unendlichkeit so dastanden, ohne sich zu rühren. Dann rang Glotz Goldbein die Hände über dem Kopf, dass sein goldenes Armband nur so klimperte, und trampelte ein paar Schritte auf und ab. »Das ist einfach zu lächerlich!«, bölkte er in den Himmel. »Kommt, wir gehen! Die ganze Insel ist voller Vögel, wir nehmen einfach einen anderen.«

»Ich will aber den!« Kathi schmollte.

»Zwei andere!«, knurrte Goldbein. »Oder fünf. Wie du willst. Aber mit diesem albernen Affentheater ist jetzt Schluss. Kommt!« Er winkte Aaron und Kathi heran und stapfte los.

Aaron ließ das Gewehr sinken. Er starrte düster vor sich hin. Ohne ein Wort zu sagen, wandte er sich ab und trottete hinter dem Großkotz her. Dabei humpelte er leicht.

Kathi hatte die Lippen zusammengepresst und sah stinkesauer aus. Sie warf noch einen letzten Blick auf Idas Beine, bevor auch sie sich abwandte. Wahrscheinlich war sie es gewohnt, immer zu bekommen, was sie wollte.

Nervös warf Bendix Ida einen Blick zu. Ihre Augen blitzten und sie hielt noch immer die Axt erhoben. »Hinterher«, zischte sie und heftete sich an Kathis Fersen. Bendix lief ihr nach, seinen Bootshaken weiterhin wie einen Speer erhoben. Er streifte einen Hibiskus, dessen riesige Blüten gleich noch stärker dufteten.

Auch die Vögel hatten sich wieder in Bewegung gesetzt, aufgeregt flatterten sie um Idas Füße herum. Ida lief so nah hinter Kathi her, dass sie ihr fast in die Hacken trat. Ein paar struppige, schwarz-weiße Raben versuchten, die Schnürsenkel der rosa Trekkingstiefel zu erwischen.

Kathi holte aus und trat nach ihnen. »Ksch! Ksch! Verschwindet!« Ihre Stimme klang ein wenig quietschig, wie ein rostiges Fahrrad. Dann wedelte sie mit den Händen in Bendix' und Idas Richtung. »Das gilt auch für euch, ihr Schwachköpfe! Hört sofort auf, mir hinterherzulatschen, sonst . . .«

»Sonst was?«, fauchte Ida sie an. »Holst du sonst deinen Papi?« Jetzt trat sie Kathi wirklich in die Hacken. Dann rempelte sie sie an. Kathi stolperte, fing sich aber schnell wieder. Karolina krächzte durchdringend. Ida fletschte die Zähne. »Ich sag dir was, Prinzesschen! Verschwindet von meiner Insel, sonst wacht ihr eines Morgens auf und müsst feststellen, dass ihr nach Hause schwimmen müsst, weil ich euer Schiff versenkt habe!«

Ein Wutschrei ließ Bendix zusammenzucken. Glotz Goldbeins Kopf war rot wie die untergehende Sonne über dem Pazifik. Er hatte sich umgedreht und hastete die paar Meter zurück zu ihnen. »Wag es nicht noch einmal«, bellte er, wobei sich sein dicker Zeigefinger in die Luft bohrte, »meine Tochter zu bedrohen! Wag es nicht, sie zu berühren! Du weißt wohl nicht, mit wem du es zu tun hast, du kleines Biest!« Er tobte wie Rumpelstilzchen, hielt aber ein paar Schritte Sicherheitsabstand zu Idas Axt.

Karolina trippelte nervös auf Idas Schulter hin und her. Ida jedoch sah den Großkotz nicht einmal an. Stattdessen beugte sie sich vor und stupste gegen Kathis Hut, sodass er ihr in die Augen rutschte.

Glotz Goldbein brüllte auf. »Du . . . du . . . so, das war's! Du hast es nicht anders gewollt! Das war's!« Er drohte mit der Faust, Schweißtropfen glänzten auf seiner tiefroten Stirn. »Jetzt wirst du zu spüren bekommen, mit wem du es zu tun hast, Fräulein! Keine Gnade mehr! Keine Gnade!« Wutentbrannt machte er einen Satz auf Ida zu. Als ob sich ihre Hände nicht um eine Axt, sondern um einen Blumenstrauß klammerten.

Bendix wurde völlig starr vor Angst. Ida war zu weit gegangen. Und diese Leute hatten ein Gewehr. Sie würden es benutzen, ganz bestimmt. Sie wollten unbedingt Vögel schießen . . . und was würden sie mit zwei Kindern machen, die sich ihnen in den Weg stellten?

Trotzdem. Bendix biss die Zähne zusammen und bemühte sich, genauso furchtlos auszusehen wie Ida. Niemand sagte ein Wort.

Nur die Vögel waren unruhig. Sie drängten sich um Idas Beine und piepsten. Karolina knabberte an Idas Ohr. »Ida ist lieb!«, krächzte sie durchdringend. »Ida ist lieb!«

Kathi sah überrascht auf. Zum ersten Mal nahm sie die Sonnenbrille ab. Sie starrte Karolina mit großen blauen Puppenaugen an. Dann setzte sie die Sonnenbrille wieder auf und zeigte auf den Karolinasittich. »Den da will ich«, sagte sie und nickte bekräftigend. Sie verschränkte die Arme vor der Brust.

Bendix schnappte nach Luft wie ein Fisch auf dem Trockenen, bevor er die Lippen zusammenpresste und seinen Bootshaken ein wenig anhob.

Einen Augenblick lang war es still. Man konnte nur das Meer hören, das an die Küste schwappte. In der Ferne rauschte es.

Ein Windstoß fuhr durch die Palmwedel über ihren Köpfen. Es raschelte. Und die Vögel in den Bäumen sangen, pfiffen und trillerten ihre Lieder.

»Na, dann hol ihn dir«, sagte Ida leise. Mit beiden Händen hatte sie den Axtstiel umfasst, hoch über ihrem Kopf.

Bendix hielt die Luft an.

»Vati«, wimmerte Kathi schwach.

Glotz Goldbein schien einen Moment lang erstarrt zu sein. Dann stürzte er sich auf seine Tochter, warf ihr schützend einen Arm um die Schulter und zog sie davon, zurück in Richtung Schiff, wobei er ohne Punkt und Komma vor sich hin schimpfte.

Aaron zog die Mundwinkel hinunter und stierte finster auf den Boden. Ohne sonderliche Eile legte er sich das Gewehr über die Schulter und humpelte hinter den anderen her. Bendix und Ida würdigte er keines Blickes.

Bendix ließ den Bootshaken sinken. Er sah dem Großkotz und seiner Gefolgschaft nach. Wie sie wieder vorsichtig über die Guanofelsen staksten. Wie sie in ihr Beiboot stiegen. Der Motor heulte auf, dann schipperten sie langsam auf die *Maracuja* zu. Komischerweise klapperten Bendix' Zähne jetzt wie verrückt. Er ließ sie klappern. Dann warf er Ida einen stummen Blick zu.

Ida schaute zurück. Sie sah völlig aufgelöst aus. Ihre Augen flackerten, die Haare standen in alle Richtungen ab und ihre Mundwinkel zuckten. Auch sie war lange nicht so cool, wie sie getan hatte. »Ich bring sie um!«, knurrte sie dumpf. »Die haben keine ruhige Minute mehr, solange sie hier sind. Ich mache Kleinholz aus denen, ich hau sie zu Brei, wenn sie meine Vögel nur anrühren. Ich schlag alles kurz und klein und mit ihrem protzigen Riesenschiff fange ich an!« Sie schwang die Axt und Bendix war sich sicher, dass sie es ernst meinte.

»Ich zerleg die Jacht in zehn Millionen Einzelteile. Ich hol mir das verdammte Gewehr und jag diesem Aaron eine Kugel in den Arsch. Vati und Kathi bind ich an einen Baum und seh zu, wie die Terrorvögel ihnen die Eingeweide rausreißen!«

»Terrorvögel?« Bendix sah Ida ungläubig an. Aber sie polterte weiter. Ihre Stimme zitterte vor Wut. »Die sollen bloß wiederkommen! Ich bin hier und ich werde auch hierbleiben! Keinen einzigen Vogel knallen die ab, diese Mörder! Dafür werd ich sorgen!«

Karolina trippelte von einem Bein aufs andere. Sie plapperte aufgeregt vor sich hin. »Ida ist lieb«, krächzte sie dann zärtlich und rieb ihren Kopf an Idas Wange.

7.

Der Motor der *Iguana* knatterte, der Fahrtwind blies Bendix die Haare aus der Stirn. Er stand am Steuer und fuhr auf Floribunda zu. Ein bisschen aufregend war das schon, so allein über den Pazifik zu fahren, auch wenn es nur ein kurzes Stück war.

Zum Glück war die See heute ruhig, nur ein paar kleine Wellen kräuselten die Oberfläche.

Bendix schaute zum hundertsten Mal auf das Echolot, um zu überprüfen, ob er genug Wasser unterm Kiel hatte. Die *Iguana* hatte zwar nicht viel Tiefgang, aber dicht unter der Wasseroberfläche lauerten zahlreiche Felsen.

Bendix wischte erst eine Hand, dann die andere an seiner Hose ab. Angestrengt sah er wieder nach vorn.

Ida war auf Guano geblieben. »Es geht nicht anders«, hatte

sie gesagt, »wenn ich hier abhaue, ballert der Großkotz garantiert sofort meine Vögel ab. Du musst alleine rüber. Meine Eltern müssen Bescheid wissen und Papa braucht ja auch das Boot zurück. Ach ja, und wenn du schon mal drüben bist, dann krall dir das Betäubungsgewehr. Und sieh zu, dass du so schnell wie möglich wieder hier bist!«

Und so war Bendix nun allein unterwegs nach Floribunda. Je näher er der Insel kam, desto stärker wurde der Seegang in seinem Magen. Hoffentlich waren Thekla und Knut nicht total sauer, weil Ida und er mitten in der Nacht und klammheimlich mit der *Iguana* abgehauen waren.

Schon kam die kleine Bucht in Sicht und das braune Holzhaus auf der Anhöhe. Bendix drosselte den Motor. Er steuerte die *Iguana* in die Bucht, als hätte er das schon hundert Mal gemacht. Eigentlich war das ganz schön cool, fand er. Leider fühlte es sich nur gerade nicht so an. Er biss sich auf die Lippe und versuchte, ganz ruhig zu atmen.

Kurz bevor er den Holzsteg erreichte, stellte er den Motor ganz aus, so, wie er es bei Knut gesehen hatte. Das Boot glitt das letzte Stück durch das Wasser, dann rumste es heftig gegen den Steg. Mist! Er hatte die Fender vergessen, die genau das verhindern sollten!

Bendix schielte zum Haus hoch. Nichts rührte sich. Dann sprang er mit dem Festmacher in der Hand auf den Steg. Wie der Knoten ging, wusste er nicht so genau, aber egal. Hauptsache, die *Iguana* konnte nicht wegtreiben.

Er drehte sich um und rannte los. So schnell er konnte, schlängelte er sich zwischen Bäumen und Büschen durch und ließ sich auch nicht von den Beerensträuchern aufhalten, deren Ranken sich in seiner Kleidung verhakten.

Als er zwischen Süßkartoffel- und Kaffeepflanzen auftauchte, sah er Thekla und Knut auf der Veranda stehen. Sie sahen ihm entgegen, als hätten sie auf ihn gewartet.

»Ach Bendix, wie gut!« Mit einem Satz war Thekla die Stufen hinuntergesprungen. Ihre kurzen Haare standen ihr struppig vom Kopf ab. Sie sah aus wie ein Vogel in der Mauser, aber ihre Augen leuchteten vor Erleichterung. »Ist alles in Ordnung bei euch? Geht es Ida gut? Was macht ihr nur für Sachen?« Sie musterte ihn besorgt von Kopf bis Fuß, bevor sie ihn fest umarmte.

Sie war nicht böse. Bendix war furchtbar erleichtert. Er hatte sich völlig umsonst Gedanken gemacht. Gemeinsam stiegen sie die Stufen zur Veranda hoch und setzten sich mit Knut an den Tisch.

»Ida musste drüben bleiben.« Bendix saß an der vordersten Stuhlkante, so, als wolle er gleich wieder aufspringen. »Die Leute haben ein Gewehr, sie wollen die Vögel abschießen! Ich muss auch wieder zurück. Ach ja und ich soll das Betäubungsgewehr mitnehmen. Ida braucht es.«

Jetzt wirkte Thekla noch besorgter als vorher. Sie ruckelte an ihrer Brille, dann sprang sie auf und lief mit großen Schritten die Veranda auf und ab. »Ich sollte bei ihr sein«, murmelte sie. »Ich sollte jetzt bei Ida sein.« Mit einem tiefen Seufzer blieb sie stehen. »Knut, hol bitte Popeline und Chris. Sie sind im Wohnzimmer, beim Matheunterricht. Wir müssen besprechen, wer nach Guano fährt und wer hierbleibt.«

»Ay, ay«, knurrte Knut in seinen Bart und biss auf den Pfeifenstiel wie ein Hai ins Surfbrett.

Chris sah schlecht gelaunt aus, als er auf die Veranda schlurfte. Er hasste den Schulunterricht bei Tante Popeline ebenso wie Bendix. Und dann musste er auch noch allein mit ihr im Wohnzimmer hocken! Grunzend ließ er sich auf einen Stuhl fallen und sah Bendix böse an, als ob der etwas dafür konnte.

Tante Popeline blieb mit einem Lineal in der Hand im Türrahmen stehen.

»Folgendes.« Thekla nahm die Brille ab und wedelte damit herum. »Ida ist allein auf Guano geblieben, um die Vögel zu schützen, denn offensichtlich schießen die Eindringlinge auf sie. Bendix wird auch wieder hinüberfahren, um Ida zu unterstützen.« Sie warf Bendix einen Blick zu.

Bendix nickte bestätigend.

»Es gefällt mir gar nicht, euch beide dort allein zu lassen. Am liebsten würde ich mitkommen. Aber wir haben momentan ein kleines Problem mit der Diplodokus-Herde. Ein paar Tiere scheinen krank zu sein und ich möchte sie gern im Auge behalten.«

Sie sah Knut fragend an. Der räusperte sich. »Mmh, ay, ich werde nach dem Rechten schauen, immer mal wieder.« Er fing einen strengen Blick von Thekla auf. »Jeden Tag, meine ich. Aber zwischendurch muss ich auch Fische fangen.« Knut nahm die Pfeife aus dem Mund und begann umständlich, sie zu reinigen.

Bendix konnte sich auch nicht vorstellen, dass Knut sich mit dem Großkotz anlegen würde. Das konnte Ida sicherlich viel besser.

Tante Popeline hob abwehrend die Hände, als Thekla sie anschaute. »Oh nein, ich kann nicht mit solchen Leuten umgehen. Und das weißt du auch genau! Als wir nach Floribunda zogen, haben wir klar vereinbart, dass ich für Haus und Küche verantwortlich sein würde und ihr für alles andere. Und das hier ist alles andere.«

»Klar.« Thekla seufzte. Dann blieb ihr Blick an Chris hängen. »Chris, ich würde dich gern hierbehalten. Du wärest mir eine große Hilfe bei den kranken Dinosauriern. Aber ich frage mich, ob es nicht besser ist, wenn du Ida und Bendix auf Guano unterstützt.« Sie seufzte ein weiteres Mal. »Was meinst du, Chris?«

»Hm.« Chris überlegte. Er schien die Vor- und Nachteile abzuwägen. »Was haben die Diplodokusse denn für eine Krankheit?«, fragte er dann.

»Durchfall«, sagte Thekla.

»Guano«, sagte Chris.

»Aber ich könnte dir zeigen, wie man Stuhlproben entnimmt und unter dem Mikroskop Krankheitserreger finden und bestimmen kann. Das ist sehr interessant.« Thekla nickte begeistert.

Chris verzog entsetzt das Gesicht. Dann schüttelte er wie wild seinen Kopf und streckte die Hände weit von sich. »Guano, auf jeden Fall. Ich fahre mit nach Guano.«

Thekla sah ein bisschen enttäuscht aus.

Im Schuppen fand sich eine zusammengerollte Matratze. Bendix holte einen Armvoll Decken aus der Holztruhe, die oben im Flur an der Wand stand, und Thekla suchte ein paar Kleidungsstücke zusammen. Selbst Tante Popeline ließ sich nicht lumpen und gab ihnen ein Picknickkörbchen mit, obwohl es auf Guano doch viel mehr zu essen gab als auf Floribunda.

»Und das Betäubungsgewehr?«, fragte Bendix, als sie alles auf der Veranda zusammengetragen hatten.

Thekla schüttelte den Kopf. »Nein«, sagte sie bestimmt, »das würde die Situation nur noch schlimmer machen. Ihr schießt nicht auf Menschen. Sonst schießen sie am Ende noch auf euch.« Dann nahm sie Bendix in den Arm und drückte ihn fest. »Oh, seid bloß vorsichtig, Bendix! Tut nichts, was euch in Gefahr bringen könnte! Ich werde euch so oft wie möglich besuchen!«

Knut brachte Bendix und Chris nach Guano. Während Bendix sich fragte, wie es wohl Ida in der Zwischenzeit ergangen war, hielt Chris sich am Picknickkörbchen fest. Ab und zu schielte er unter das Geschirrhandtuch, mit dem Tante Popeline die Speisen abgedeckt hatte. Dann leuchtete sein Gesicht auf und er leckte sich die Lippen.

Es war später Nachmittag, als die *Iguana* den kleinen Strand erreichte, an dem auch Bendix und Ida in der Nacht zuvor angekommen waren. Auch Knut fuhr so weit, bis der Sand unter dem Kiel knirschte und das Boot festsaß. Alle drei sprangen ins seichte Wasser und luden aus, was sie mitgebracht hatten.

Sofort hüpften ein paar Vögel auf langen Beinen herbei und steckten ihre roten Schnäbel neugierig in den Picknickkorb. Sie hatten ein wunderschönes weiß-blaues Gefieder, das in der Sonne schillerte und glänzte.

Chris' Augen weiteten sich entsetzt. »Verschwindet!«, rief er und wedelte mit den Armen. »Ksch! Ksch!«

»Lass meine Purpurhühner in Ruhe!«, fauchte es und Ida kam mit erhobener Axt über den Strand gefegt. »Heiliger

Huia! Ich habe so langsam die Schnauze voll von Leuten, die glauben, ständig meine Vögel scheuchen zu müssen!« Karolina auf ihrer Schulter krächzte zustimmend.

Chris trat vorsichtshalber ein paar Schritte zurück.

Ida bremste so scharf vor ihnen ab, dass der Sand aufstob. Dann ließ sie die Axt sinken. Behutsam legte sie sie im Sand ab, denn natürlich war sie schon wieder von Vögeln umgeben, die um ihre Füße wimmelten.

»Ahoi Ida«, knurrte Knut, »geht's dir gut? Was machen diese Stockfische auf ihrer Luxusjacht?« Er umarmte Ida und klopfte ihr kräftig auf den Rücken.

Ida wischte sich eine Haarsträhne aus dem Gesicht. »Sie sind ein zweites Mal an Land gekommen«, grollte sie. »Dachten wohl, wir wären beide mit der *Iguana* weggefahren. Da musste ich ihnen die Antenne von ihrem Beiboot abknicken. Die kapieren sonst nicht, dass sie hier nicht erwünscht sind.« Jetzt sah sie schon etwas zufriedener aus. Chris und Bendix betrachteten die Vögel, die um ihre Füße hüpften. Ein paar olivgrüne Stephenschlüpfer versuchten, den Schnäbeln bunter Sittiche zu entwischen. Mauritiusrallen mit leuchtend rotem Gefieder flitzten den Strand entlang, nur um sich dann wieder zu vergewissern, dass Ida noch da war.

Jetzt nahm Knut Ida noch einmal in den Arm. Diesmal drückte er sie nur fest, ohne zu klopfen. »Pass man bloß auf, Ida. Mach diese Leute besser nicht wütend, sonst . . .« Er sprach nicht weiter. Das Wasser plätscherte an den Strand und gluckerte am Rumpf der *Iguana*. Bendix wandte seinen Blick ab und sah aufs Meer. Dann hörte er Idas Stimme, kampfeslustig wie so oft. »Mach dir keine Sorgen, Papa! Ich krieg das hin. Und Bendix und Chris helfen mir dabei!« Bendix drehte sich wieder um. Ida blinzelte ihm verschwörerisch über die Schulter ihres Vaters zu.

Er grinste schief zurück.

Sie brachten die Sachen in Idas Hütte. Chris stellte den Picknickkorb auf den kleinen Tisch und Ida stopfte die Kleidung ins Regal zwischen ein paar Vogelbücher. Die Matratze ließen sie zunächst einmal aufgerollt, sie hätte sonst zu viel Platz weggenommen.

Schließlich verabschiedete Knut sich. »Ich komm morgen wieder, um zu sehen, ob alles klar ist bei euch«, knurrte er in seinen Bart, die Pfeife wippte beim Sprechen auf und ab. »Soll ich euch einen Fisch vorbeibringen?«

»Ja!«, rief Chris begeistert.

»Vielen Dank, nicht nötig«, sagte Bendix höflich.

»Ach, Papa, wir haben doch genug zu essen auf Guano!« Ida drückte ihrem Vater einen Kuss auf die Wange. »Bis morgen!« Sie winkte ihm nach.

Chris sah etwas säuerlich aus.

»Also aufgepasst.« Die drei saßen im Sand vor Idas Hütte. Ida ließ sich nicht davon irritieren, dass Karolina liebevoll an ihren nackten Zehen knabberte. »Ich werde ganz bestimmt nicht nur hinter diesen drei Backpflaumen herlatschen und darauf warten, dass was passiert. Ich hab vor, ihnen so richtig Feuer unterm Hintern zu machen.«

»Hast du schon eine Idee?«, fragte Bendix, der besorgt einen Mauritius-Papagei mit gigantischem Schnabel beobachtete, der sich langsam, aber beständig *seinen* Zehen näherte.

»Als Allererstes werd ich heute Nacht zur *Maracuja* rüberschwimmen«, erklärte Ida, als sei es das Selbstverständlichste der Welt. »Ich werd mir das Schiff mal näher angucken. Und ich werd das verdammte Gewehr suchen.« Sie nickte zufrieden.

Chris sah auf und schüttelte seine Haare aus der Stirn. »Und wenn du es findest?«

»Dann nehm ich es mit, was sonst?« Ida strich Karolina über den Kopf. Der Sittich plapperte vor sich hin, dann knabberte er an ihren Fingern. »Wahrscheinlich wird es das Bad im Pazifik nicht überleben. Pech.« Sie schaute Bendix direkt in die Augen. »Was ist? Kommst du mit?«

Bendix schnappte nach Luft. Er griff in den Sand, seine Hände schlossen sich zu Fäusten. »Ööööh . . .« Langsam ließ er den Sand durch die Finger rieseln. »Also . . .« Er sah die *Maracuja* vor sich, schneeweiß und hoch aufragend wie eine Festung. Eine Festung, in der sich drei Menschen verschanzt hatten, die mindestens ein Gewehr besaßen. Wahrscheinlich warteten sie dort schon auf sie, bis an die Zähne bewaffnet . . .

»Chris?«

Chris hatte diese Frage wohl befürchtet. Er war schon vorher rot geworden. »Äh, ich . . . ich kann nicht.«

»Wie, du kannst nicht?« Ida sah leicht genervt aus.

Chris starrte eine Gruppe der schwarz-weißen Raben an, die am Wasser um die Wette krächzten. »Ich, also, ich . . .«, angestrengt fixierte er die Vögel, »also, äh, ich . . . ich kann nicht schwimmen.«

Überrascht schaute Bendix auf. Er tauschte einen kurzen Blick mit Ida. Die zog die Stirn kraus. »Was soll das heißen, du kannst nicht schwimmen? Jeder kann schwimmen.«

»Ich eben nicht!« Jetzt klang Chris' Stimme ein wenig patzig. »Ich hab's nie gelernt, klar?« Er ließ sich zur Seite plumpsen. Seine freie Hand buddelte im Sand, bis ein paar von den kleinen olivbraunen Vögeln sich interessiert näherten, um zu schauen, was er da machte. Plötzlich huschte ein winziges Grinsen über Chris' Gesicht. »Meine Mutter hat mich mal zum Schwimmkurs geschleppt, als ich klein war. Aber sie hat immer erzählt, ich hätte das ganze Schwimmbad zusammengebrüllt. Und danach hat sie's nie wieder versucht.«

Auch Bendix und Ida mussten grinsen. Sie tauschten einen weiteren Blick aus.

Ein Stück von ihnen entfernt fiel eine Kokosnuss mit dumpfem Aufprall in den Sand. Einige Vögel hüpften davon, um sich über ein paar am Waldrand liegende Noni-Früchte herzumachen. Die Früchte schmeckten faulig und ranzig und käsig, was die Vögel aber offensichtlich nicht störte.

Die Sonne stand schon tief über dem Horizont und hatte sich in einen Glutball verwandelt, der den halben Himmel rot färbte. Auf dem Wasser hüpften unzählige Lichtreflexe und verwandelten den Pazifik in Lava.

Plötzlich stellte sich ein Lord-Howe-Purpurhuhn neben Bendix und schaute ihn an. Stand nur da und sah ihm prüfend in die Augen. Eine Weile hielt Bendix dem Blick des Vogels stand, dann senkte er die Augen. »Okay«, sagte er, »ich komm mit.«

Als Ida nicht antwortete, sah er auf. Ida lächelte, von einem Ohr zum anderen. Ihre Sommersprossen leuchteten in der untergehenden Sonne. »Ich hab auch nichts anderes erwartet«, sagte sie.

8.

Wieder saßen sie zwischen dem Hibiskus und dem Oleander, diesmal zu dritt. Es war inzwischen stockdunkel geworden. Nur der abnehmende Mond warf sein bläuliches Licht auf die Welt und ließ die *Maracuja* wie ein Geisterschiff zwischen den Felsen dümpeln. Die Vögel hatten sich einer nach dem anderen zurückgezogen. Nach und nach war ihr Gute-Nacht-Gezwitscher verstummt; jetzt hörte man nur noch die Palmwedel leise rascheln und das Atmen des Meeres.

Der Hibiskus duftete in die Dunkelheit hinein.

Chris lag auf dem Rücken, er wälzte sich von einer Seite auf die andere und stöhnte. »Wie lange müssen wir denn noch warten? Die haben schon vor mindestens einer Stunde das Licht ausgemacht. Die schlafen doch längst.« Dann rollte er sich auf den Bauch. »Und mir sind auch schon die Füße eingeschlafen«, murmelte er in den Boden.

»Pst«, wisperte Ida ärgerlich. »Wir müssen hundertprozentig sicher sein, dass sie fest schlafen, kapierst du das nicht?«

»Ich schlaf auch gleich ein, wenn ich hier noch lange im Busch rumliegen muss«, knurrte Chris.

»Wag es bloß nicht!«, zischte Ida. »Du bist hier, um uns zu warnen, falls sich irgendwo an Bord ein Lebenszeichen regt. Ich hoffe, du hast das Signal drauf, das Krächzen des Färöer Kolkraben!«

»Klar«, murmelte Chris und gähnte. »Kra, kra.«

Gegen seinen Willen musste Bendix kichern. Es klang ziemlich nervös. Das war auch kein Wunder, denn durch seinen Bauch zog eine ganze Ameisenstraße.

Ida schnaubte in die Dunkelheit. Wahrscheinlich verdrehte sie die Augen. Dann war es wieder eine Weile still.

»Jetzt«, sagte Ida schließlich.

Unter den Ameisen brach Panik aus. Bendix' Herz bollerte mit einem Mal so heftig gegen seine Rippen, dass es ihm fast die Luft nahm.

Aber jetzt gab es kein Zurück mehr: Ida war aufgestanden. Sie zog bereits ihre Weste und ihr Hemd über den Kopf und ließ die Kleidung ins Gras fallen. In dem Trägerhemd, das sie darunter trug, sah sie noch dünner aus als sonst. Allerdings auch fest entschlossen. »Komm«, wisperte sie Bendix zu, bevor sie sich umdrehte und über die Guanofelsen stakste.

Bendix rappelte sich auf. Schnell zerrte auch er sich sein Hemd über die Ohren. Dann hastete er hinter Ida her.

Am Ufer zogen sie ihre Stiefel aus und stellten sie auf einem Felsen ab. Bendix spürte die feuchte Vogelkacke unter den nackten Füßen. Kühl und glitschig. Ein Schauer lief ihm den Rücken hinunter.

Das Wasser gluckerte leise an die Felsen, schwarz und undurchdringlich. Alles in Bendix schrie laut und deutlich, dass er dort nicht hineinsteigen wollte. Aber Ida hatte sich bereits an die Felskante gesetzt. Fast lautlos glitt sie ins Wasser.

Bendix hatte keine Wahl. Er musste hinterher. Bei ihm platschte es viel lauter. Außerdem bekam er Wasser in den Hals und erstickte fast bei dem Versuch, ein Husten zu unterdrücken. Nachdem er sich ein paar Mal möglichst leise geräuspert hatte, paddelte er Ida nach. Dabei hatte er das Gefühl, so viel Lärm zu machen wie ein Panzer. Bestimmt war die Besatzung der *Maracuja* längst aufgewacht und wartete schon an Deck auf sie. Mit geladener Waffe.

Mit ruhigen Zügen zerteilte Ida das Wasser und ließ das Mondlicht auf der Oberfläche tanzen. Sie war schon fast an der Jacht angekommen. Bendix verfolgte, wie sie sich an der Badeplattform der *Maracuja* hochzog. Dann reckte sie sich nach der Leiter, aber die war zusammengeklappt und sie kam nicht ran. Suchend blickte sie sich um. Schließlich schien sie sich für die Ankerleine zu entscheiden. Sie griff danach und hangelte sich an Armen und Beinen hängend hoch. Langsam und ruhig und geschickt wie ein Affe. Nur die Tropfen, die aus ihren Zöpfen perlten, plätscherten leise aufs Wasser. Und die gespannte Leine knirschte, dort wo sie sich an der Wand des Schiffes rieb.

Bendix wartete, bis Ida oben angekommen war und ihm ein Zeichen gab. Dann versuchte er, ebenso still und leise hinterherzuklettern. Er hatte Ida genau beobachtet, er wollte nichts falsch machen. Linker Arm, rechtes Bein, tief durchatmen, nicht abrutschen ... Die Leine grub sich in seine Hände, es tat ganz schön weh. Aber trotzdem: Nicht loslassen, nicht abrutschen ... Er schaffte es, auch wenn er doppelt so lang brauchte wie Ida. Sie streckte ihm eine Hand entgegen. Als er schließlich im Zeitlupentempo seine Beine an Deck holte, fühlten sie sich wieder mal ganz schön zitterig an.

Ida legte den Zeigefinger auf die Lippen. Einen Moment lang standen sie nur da und lauschten. Bendix war atemlos. Er hörte, wie das Wasser aus seiner Hose auf das Deck tropfte. Tropf, tropf, tropf.

Die *Maracuja* schaukelte sachte auf und ab. Wasser plätscherte gegen ihren Rumpf. Die Reling glänzte silbrig im Mondlicht. Vom Deck stieg ein süßer Geruch in Bendix' Nase und verdrängte die salzige Meerluft. Es roch nach Wachs ... angenehm und trotzdem irgendwie schwindelerregend. Er hielt sich an einem Liegestuhl fest. Das Holz erschien ihm warm und vertraut.

Ida winkte ihm zu. Sie stand schon an der breiten Glastür, die sich zum Achterdeck hin öffnete. Die Tür war nicht abgeschlossen.

Offenbar hatte der Großkotz doch nicht mit einem nächtlichen Besuch gerechnet.

Lautlos schlich Bendix über die Holzplanken. Er schlüpfte durch die Tür und spürte plötzlich Teppich unter den Füßen. Vermutlich war er in einen Salon oder so was getreten. Schemenhaft erkannte er ein protziges weißes Ledersofa zu seiner Linken. Ansonsten schien alles aus dunklem Holz zu sein und wurde von der Nacht verschluckt. Ein riesiger Fernsehbildschirm reflektierte matt einen schwachen Lichtschimmer.

Das Blut rauschte in Bendix' Ohren. Sein Herz schlug so

laut, dass er Angst hatte, mit dem Gewummer die Besatzung der *Maracuja* zu wecken. Er konnte Ida nicht mehr sehen. Blind tastete er sich vorwärts. Jetzt hatte er wieder Holz unter seinen nackten Füßen. Er streckte die Hände aus und stieß gegen irgendetwas Metallisches. Geräuschvoll sog er die Luft ein. Der Schreck war größer als der Schmerz. Er lauschte in die Dunkelheit. Irgendetwas summte leise.

»Ida?«

»Hier«, wisperte Ida. »Achtung, nicht erschrecken. Ich mach mal die Stirnlampe an.«

Ach ja, Ida hatte ja eine Stirnlampe zum Geburtstag bekommen! Das hatte Bendix schon ganz vergessen. Er hatte gar nicht mitbekommen, dass Ida sie mit an Bord genommen hatte.

Ein schmaler Lichtring flammte auf; Ida hielt die Lampe an ihren Bauch gedrückt. Dann richtete sie sie vorsichtig auf den Boden.

»Wow!«, raunte Bendix tonlos. Sie waren in der Küche. Neben Bendix surrte ein Kühlschrank in Edelstahloptik. Eine Theke aus massivem Holz ragte in den Raum, Barhocker waren am Boden festgeschraubt. Dunkelrote Sitzkissen. An der Stirnseite des Raumes befand sich ein üppig gepolstertes Ecksofa mit einem Esstisch davor. Und auf der anderen Seite schimmerten weitere Küchengeräte im Kegel der Stirnlampe.

Ida ließ den Lichtstrahl über einen Eiswürfelbereiter, einen Cocktailshaker, eine Saftpresse und einen Kaffeevollautomaten wandern. Verständnislos sah sie Bendix an, dann betrachtete sie mit gerunzelter Stirn einen Schokoladenbrunnen.

Klar, dass sie so etwas noch nie gesehen hatte. Sie lebte

schon seit Ewigkeiten auf Floribunda, wo Tante Popeline jeden Morgen ein Feuer im Ofen anzündete, um zu kochen.

Kopfschüttelnd wandte Ida sich ab und huschte weiter. Bendix erhaschte einen Blick in das Ruderhaus der Jacht, das aussah wie eine Pilotenkanzel mit all den Knöpfen und Tasten und Bildschirmen. Eine richtige Kommandobrücke! Aber Ida schlich schon eine Wendeltreppe hinunter, die sich zwischen Küche und Ruderhaus befand. Jetzt war es wieder stockdunkel; Ida hatte das Licht gelöscht.

Bendix klammerte sich am Geländer fest, um nicht zu stolpern. Vorsichtig setzte er einen Fuß vor den anderen. Die weichen Matten auf den Stufen dämpften seine Schritte.

Unten angekommen lauschten Bendix und Ida in die Dunkelheit hinein. Das Schiff schaukelte sanft. Dann durchbrach ein Geräusch die Stille.

»Chchrrr . . . pfff . . .«

Es war Glotz Goldbein. Das konnte Bendix selbst am Schnarchen erkennen.

Ida kicherte.

»Pst!« Bendix legte einen Finger auf die Lippen, obwohl Ida das in der Dunkelheit gar nicht sehen konnte.

Wieder flammte der Lichtring der Taschenlampe an ihrem Bauch auf. Vorsichtig ließ sie den Lichtkegel über den Boden gleiten. Sie befanden sich in einem schmalen Gang. Weißer, flauschiger Teppich, ansonsten überall dunkles Holz. Rechts und links von ihnen gingen Türen ab. Ida streckte ihre Hand nach dem ersten Türgriff aus. Es war das Zimmer, aus dem das Schnarchen kam.

»Nicht«, zischte Bendix, aber zu spät. Sie drückte bereits die Klinke hinunter, vorsichtig und in Zeitlupe.

Die Tür war abgeschlossen. Bendix atmete auf. Doch er hatte sich zu früh gefreut. Ida stand bereits an der Tür gegenüber.

Bendix presste die Augen und die Lippen zusammen und hielt sich die Hände vors Gesicht. Sie konnten doch nicht einfach so in die Schlafzimmer spazieren! Garantiert würden sie den Großkotz und die anderen wecken, wenn die nicht sowieso schon wach waren . . . Bendix hörte kein Schnarchen mehr! Heiß und kalt lief es ihm den Rücken hinunter und er konnte sich nicht mehr bewegen. Sein ganzer Körper war zu einer Salzsäule erstarrt. Gleich würde er Schritte hören, dann würde sich die Tür öffnen und dann . . .

»Chchrrr . . . pfff . . .«

Puh! Bendix atmete auf, aber sein Herz raste noch immer wie verrückt und seine Beine fühlten sich an, als seien sie zu Quallen mutiert.

»Pst! Bendix!« Ida hatte die Tür geöffnet und war in den Raum geschlüpft. Es war ein Badezimmer. Zum Glück. Bendix huschte ihr nach. Der Lichtkegel von Idas Taschenlampe wanderte über ein schwarzes Marmorwaschbecken und goldene Wasserhähne in Form von Schwänen. Der in rötlich schimmerndes Holz eingebaute Riesenspiegel ließ sich öffnen. Dahinter befanden sich Regale mit unzähligen Tuben, Tiegeln und Töpfen, Döschen, Flaschen und Bürsten. *Rasierschaum pour l'Homme,* las Bendix im Licht der Taschenlampe und *Luxus Sandelholz Deodorant.* Glatzenpolitur *Pouf d'Or.*

Es musste wohl Glotz Goldbeins Badezimmer sein.

Ida hatte etwas anderes entdeckt. Sie nahm eine Glasdose aus dem Regal und hielt sie Bendix grinsend hin. *Original* ungarische Bartwichse – extraschmierig – für langen Halt. Dann setzte sie die Stirnlampe auf den Kopf und sah sich suchend um. Was hatte sie jetzt schon wieder vor?

Sie öffnete den Schrank unter dem Waschbecken und leuchtete hinein. Als sie wieder auftauchte, strahlten ihre Augen. Sie funkelten geradezu.

Ida hatte eine Plastikflasche in der Hand. *Epoxidharz – superhart – für Autoindustrie, Schiffbau und Raumfahrt.*

Bendix war mulmig zumute. Er warf einen Blick zur Tür, dann beobachtete er mit weit aufgerissenen Augen Ida, die am Boden hockte. Mit flinken Fingern öffnete sie die Dose und die Flasche. Anschließend kippte sie etwas Epoxidharz zur Bartwichse und sah zu Bendix auf. Sie machte ihm ein Handzeichen, dass sie etwas zum Umrühren brauchte. Bendix schaute in den Schrank hinterm Spiegel und griff dann zu Glotz Goldbeins Zahnbürste. Mit Holzstiel.

Vorsichtig vermengte Ida die Pampe in der Dose zu einer geschmeidigen Masse, drehte den Deckel wieder zu und stellte Harz und Bartwichse zurück an Ort und Stelle. »So.« Sie sah sehr zufrieden aus und nahm die Lampe vom Kopf. Der Lichtschein war mittlerweile schwächer geworden.

Hinter Ida schlich Bendix wieder zurück in den Gang. Ida versuchte, jede Tür zu öffnen. Sie schauten in ein leeres Schlafzimmer mit UFO-Bett und Riesenfernsehbildschirm an der Wand. Sie fanden ein zweites Badezimmer in rosa Marmor – wahrscheinlich Kathis. Und sie spähten in einen kleinen Raum, der komplett holzverkleidet war. Einziges Mobiliar waren zwei Holzbänke in verschiedenen Höhen. Ratlos sah Ida Bendix an. »Eine Sauna«, flüsterte er ihr zu.

Zwei weitere Türen waren verschlossen.

Die letzte Tür, an der Stirnseite des Flurs, ließ sich öffnen. Langsam leuchtete Ida in den Raum. Dann hielt sie die Luft an und schüttelte sich.

Auch Bendix japste. Er wich ein Stück zurück. Kälte strömte ihnen entgegen. Kälte und ein widerlicher Gestank. Es roch . . . chemisch irgendwie. Ein stechender Geruch lag in der Luft, der alles andere überdeckte. Bendix rieb sich die Nase. Er fröstelte. Leise wie Katzen schlichen die beiden in den Raum und schlossen lautlos die Tür hinter sich. Der Boden war eiskalt und glatt. Ida setzte die Lampe auf. Der Lichtkegel glitt über einen Metalltisch, der in der Mitte des großen Raumes stand. Unter dem Tisch befand sich eine Wanne. Links an der Wand sah Bendix Geräte, die er nicht kannte. Eine Art Trommel, von der Röhren zu einem anderen Apparat führten. Ein kleiner Tisch mit Schneidemesser. Ein großer Kessel. Auf der rechten Seite ein am Boden festgeschraubter Container, auf dem ein Kasten voller Pinzetten, Scheren, Messer und Zangen stand. Dahinter ein Schrank, aus dem Holzwolle quoll. Und Regale voller Gläser und brauner Flaschen. Ida und Bendix traten näher. Im schwächer werdenden Licht der Stirnlampe lasen sie Namen wie *Chrom*, *Alaun* und *Polyäthylenglykol*.

Es war eine Art Labor.

Ein Labor auf einer Luxusjacht. Wozu war es da? Was wurde hier erforscht?

An der Wand hingen ein weißer Kittel und eine Schutzbrille. Daneben eine Lederschürze.

Ida zog Bendix am Ärmel und zeigte ins Regal. Da war ein Glas . . . voller Augen! Bendix schreckte zurück. Dunkle Augen, groß und klein und alle glotzten ihn an! Schnell erkannte er, dass es Glasaugen waren, aber bis sein Puls sich wieder einigermaßen beruhigt hatte, verging ein bisschen mehr Zeit.

Und dann schrie Ida auf.

Es war nur ein kleiner Schrei und sie presste sich sofort die Hand auf den Mund, aber Bendix fuhr herum wie vom Allosaurus gebissen. Ein Drache! Mit weit aufgerissenem Maul kam er auf sie zugeschossen . . . nein, er war völlig erstarrt. Im Angriff erstarrt.

Genau wie Bendix und Ida. Wie versteinert standen sie da und versuchten, kein Geräusch von sich zu geben. Lauschten nur. Ida machte die Stirnlampe aus. Mit wild klopfendem Herzen lauschten sie in die Dunkelheit und erwarteten, jeden Moment Schritte zu hören. Sicherlich hatte jemand den Schrei gehört.

Bestimmt fünf Minuten standen sie reglos da und trauten sich kaum zu atmen. Dann hörte Bendix, wie Ida tief Luft holte. »Heiliger Huia«, wisperte sie. »Das ist ja noch einmal gut gegangen.« Sie schaltete die Lampe wieder an. Das Licht glomm jetzt nur noch sehr schwach. Sie versuchte zu kurbeln, aber es war zu laut.

Bendix starrte den Drachen an. Es war ein Waran. Er stand auf einem Podest, deshalb wirkte er so groß. Und echt wirkte er noch immer, wenn auch tot. Er war ausgestopft.

Bendix wandte sich ab. Im kümmerlichen Schein der Taschenlampe fiel sein Blick auf ein Känguru. Ebenfalls mitten im Sprung erstarrt. Ida neben ihm stöhnte leise. Sie bewegte sich rückwärts zur Tür. Das schwache Licht der Lampe streifte nur noch ein Fell, das auf einen Rahmen gespannt war. Dann war Ida schon draußen und mit ihr das bisschen Licht.

Bendix tappte auf Zehenspitzen hinterher. Er hatte mittlerweile eiskalte Füße und fühlte sich auch in seinem Inneren ganz kalt. Lautlos schloss er die Tür hinter sich. Die Tür zum Labor des Grauens.

Puh, endlich wieder frische Luft! Sie schlichen den Flur entlang und die Wendeltreppe hoch. Wärme strömte auf Bendix ein. Der weiche Teppich und dann der Holzboden unter seinen Füßen ließen ihn fast glauben, das eiskalte Labor sei nur ein Albtraum gewesen. Und doch hatte er es mit eigenen Augen gesehen.

Die Stirnlampe war ausgegangen. Aber Bendix konnte sich auch so orientieren, lautlos huschte er auf das gräuliche Viereck zu, von dem er wusste, dass es die Glastür zum Achterdeck war. Als Ida die Tür vorsichtig öffnete, hörte er ein Geräusch. Ein Geräusch, das ihm das Blut in den Adern gefrieren ließ.

»Kra! Kra! Kra!«

Das verabredete Warnsignal! Der Färöer Kolkrabe! Chris hatte etwas gesehen!

Wie der Blitz sauste Bendix übers Deck und ließ sich hinter Ida an der Ankerleine ins Wasser gleiten. Diesmal platschte es noch lauter.

»Kra! Kra!«

Bendix hatte gar nicht gewusst, dass er so schnell schwimmen konnte. Er überholte sogar Ida und war vor ihr am felsigen Ufer. Erst dort drehte er sich um.

Auf der Jacht war alles dunkel.

»Kra! Kra!«

Er zog sich am Fels hoch und schlüpfte mit nassen Füßen in die Stiefel. Dann reichte er Ida eine Hand. »Heiliger

Huia!«, schimpfte die leise. »Hört Chris vielleicht mal auf mit seinem Gekrächze?« Geduckt sprangen sie über die glitschigen Felsen.

»Kra! Kra! Kra!«

»Halt deinen Schnabel, Chris!«, zischte Ida wütend. »Du spinnst wohl! Es ist doch alles ruhig auf der *Maracuja!*«

»Quatsch! *Du* spinnst! Ich hab ein Licht gesehen«, zischte es aus den Büschen zurück. »Es hat sich bewegt. Unten im Schiff. Da hab ich euch gewarnt. Dazu bin ich ja wohl hier, oder?« Es raschelte in der Dunkelheit. Chris schien sich aufzurappeln. Er stöhnte. »Mann, mir tut alles weh.« Seine Stimme klang heiser.

»Ein Licht?« Idas Stimme quietschte fast. »Das waren wir, du Blindgänger! Mit unserer Stirnlampe!«

»Selber Blindgänger«, giftete Chris. »Wieso erzählst du mir nicht vorher, dass du eine Stirnlampe mitnimmst? Mann, ich krächz hier schon eine halbe Stunde rum . . .«

»Pssst!«, zischte Bendix. »Bei allen hirnlosen Amöben, haltet die Klappe! Sollen die jetzt noch aufwachen, oder was?«

Einen Augenblick lang war es still bis auf ein leises Rascheln in den Palmwedeln über ihren Köpfen. Bendix sah zur *Maracuja* hinüber. Ein riesiger dunkler Schatten, der leicht auf und ab dümpelte. Der Mond war hinter Wolken verschwunden.

»Jetzt ist es sowieso egal«, murrte Ida leise. »Kommt, wir gehen zurück zur Hütte.« Sie drehte sich um und schlurfte durchs Gras. Bendix sah zu, dass er hinterherkam.

9.

Ausstopfen«, sagte Ida düster. »Wir klauen das Gewehr, knallen sie ab und dann stopfen wir sie aus. Mit Glasaugen und allem.« Sie griff mit beiden Händen in den Sand und schleuderte ihn von sich, dass es nur so staubte. Ein Lord-Howe-Purpurhuhn sah sie vorwurfsvoll an.

Bendix schüttelte den Kopf.

Der nächste Morgen war angebrochen. Die drei saßen im warmen Sand vor Idas Hütte und überlegten, wie sie die *Maracuja* und ihre Besatzung loswerden konnten.

»Pio! Pio!«, pfiff es aus den Bäumen. Die Vögel zwitscherten und sangen um die Wette und ein Kuckuck rief unentwegt seinen Namen.

»Wir müssten . . .«, Bendix überlegte, »wir müssten noch mal ins Labor. Und da irgendwas machen, sodass sie es nicht mehr gebrauchen können. Diese ganzen Chemikalien im Kessel zusammenkippen und das ganze Werkzeug mit reinschmeißen oder so . . .« Er schielte zu Ida rüber.

»Ausstopfen«, sagte Ida dumpf.

»He!«, rief Chris empört. Ein Huhn mit gigantischen Füßen scharrte wie wild am Strand. Der Sand flog Chris um die Ohren. Der Vogel gluckste entrüstet, als Chris ihn davonscheuchte.

»Diese Monster! Diese Mörder!«, grollte es tief aus Idas Kehle. »Sie knallen meine Vögel ab . . . um sie *auszustopfen!* Sie haben nichts anderes verdient! Den Großkotz werde ich mit Holzwolle ausstopfen . . . und dann werde ich ihm Fischaugen verpassen . . . und dann . . . und dann setze ich ihn in seinem Beiboot auf dem Pazifik aus, zur Warnung an alle!«

Wieder schüttelte Bendix den Kopf. »Das klappt doch eh nicht«, murmelte er. »Wir müssen uns was ausdenken, was auch wirklich funktioniert.«

»Und ob das klappt«, knurrte Ida und griff wieder in den Sand.

Karolina auf ihrer Schulter trippelte unruhig hin und her. Sie reckte ihre Flügel und knirschte mit dem Schnabel. »Ida ist lieb«, krächzte sie aufgeregt. »Ida ist lieb!«

»Ach, Karolina, meine Gute«, seufzte Ida, nahm sie auf ihre Hand und kraulte sie am Kinn. Karolina legte den Kopf schief und gurrte wie ein Täubchen.

»Ich lasse einfach nicht zu, dass dir irgendjemand was tut. Dir oder den anderen Vögeln.« Ida biss sich auf die Lippen.

»Ausstopfen!«, gurrte Karolina.

Bendix riss die Augen auf. Ihm blieb der Mund offen stehen. Auch Chris richtete sich im Sand auf und starrte den Sittich an, als sähe er ihn zum ersten Mal. »Wow!«, sagte er.

Über Idas Gesicht glitt ein Leuchten. »Ja, so ist es richtig, Karolina!« Sie warf ihre blonden Zöpfe zurück und sah auf einmal sehr siegessicher aus. »Denen zeigen wir es, nicht wahr?«

Und in Bendix' Kopf formte sich plötzlich ein neuer Gedanke. Nachdenklich betrachtete er den grünen Vogel mit dem gelben Kopf und dem orangeroten Gesicht. Karolina konnte sprechen . . . und auf Guano gab es eine ganze Menge Karolinasittiche . . . Wie wäre es, wenn . . .?

»Können die Vögel uns nicht dabei helfen?«, überlegte er laut.

Ida sah fragend auf.

»Die Leute zu vertreiben, meine ich. Den Karolinasittichen können wir Schimpfworte beibringen. So was wie *Dein letztes Stündlein hat geschlagen, höhöhö!* Oder so.«

»Ist klar, Mann!« Chris rappelte sich ächzend hoch. »Und den Färöer Kolkraben bringen wir bei, den Typen auf den Kopf zu kacken!« Er winkte ab und schlurfte durch den Sand davon. Dann verschwand er zwischen Bananen und Orchideen und tauchte einen Augenblick später mit einer Papaya in der Hand wieder auf. Die Frucht war aufgeplatzt, das orangene Fruchtfleisch quoll saftig glänzend hervor. Chris ließ sich wieder neben Bendix und Ida in den Sand plumpsen. »Möchte jemand?« Er hielt ihnen die Papaya hin.

Bendix und Ida schüttelten stumm den Kopf.

»Umso besser.« Chris grunzte zufrieden. Ein paar olivgrüne Kona-Finken mit kräftigen Schnäbeln hüpften herbei. Und ein Mauritius-Papagei sah Chris interessiert über die Schulter. »Euch hab ich nicht gemeint! Husch, husch!« Chris wedelte mit der Hand, lockte aber nur noch mehr hungrige Vögel an.

»Die Idee ist gar nicht so schlecht.« Ida knabberte auf ihrer Unterlippe und starrte irgendwo ins Nichts. »Vielleicht . . .« Sie schien angestrengt nachzudenken.

»Was denn?« Chris ließ für einen Moment die Papaya sinken. Das nutzte ein schwarzer Vogel, der auf langen Beinen aus dem Unterholz gehüpft kam. Er hatte auffällig orangene Hautlappen unter den Augen und eine weiße Schwanzspitze. Sein Kopf mit dem sichelförmigen Schnabel verschwand vollständig in der Frucht.

»He, lass das!« Chris zog die Papaya weg. Der Vogel sprang einen Satz zurück und begann zu schimpfen. »Huia! Huia! Huia!«

»Ja.« Ida sah plötzlich sehr entschlossen aus. Mit einem Satz sprang sie auf die Füße. »Kommt«, sagte sie. »Ich will euch was zeigen.«

»He, ruhig bleiben!« Chris sah genervt aus. »Darf man hier vielleicht noch in Ruhe frühstücken oder was?«

»Nein«, sagte Ida. »Meine Karolinasittiche sind klasse, aber beim Großkotz müssen wir ein noch ganz anderes Kaliber auffahren. Kommt mit!« Sie drehte sich um und war schon im dichten Grün hinter dem Strand verschwunden.

In Bendix' Bauch begann es zu kribbeln. Mit einem Mal wusste er genau, was Ida ihnen zeigen wollte. Im Inneren der Insel gab es einen erloschenen Vulkankrater. Dort lebten ebenfalls Vögel, hatte Ida erzählt. Aber es waren Vögel, die ganz anders waren als das bunte Gewusel, das er bisher kennengelernt hatte.

Sie mussten nicht weit laufen. Bendix und Chris schlängelten sich hinter Ida einen schmalen Pfad entlang und drückten sich durch ein paar Bromelien mit roten Blüten. Sie überquerten eine Lichtung zwischen hohen Bäumen und kamen auf einen Weg, der etwas breiter war. Keine fünfzig Meter weiter blieb Ida stehen und wies auf einen Busch mit mammutgroßen Blättern, die bis zum Boden hingen. »Hier müssen wir durch.«

Das Gestrüpp war so dicht, dass Chris ratlos davor auf und ab lief. »Da kommen wir nie durch.«

»Klar kommen wir da durch.« Ida hatte sich schon auf den Bauch gelegt. »Was meinst du, wie oft ich schon da durchgekommen bin!« Und dann schob sie sich unter den Busch.

»Auch das noch«, stöhnte Chris und verdrehte die Augen. »Ich bin doch kein Regenwurm!«

»Nee«, sagte Bendix, der sich schon auf die Knie niedergelassen hatte, »eher ein Elefantenkalb.«

»Pass bloß auf, dass dich niemand zertrampelt!«, fauchte Chris. »Du Wicht!«

Aber Bendix war schon unter das Blätterdach gekrabbelt. Die Blätter waren behaart und kratzten im Nacken, doch dann öffnete sich vor Bendix eine Art Höhle inmitten unzähliger Pflanzen. Ida grinste ihm breit entgegen, als er sich aufrappelte. Sie streckte die Arme zu den Seiten aus. »Darf ich vorstellen: Idas allergeheimster Geheimgang ins Innere der Insel. So versteckt, dass ihn niemand jemals entdecken wird! Ich hoffe, ihr wisst, was für eine Ehre es ist, dass ihr ihn benutzen dürft.«

Chris hatte sich mittlerweile auch durch die Blätter gequetscht. Er saß am Boden, schaute sich mürrisch um und murmelte etwas von »kann 'ch verzichtn«. Dann quietschte er auf, weil ihm etwas in den Hemdkragen getropft war.

Weit über ihren Köpfen hörten sie Karolina krächzen. Sie saß in einem Baum, weil sie nicht mit in den Krater sollte. »Ausstopfen!«, krächzte sie aufgeregt. »Ausstopfen!«

»Kommt mit«, raunte Ida und winkte die beiden Jungs auf einen schmalen Trampelpfad. Stumm folgten ihr Bendix und Chris. Das dichte Grün bildete ein undurchdringliches Blätterdach über ihren Köpfen. Ranken verfingen sich in Bendix' Haaren und zerrten an seiner Hose. Er hörte Chris hinter sich verärgert grunzen.

Der Waldboden schluckte ihre Schritte. Es war feucht und roch irgendwie modrig. Der Gesang der Vögel drang zwar durch das dichte Blattwerk, aber er schien aus weiter, weiter Entfernung zu kommen.

Bendix drückte ein paar Zweige zur Seite, die über den Pfad ragten. Er hörte Chris hinter sich keuchen. Der Boden wurde steiniger.

Und dann hörte das dichte Buschwerk abrupt auf und sie standen vor einer steilen Felswand. Chris lief fast dagegen. »He, was solln das?«, maulte er. »Hier geht's doch gar nicht weiter.«

»Und ob es geht.« Ida lehnte sich gegen den Fels. »Aber bevor wir reingehen, erklär ich euch erst mal ein bisschen was. Nur, damit ihr nicht gleich gefressen werdet, sobald wir den Krater betreten.«

Chris wurde blass um die Nase. »Gefressen?«, fiepte er. »Krater?« Er drückte sich nun ebenfalls gegen den Fels und sah sich hektisch in alle Richtungen um.

»Ich sehe, du hast mich verstanden.« Ida klopfte auf die

Felswand hinter sich. »Das hier ist der Rest eines erloschenen Vulkans. Die Wände sind nicht mehr hoch, höchstens so zwanzig, dreißig Meter, schätze ich, aber sie sind zu steil, um drüberzuklettern.« Sie warf einen Blick nach oben, zum scharf gezackten Rand des Kraters. Dann wanderten ihre Augen von Bendix zu Chris und zurück. »Es gibt allerdings einen Weg in den Krater. Einen schmalen Spalt, der sich durch die Felswand zieht und der groß genug ist für einen Menschen. Er liegt ein kleines Stück weiter rechts von uns.« Sie klopfte mit der rechten Hand gegen den Fels. »Für die meisten der Vögel, die im Krater leben, ist er allerdings zu klein.«

Jetzt spürte Bendix, wie ihm das Blut aus dem Kopf in die Füße sackte. »Aber wir sprechen schon von Vögeln, ja?«, krächzte er. »Mit Schnäbeln und Flügeln und so?« Er schluckte trocken und wackelte mit den Armen.

Ida lächelte ihn freundlich an. »Genau. Vögel. Nichts als Vögel. Und es gibt genau zwei Sachen, die ich euch im Umgang mit diesen Vögeln sagen will. Erstens: Bleibt immer dicht an der Felswand. Und zweitens: Sollte sich einer der Vögel auf euch zubewegen, bleibt wie versteinert stehen. Und das meine ich ganz, ganz ernst. Ich will kein Schreien, kein Fuchteln mit den Armen und schon gar kein Weglaufen sehen. Das sehen die Vögel nämlich auch. Und die sind schneller als ihr.« Sie grinste Bendix und Chris noch einmal aufmunternd zu. »Seid ihr bereit?«

Bendix bezweifelte, dass er bereit war. Eigentlich fühlte er sich kein bisschen bereit. Er tauschte einen Blick mit Chris. Der sah noch weniger bereit aus.

Doch dann dachte Bendix an die Dinosaurier, mit denen er

schon zu tun gehabt hatte. Schlimmer konnte es doch nicht werden, oder? Nicht mit Vögeln.

Oder?

Er nickte zaghaft.

Chris holte tief Luft. »Okay«, stieß er tonlos hervor.

»Dann kommt.« Ida winkte die beiden hinter sich her, drehte sich um und ging dicht an der Felswand entlang. Schon nach wenigen Metern öffnete sich hinter einem Felsvorsprung ein gezackter Spalt. Bendix warf einen Blick hinein. Es war verflixt finster da drinnen.

Ein letztes Mal drehte Ida sich zu den beiden Jungs um. »Ihr macht einfach immer genau das, was ich mache, ja? Dann kann nichts passieren.« Und damit betrat sie die schmale Öffnung im Fels.

Bendix sah Chris fragend an, aber der ließ ihm den Vortritt. Also schlüpfte Bendix hinter Ida in den Spalt. Schon nach wenigen Metern hatte ihn die Dunkelheit verschluckt. Schritt für Schritt tastete er sich vorwärts. Seine Hände stießen gegen eine Wand; er musste scharf links abbiegen. Hinter sich hörte er einen Aufschrei, dann nur noch ein leises Stöhnen.

»Passt auf eure Köpfe auf!« Idas Stimme in der Dunkelheit klang fremd und hohl.

»Zu spät, du Sumpfhuhn!«, keuchte Chris hinter Bendix.

Bendix' Herz schlug gegen seine Rippen. Er hatte die Augen weit aufgerissen, obwohl alles um ihn herum pechschwarz war. Aus seinen Haaren perlte ein Schweißtropfen die Schläfe hinunter. Seine Hände tasteten blind im Nichts herum. Langsam setzte er einen Fuß vor den anderen. Er hatte jeden Sinn für Zeit und Raum verloren. Zum entenschnabeligen Parasaurolophus, wie dick war diese dämliche Felswand eigentlich?

Gerade als er versucht war, umzudrehen und den ganzen Weg wieder zurückzustolpern, sah er einen matten Lichtschimmer vor sich. Ein bisschen graues Licht, das ihn nackten Felsen erkennen ließ. Tat das gut!

Ida wartete an der nächsten Biegung.

Bendix atmete auf und stieß sich prompt seinen Ellbogen an einem hervorstehenden Stein. Er stöhnte auf vor Schmerzen. »Warum, zum gehörnten Carnotaurus, hast du deine Taschenlampe nicht mitgenommen?«, stieß er zwischen zusammengebissenen Zähnen hervor.

Ida lächelte entschuldigend. »Vergessen«, sagte sie. »Tut mir leid. Aber ich bin es sowieso gewohnt, den Weg im Dunkeln zu gehen.«

»Wie schön für dich«, murrte Chris, der humpelnd aus der Dunkelheit auftauchte. Er hatte eine riesige Beule an der Stirn und eine Schramme am Ohr, die blutete.

»Nächstes Mal denk ich dran. Versprochen. Und jetzt zeig ich euch etwas, was ihr noch nie gesehen habt.« Ida drehte sich um, umrundete eine letzte Felskante und stand im Licht. Der schmale Spalt hatte sich plötzlich zur Höhle erweitert. Zu einer Höhle mit einer großen Öffnung zum Krater, durch die Sonnenschein einfiel.

Bendix, der Ida bis zum Höhlenausgang gefolgt war, kniff die Augen zusammen. Es war plötzlich so hell! Er blinzelte und hielt sich einen Arm vors Gesicht. Als er ihn senkte, klappte ihm der Unterkiefer runter.

Nur einen Steinwurf von ihm entfernt stand eine Herde von Vögeln im Gestrüpp. Es waren offensichtlich Laufvögel, denn sie hatten keine Flügel, nicht einmal Stummel. Sie standen aufrecht auf langen, kräftigen Beinen und pickten Früchte aus den Büschen. Dann reckten sie ihre überdimensionalen Hälse in die Höhe und legten die winzigen Köpfe in den Nacken, wahrscheinlich, um zu schlucken.

Sie waren riesig.

Bendix war schon mal im Zoo gewesen und hatte Strauße gesehen, aber diese Vögel waren mindestens doppelt so hoch. Ein graubraunes Federkleid bedeckte sie wie ein Fell vom Kopf bis zu den Knien, darunter schauten nackte Waden mit großen Füßen hervor. Die sahen aus wie Dinosaurierfüße: drei Zehen mit gebogenen Krallen.

Bendix starrte sie an, bis ihm die Augen tränten.

»Glück gehabt«, wisperte Ida, »da haben wir gleich mal ein paar ganz große erwischt. Moas. Riesenmoas, genauer gesagt. Es gibt unterschiedliche Arten. Die kleinsten reichen mir gerade mal bis hier.« Ida hielt ihre Hand in Brusthöhe an den Körper.

»Psssst«, zischte Chris, presste seinen Zeigefinger auf die Lippen und schielte zu den Moas hinüber. Er zitterte ein wenig und versuchte, sich hinter Bendix und Ida in der Höhle zu verstecken.

Ida drehte sich zu ihm um. »Keine Angst, die greifen nicht an. Nur, wenn du sie ärgerst. Ansonsten sind es friedliche Pflanzenfresser.«

Bendix beschloss, die Moas nicht zu ärgern. Er ließ seinen Blick schweifen, doch leider war der Krater ziemlich dicht bewachsen.

Zwar befand sich direkt vor dem Höhlenausgang eine freie Fläche, auf der offensichtlich zahlreiche große Füße alles platt getrampelt hatten, was dort jemals gewachsen war, aber nur fünfzehn oder zwanzig Meter weiter standen ein paar Beerensträucher. Sie sahen kümmerlich aus, zerrupft und mit abgerissenen Zweigen. Auch die Bromelien dahinter, die im Schutz einiger Guavenbäume standen, sahen aus, als hätte jemand mutwillig die Blüten abgerissen. Und selbst die mächtigen Guaven reckten zersplitterte Äste in den Himmel, als sei ein Panzer zwischen ihnen herumgekurvt.

Nein, weit konnte Bendix nicht sehen. Aber hören konnte er. Und was er hörte, war so ganz anders als das Zwitschern und Tirilieren der kleineren Vögel außerhalb des Kraters. Ein lautes Krächzen durchschnitt die Luft, wieder und wieder. Dann ein lang anhaltendes Trompeten. Grässliche Schreie übertönten alles andere. Anschließend war ein Geräusch zu hören, das klang, als hätte jemand in ein Megafon gerülpst.

»Wahnsinn!«, flüsterte Bendix Ida zu. »Was für Vögel gibt es noch hier?«

»Na, zum Beispiel den da.« Ida wies nach oben. Über ihren Köpfen kreiste ein Adler. Ein unvorstellbar großer Adler. Von unten sah er aus, als hätten seine Flügel die Spannweite eines Segelflugzeugs.

Bendix hatte noch nie solch ein großes Tier in der Luft gesehen.

»Ein Haast-Adler«, erklärte Ida und verschränkte die Arme vor der Brust. »Der sucht sich gerade einen leckeren Moa zum Frühstück aus. Nein, keinen von den ganz großen. Der ist auch mit einer Nummer kleiner zufrieden.«

Mit offenem Mund starrte Bendix in den Himmel. Der Haast-Adler zog ruhig seine Kreise. Ohne seine Flügel auch nur einmal zu bewegen. Er strahlte solch eine majestätische Würde aus, dass Bendix sich ganz klein fühlte.

Und dann öffnete der Vogel den Schnabel und heraus kam ein entsetzliches Kreischen, das von den Wänden des Kraters widerhallte wie der Lärm einer Kreissäge.

Bendix' Beine wurden sofort zu Wackelpudding und er fand sich mit Chris ganz hinten an der Rückwand der Höhle wieder.

»Oh Mann«, keuchte Chris, der sich die Hände auf die Ohren gepresst hatte, »der frisst doch bestimmt auch Menschen, oder?«

Ida feixte. »Nur Kinder unter vierzehn.« Dann winkte sie Bendix und Chris wieder zu sich. »Kommt, ich will euch den Krater zeigen!«

Alle Farbe wich aus Chris' Gesicht. »Du ... du meinst ...«, stammelte er, »wir gehen ... da rein?« Er drückte sich an den Felsen.

»Klar. Was glaubst du denn, wozu wir hier sind?« Ida war schon aus der Höhle ins Sonnenlicht getreten. Sie streckte die Arme zu den Seiten aus. »Also, was ist? Kommt ihr?«

Bendix löste sich vorsichtig von der Felswand. Okay, da draußen waren große Vögel. Na und? Er hatte schon einem verletzten Allosaurus Wasser ins Maul geschüttet! Auch wenn der natürlich betäubt gewesen war ...

Bendix stopfte seine Hände in die Taschen und ging so cool wie möglich auf Ida zu. Wenn nur seine Beine nicht so geschlackert hätten! Als er vor die Höhle trat, warf er einen kurzen Blick nach oben.

Der Haast-Adler war nicht mehr zu sehen.

War das jetzt gut oder schlecht?

Auch Chris schob sich bis zum Höhleneingang vor.

Die Riesenmoas hatten aufgehört zu fressen. In mehreren Metern Höhe ruckten sie mit ihren Köpfen und schauten interessiert zu den dreien herüber. Aber sie liefen nicht weg.

Warum sollten sie auch?

Ida wandte sich nach rechts. Langsam und ruhig bewegte sie sich an der Innenwand des Kraters entlang. Hier an der Felswand wuchs auch kaum etwas. Es gab nur einen breiten Streifen platt getrampeltes Gras und niedriges Gestrüpp.

Ständig ließ Ida ihre Augen über die Büsche wandern, sah sich um, blickte in den Himmel.

Bendix und Chris stolperten stumm hinter ihr her. Dann brachen plötzlich mehrere große Vögel aus dem Unterholz hervor und rannten schreiend auf sie zu. Bendix schrie auch. Chris sprang mit einem Satz zurück und versuchte, die fast senkrechte Felswand zu erklimmen. Dabei stieß er kleine Fieplaute aus.

Doch die Vögel drehten ab, noch bevor sie die Kinder erreicht hatten, und verschwanden schimpfend wieder im Gestrüpp.

Bendix' Herz raste. Eigentlich waren die Viecher gar nicht so schlimm gewesen. Ein bisschen hatten sie ausgesehen wie Enten. Riesenenten mit großen, leicht gekrümmten Schnäbeln. Aber was mussten sie denn aus den Büschen springen und ihn so erschrecken?

»Adzebill«, sagte Ida leise.

»Was?« Chris japste. Er klebte noch immer an der Felswand. Seine Finger suchten vergeblich nach Spalten und Vorsprüngen.

»Adzebill. Oder Aptornis. So heißen die Vögel. Fleischfresser, aber mehr an Echsen als an Menschen interessiert. Auch Neuseeländer, genau wie der Moa. Aber schon seit ungefähr achthundert Jahren ausgestorben.« Ida drehte sich um. »Kommt!«

Bendix schloss die Augen. Er holte einmal tief Luft. Dann folgte er Ida, so leise er konnte.

Sie waren noch nicht weit gegangen, als der Bewuchs zu ihrer Linken etwas spärlicher wurde. Vor ihnen öffnete sich eine große Lichtung, auf der nur einzelne Büsche standen.

Ida blieb stehen und drehte sich zu den Jungs um. Sie lächelte. Stumm wies sie mit der Hand auf die Lichtung.

Und Bendix staunte. Zahlreiche Vögel hatten sich dort versammelt. Sie waren in Gruppen unterwegs, jede Vogelart für sich. Ein paar Laufvögel, die Bendix gerade bis zum Kinn reichten, hielten sich am Rand der Lichtung dicht an den Büschen und fraßen Früchte. Wahrscheinlich waren es Moas, denn sie hatten dieselben kleinen Köpfe wie die Vögel, die sie als erste im Krater gesehen hatten. Eine Gruppe dicker, puscheliger Vögel rannte über die Lichtung. Sie sahen aus wie Emus, hatten aber sehr kurze Beine. Mit viel Geraschel verschwanden sie im Unterholz. Mitten auf der Lichtung hockten Geier. Ungerührt von den anderen Vögeln stritten sie sich um eine Beute. Dann flatterte einer von ihnen krächzend auf und hackte nach einem der anderen.

Bendix hielt die Luft an. Wie riesig er war! Seine Flügel waren lang wie Palmwedel! »Was ist das für einer?«, wisperte er Ida zu.

»Teratornis«, wisperte Ida zurück. »Riesengeier. Aber es gibt noch größere als die da.«

Ungläubig sah Bendix Ida an. Sie wollte ihn doch veräppeln, oder? Jeder einzelne Flügel dieser Geier war länger als er selbst!

Aber Ida grinste nur. »Bleibt hier«, flüsterte sie kaum hörbar, dann war sie mit ein paar Schritten in den Büschen vor ihnen verschwunden.

Bendix öffnete und schloss den Mund wie ein Fisch. Sie konnte ihn und Chris doch nicht allein hier zurücklassen! In Zeitlupe bewegte er sich rückwärts an die Felswand heran, wo Chris schon wie festgenagelt stand. Er schaute nach rechts, er schaute nach links und dann fuhr er zusammen, weil ein paar große Schatten in einem Affentempo durch die Bäume rund um die Lichtung flitzten, Haken schlugen, Schreie ausstießen . . .

Hinter einem Strauch mit großen roten Früchten tauchte Ida wieder auf. Sie hatte etwas über die Schulter gelegt, das Bendix nicht erkennen konnte. Es war schwarz und lang, schien aber nicht schwer zu sein. Mit wenigen Schritten war sie bei Bendix und Chris an der Felswand angekommen und stellte das Ding senkrecht vor ihnen auf den Boden. Es war fast so hoch wie Bendix.

Verständnislos schaute Bendix Ida an. Er zuckte mit den Schultern. Was sollte das sein? Lang und sehr flach und schwarz . . . mit einem gigantischen Federkiel am unteren Ende!

Bendix' Knie gaben fast nach. Er keuchte. »Eine Feder!«, krächzte er.

Ida grinste und reckte einen Daumen in die Höhe. »Riesenkondor. Der größte Vogel, der jemals gelebt hat.« Ihre Stimme war kaum zu hören im Gekeife der streitenden Geier.

»Ich will zurück«, murmelte Chris, der ganz grün im Gesicht geworden war.

»Ihr habt doch noch gar nicht alles gesehen.« Ida lehnte die Feder gegen die Felswand. Sie stand da wie eine Warnung, bloß nicht noch weiter zu gehen.

Bendix rückte automatisch ein Stück von ihr ab.

Und dann brachen ein paar Vögel durch Gestrüpp und Bäume auf die Lichtung und quäkten wie verbeulte Trompeten. Sie waren etwa so groß wie ausgewachsene Männer, hatten aber die schmalen Hälse und die winzigen Köpfe waagerecht nach vorn gestreckt wie Dinosaurier. Die Hälse endeten in plumpen, flügellosen Körpern. Und die Beine ... boah! Sie waren gewaltig, massig, mit gigantischen Füßen. Schwerfällig und doch erstaunlich schnell donnerten die Tiere durchs Gras. Der Boden zitterte unter ihren Schritten. Sie schienen vor irgendetwas zu fliehen. Vor etwas, das hinter ihnen her war. Etwas, das Äste und Zweige bersten ließ und ein grässliches Brüllen ausstieß ... etwas, das jetzt aus dem Gestrüpp hervorgesprungen kam und kreischte! Es schüttelte sich wütend und spreizte die Flügelstummel, aus denen jeweils eine lange Kralle hervorragte. Sein gigantischer Kopf, drei Meter über dem Boden, schien fast nur aus Schnabel zu bestehen, aus einem enormen Raubvogelschnabel. Wieder riss er ihn auf, um ein markerschütterndes Kreischen auszustoßen.

Urplötzlich waren alle anderen Vögel von der Lichtung verschwunden, wie vom Boden verschluckt. Selbst die riesigen Geier hatten sich davongemacht.

Auf kräftigen Beinen sprang das gewaltige Tier über die freie Fläche, das Federbüschel in seinem Nacken sträubte sich. Sein dunkel geflecktes Gefieder war so kurz, dass man jeden Muskel darunter erkennen konnte.

Jetzt änderte der Vogel seine Richtung. Mit Riesenschritten lief er auf die Kinder zu. Bei jedem Schritt sah Bendix die gewaltigen Klauen an den rotschuppigen Füßen, die immer größer wurden. Wieder brüllte das Tier wütend auf und warf sich herum. Wie von Sinnen tobte es über die Lichtung. Es verbiss sich in einen Ast über seinem Kopf und riss ihn krachend vom Baum. Der Boden zitterte; jedes andere Geräusch war verstummt.

Und dann blieb der Vogel plötzlich still stehen. Er reckte seinen Kopf nach vorn, schien zu lauern . . . was tat er da? Witterte er die Kinder? Konnte er sie . . . riechen?

Bendix bewegte keinen Muskel und hörte auf zu atmen. Er gab keinen Ton von sich. Schloss die Augen. Spürte Chris neben sich, der an der Felswand hinuntergerutscht war und jetzt reglos dort hockte. Ida nahm Bendix überhaupt nicht mehr wahr, sie schien sich unsichtbar gemacht zu haben.

Bendix hielt die Augen geschlossen. Jeden Augenblick würde der riesige Vogel auf ihn zukommen, ganz langsam. Er würde seinen gewaltigen Schnabel öffnen und dann . . . und dann . . .

Es dauerte eine Ewigkeit. Eine Ewigkeit der Stille, nichts war mehr zu hören außer einem leisen Rascheln in den Blättern. Und dem heiseren Schnaufen des Vogels. Er schnaufte . . . als versuchte er herauszubekommen, wo der Geruch herkam, den er erahnte. Wo der Leckerbissen sich befand . . .

Vor Bendix' Augen tanzten Pünktchen. Noch immer atmete er nicht. Gleich würde er ohnmächtig werden und zusammenbrechen und dann würde der Riesenvogel . . .

Ein wütendes Kreischen und es kam wieder Bewegung in das Tier. Es rannte wie verrückt im Kreis und dann drehte es plötzlich ab und verschwand zwischen zwei Palmen im Unterholz. Man hörte seine polternden Schritte auf dem Waldboden, man hörte Blätter rauschen und Äste bersten und dann hörte man nichts mehr.

Bendix sank auf die Knie, die Hände fest um den Oberkörper gepresst, und rang nach Luft. Seine Lungen brannten.

Chris hatte das Gesicht in den Händen versteckt. Er schlotterte am ganzen Körper.

»Okay, einverstanden«, sagte Ida. Ihre Stimme klang piepsig, »gehen wir wieder zurück.«

Das ließ sich Bendix nicht zweimal sagen. Wortlos drehte er sich um, er rannte fast zurück zur Höhle.

Chris war sogar noch schneller. Er schaute weder nach rechts oder links, als er an der Kraterwand entlanghastete, wobei er schnaufte wie eine Dampflokomotive. Für einen hungrigen Riesenvogel wäre er leichte Beute gewesen.

Bendix sah zu, dass sich der Abstand zwischen ihm und Chris etwas vergrößerte. Erst als der Höhleneingang im Felsen in Sicht kam, traute er sich wieder, einen Blick auf das zu werfen, was sich rechts von ihm befand. In den Büschen standen immer noch die Riesenmoas. Sie sahen so friedlich aus, dass Bendix mit einem Mal sehr ruhig wurde. Wenn die Vögel da so beschaulich herumstanden und Früchte mampften, dann war bestimmt nichts Gefährliches in der Nähe, oder?

In der Sicherheit des Höhleneingangs blieb Bendix stehen und beobachtete die großen Vögel, die auf ihren langen, seltsam menschlichen Beinen würdevoll durchs Unterholz schritten.

Dann tauchte Ida in seinem Blickfeld auf. Sie schlich auf leisen Sohlen die Kraterwand entlang. Zwar bewegte sie sich wie eine Raubkatze, aber ihr Gesicht sah wütend aus. Sie funkelte Bendix und Chris entgegen. »Hat irgendjemand was von rennen gesagt?«, zischte sie die Jungs an, als sie an der Höhle angekommen war.

Chris funkelte zurück. »Glaubst du vielleicht, ich warte, bis mich das Riesenvieh auffrisst?«, fauchte er.

»Das Riesenvieh«, wiederholte Ida sehr scharf, »war ein Terrorvogel. Ein Nachfahre der Dinosaurier. Mit ausgezeichneten Ohren. Die Augen sind nicht so dolle, aber wenn jemand wie ein Nashorn durchs Dickicht bricht, dann ist das wie eine Einladung für den Terrorvogel. *Komm her und friss mich!«* Sie stemmte die Arme in die Seiten und sah von Chris zu Bendix und zurück. Dabei fletschte sie die Zähne. »Wenn ich sage: Kein Schreien und kein Weglaufen, dann will ich auch kein Schreien und kein Weglaufen. Heiliger Huia, am Ende werde *ich* noch gefressen, weil ich mit euch Pappnasen zusammen hier bin!«

Bendix biss sich auf die Lippe. Er schielte zu den Moas hinüber, die neugierig ein paar Schritte näher gekommen waren. »Tut mir leid«, sagte er dann leise.

»Ja, mir auch«, knurrte Chris. »Aber ich wollte bloß weg.«

Bendix und Ida sahen ihn überrascht an. Sie waren es nicht gewohnt, dass Chris sich entschuldigte.

»Ist ja nichts passiert.« Ida schien ein bisschen versöhnt zu sein.

Eine Gruppe kleinerer Moas lief mit raschelnden Federn an ihnen vorbei und würdigte sie keines Blickes. Sie verschwanden im Farn.

»Was waren die anderen überhaupt für Vögel?«, fragte Bendix Ida. »Die mit den dicken Beinen, meine ich. Die, hinter denen der Terrorvogel her war?«

»Die?« Jetzt grinste Ida wieder, wenn auch noch etwas schief. »Elefantenfuß-Moas. Nicht sehr helle, nicht sehr schnell, aber wenn du nicht aufpasst, trampeln die dich platt.« Sie warf den Riesenmoas einen letzten Blick zu. »Kommt«, sagte sie dann. »Wir gehen zurück.«

Chris atmete erleichtert auf. Er drehte sich um und war schon fast hinter der ersten Biegung der Höhle verschwunden.

Da durchschnitt ein Knall die Luft.

Die Riesenmoas erstarrten.

Ein weiterer Knall, scharf wie ein Peitschenhieb.

Die Riesenmoas warfen ihre Köpfe herum, rannten los und waren sofort im üppigen Grün verschwunden.

Bendix schnappte nach Luft.

Ida war schneeweiß geworden. »Der Großkotz!«, stieß sie hervor. »Er schießt! Er schießt auf meine Vögel!«

Ein dritter Knall zerriss die Ruhe.

Und Idas Augen sahen plötzlich aus wie tiefe schwarze Seen. Starr und unergründlich. »Karolina«, wimmerte sie kaum hörbar. »Meine Karolina!« Sie drehte sich um und stürzte vor Bendix in die Höhle, in die Dunkelheit hinein.

10.

Als Bendix den Ausgang der Höhle erreicht hatte, die schmale Spalte an der Außenwand des Kraters, war Ida nicht mehr zu sehen. Auch von Chris fehlte jede Spur. Bendix nahm den Weg, den sie gekommen waren, den schmalen Trampelpfad durchs Gestrüpp. Er zwängte sich durch die Zweige, bis er an den Busch mit den mammutgroßen Blättern kam. Auf dem Bauch rutschte er darunter hindurch. Dann rappelte er sich auf, blickte sich nach rechts und links um und lauschte.

Vögel tschiepten, trällerten und sangen.

Karolina hörte er nicht.

»Ida?«, rief er leise, doch Ida war wie vom Erdboden verschluckt.

In Bendix' Bauch war ein Klumpen, groß wie ein Fußball. *Alle,* dachte er. *Bloß Karolina nicht. Nicht Idas Karolina.*

Er wandte sich nach links. Der Waldboden dämpfte seine Schritte. »Ida?«, rief er noch einmal. »Chris?« Nichts.

Dann rannte er los. Rannte den Pfad runter, kam auf eine kleine Lichtung, bog rechts ab. Ein paar Laufhühnchen kamen aus den Büschen geflitzt. Sie gluckten erfreut und rannten dann mit ihm mit. Tauben gurrten in den Bäumen.

Bendix lief bis zum Wasser hinunter. Nach links ging es zur *Maracuja*, nach rechts zum kleinen Strand und zu Idas Hütte. Bendix schlug den Weg nach rechts ein.

Der Strand war leer. »Ida? Karolina?«

Nichts. Nur sein eigener schneller Atem.

Er warf einen Blick zurück zum Krater. Hoch über den Felswänden zogen zwei Haast-Adler ihre Kreise. Auf die Entfernung konnte man gar nicht erkennen, wie riesig sie waren.

Bendix hoffte inständig, dass die Vögel Glotz Goldbein ebenso wenig ins Auge fielen wie ihm zuvor.

Wieder lief er ins dichte Grün hinein. Er drängte sich an ein paar Bananenstauden vorbei und hetzte unter Tulpenbäumen entlang. Die scharfen Blätter einiger Ananassträucher schnitten ihm in die Beine. Erneut blieb er stehen und lauschte.

Ein paar schwarz-gelb gefiederte Königskleidervögel zogen ihre schmalen, sichelförmigen Schnäbel aus den riesigen Blüten einer Goldtrompete und beäugten ihn.

»Ida?«

»Bendix!« Hinter einem Jasmin stolperte Ida hervor. Ihre Zöpfe hatten sich fast aufgelöst und ihre Arme waren voller Schrammen. Ein Pulk Vögel umschwirrte sie. Die meisten schimpften vorwurfsvoll, weil sie kaum Schritt mit ihr halten konnten.

Karolina war nicht dabei.

»Ich finde sie nicht!« Idas Augen standen voller Tränen. »Meine Karolina.« Eine Träne löste sich aus ihren Wimpern und rollte die Wange hinunter.

Bendix schluckte. Er musste etwas tun. »Die haben nicht auf Karolina geschossen«, sagte er und nickte. Es klang nicht sehr überzeugend. Er räusperte sich. »Sie ist viel zu schlau. Wir finden sie, Ida. Ganz bestimmt.«

»Sie ist so zutraulich«, schluchzte Ida. »Sie kennt nichts Böses. Und diese Kathi wollte sie haben. Das hast du doch gesehen.«

»Trotzdem.« Bendix schob das Kinn vor. Er sah hinauf in die Baumkronen. »Karolina!«, rief er. »Karolina!«

Sie lauschten. Nichts außer den zahlreichen Vogelstimmen. Keine Karolina.

Sturzbäche strömten über Idas Gesicht. Ein paar bunte Sittiche drängten sich auf ihren Schultern und zogen an ihren Haaren. Ida sah aus wie ein gerupftes Huhn.

Bendix wusste nicht, was er tun sollte. Unbeholfen tätschelte er Idas Schulter. Er hatte keine Ahnung, wie man Mädchen tröstet. Ihm fielen auch keine aufmunternden Worte ein.

Da durchschnitt ein lautes Krächzen den Wald. Etwas Grünes kam auf sie zugeschossen. »Aaaaausstopfen!«

Bendix trat einen Schritt zurück und hielt schützend eine Hand vors Gesicht.

Die bunten Sittiche stoben in alle Himmelsrichtungen davon, als Karolina auf Idas Schulter abbremste. Sie keiften wie verrückt.

»Ausstopfen«, krächzte Karolina zufrieden und begann zärtlich, an Idas Ohr zu knabbern.

Stumm stand Ida an den Guanofelsen und sah zur *Maracuja* hinüber. Auf ihrer rechten Schulter saß Karolina, über der linken lag die Axt. Der Wind wehte ihr die Haare aus der Stirn. »Das wird kein zweites Mal passieren«, murmelte sie in sich hinein. Im gleißenden Sonnenlicht stand sie da, breitbeinig und unbeweglich wie eine Heldenstatue. »Ihr seid zu weit gegangen«, knurrte sie. »Das werdet ihr mir büßen. Sobald ihr schlaft, komme ich. Mit der Axt. Das glaubt ihr wohl nicht? Ihr werdet keine Zeit mehr haben, euch zu wundern.«

Bendix saß hinter Ida im Gras. Ihm lief ein Schauer den Rücken hinunter. Er glaubte Ida jedes Wort.

In der Nacht schlief Bendix nicht gut. Im Traum hörte er Karolinas Stimme. Dumpf drang sie tief aus dem Bauch der *Maracuja* zu ihm. »Ausstopfen«, krächzte sie kläglich. Dann zerriss ein Schuss die Nacht.

Bendix fuhr hoch und schnappte nach Luft. Er rieb sich über die Stirn und merkte, dass sie schweißnass war. Unter ihm war harter Boden; er war wohl von der Matratze gerollt. In der Dunkelheit tastete er nach seiner Decke, aber Chris lag drauf. Als Bendix daran zog, grunzte Chris im Schlaf und wickelte sich nur noch fester darin ein.

Bendix war es plötzlich zu stickig in der Hütte. Er rappelte sich auf, tastete nach dem Tisch und berührte die Stirnlampe. Er ließ sie liegen. Schon war er an der Tür. Er atmete auf, als er sie hinter sich schloss.

Nachdem er sich durch die Büsche gezwängt hatte, lag der kleine Strand vor ihm. Er ließ sich am Stamm einer Kokospalme hinuntergleiten. Der Sand war noch immer warm zwischen seinen nackten Zehen. Er sah aufs Wasser, das im schwachen Mondlicht glitzerte, und hörte das leise Glucken am Ufer. Alles schlief. Ida und Chris schliefen, die Vögel schliefen und die Besatzung der *Maracuja* schlief auch. Aber morgen würden die drei Eindringlinge wieder wach sein. Und dann? Sie durften auf keinen Fall noch einen weiteren Vogel schießen.

Bendix bohrte seine Zehen tief in den Sand. Ein winziges Tier huschte über den Strand, ganz nah am Wasser. Dort, wo der Sand fest und feucht war.

In den Büschen hinter Bendix knackte es. Blätter raschelten. Bendix ließ den feinen Sand durch seine Finger rieseln. Er musste Ida unbedingt dabei helfen, den Großkotz und seine Leute zu vertreiben. Auf Guano musste wieder Frieden einkehren. Die Insel war so wunderschön mit ihrem bunten Gewusel an Vögeln . . . und außerdem wollte Bendix auch wieder nach Floribunda zurück, zu den Dinosauriern. Er schloss die Augen.

Wenn es ihnen gelingen könnte, die drei von der *Maracuja* in den Krater zu locken, zu den Terrorvögeln . . . Bendix musste unbedingt Ida fragen, ob das auch ihre Idee gewesen war, als sie ihnen die Vögel im Krater gezeigt hatte. Aber wie würde es dort weitergehen? Würde der Pirat nicht versuchen, auch noch die großen Laufvögel abzuknallen? Bendix gähnte. Er sah einen Terrorvogel vor sich, baumhoch und kreischend vor Wut. Und davor einen winzigen Glotz Goldbein, der sich vor Angst fast ins Hemd machte, zitternd und schlotternd . . . ein schöner Anblick.

Bendix gähnte noch einmal. Er war den Stamm der Palme schon ziemlich weit hinuntergerutscht. Und ehe er noch weiterdenken konnte, lag er im Sand und schlief.

Klonk!

Bendix fuhr hoch und riss seinen Arm über den Kopf. Irgendwas hatte ihn getroffen. Er drehte sich nach rechts und links und blinzelte verwirrt.

Plink!

Schon wieder! Zum gefiederten Velociraptor . . . da lagen Nüsse im Sand! Irgendjemand warf mit Nüssen nach ihm.

Pock!

Aua, verflixt! Bendix sprang auf und sah nach oben. Da flatterte ein Vogel aus der Palme auf. Ein bunter Papagei und er lachte ihn aus! Lachte keckernd, drehte noch eine Runde und war im dichten Grün verschwunden.

Bendix rieb sich über die Stirn. Na, so was! Diese Vögel wurden auch immer frecher. Die Luft begann, sich schon wieder mit ihren Stimmen zu füllen. So langsam erkannte Bendix ein paar von ihnen. »Pio! Pio!« Ganz einfach, das war der Piopio.

»Gru, gru, gru.« Eine der Taubenarten, ganz klar. Entweder die Wandertaube oder die Salomonentaube mit dem Fächerkamm auf dem Kopf.

»Tuck-tuck-tuck.« Das musste ein Moho sein, ein Prachtmoho wahrscheinlich. Wunderschönes Tier mit seinen gelben Federbüscheln an den Schultern.

»Ausstopfen!« Oh, Mann! Wie der Blitz kam Karolina aus einem Baum geschossen und sauste auf Bendix zu. Im letzten Moment jedoch drehte sie ab und landete unsanft im Sand.

Sie rappelte sich wieder auf, spreizte ihre Flügel und sah Bendix vorwurfsvoll an. »Ausstopfen!« Sie knirschte mit dem Schnabel und drehte sich weg.

»Jaja, ist ja schon gut«, murmelte Bendix. »Ich kann auch nichts dafür, dass ich nicht Ida bin.«

Ein paar Himalajawachteln flitzten glucksend den Strand entlang und verschwanden im Unterholz. Eine Gruppe von olivgrünen Kona-Finken kam auf Bendix zugehüpft. Doch sie interessierten sich nicht für ihn, sondern begannen, mit ihren kräftigen Schnäbeln auf die Nüsse einzuhacken, die immer noch im Sand verstreut lagen.

Die Sonne, die hinter Bendix auf der anderen Seite der Insel aufgegangen war, schickte so langsam ihre ersten Sonnenstrahlen über die Bäume an den Strand. Die Palmen warfen lange Schatten.

Bendix rappelte sich auf und schlurfte barfuß durch den Sand zum Wasser hinunter. Er tauchte die Füße in die Wellen und schnipste mit den Zehen, dass kleine Tröpfchen aufspritzten. Glitzernde blau-gelbe Fischchen stoben davon. Ein Stück weiter blieben sie unbeweglich im Wasser stehen und beobachteten seine Füße.

»Dooo-o-o«, rülpste es hinter ihm.

Bendix fuhr herum. Ein Dodo! Ohne sich zu bewegen, starrte er den großen Vogel an.

Der Dodo blieb wie versteinert stehen und glotzte zurück. Sein merkwürdig kahles Gesicht war von Federn umschlossen wie von einer Kapuze. Die wenigen gekräuselten Schwanzfedern, die aus seinem graubraunen Federwust hervorragten, zitterten ein wenig.

Schließlich öffnete er seinen großen, nach unten gekrümmten Schnabel. Er klapperte ein paar Mal damit, legte den Kopf in den Nacken und rülpste ein weiteres Mal. »Dooo-o-o!«

Entschlossen setzte er sich in Bewegung. Sein dichtes Gefieder raschelte bei jedem Schritt von einer Seite zur anderen. Unter lautem Knacken und Knirschen zwängte er sich zwischen ein paar Bromelien durch.

Bendix starrte noch auf die Büsche, als der Dodo längst verschwunden war. Dann drehte er langsam den Kopf und schaute in Richtung der Guanoküste.

Glotz Goldbein musste verschwinden. Je eher, desto besser.

11.

Sie waren auf einen Felsen geklettert. Er lag in Verlängerung der Guanofelsen ein Stück im Landesinneren und war von viel Grün umgeben. Chris konnte von seinem Platz aus Früchte aus einem Baum pflücken, die so ähnlich aussahen wie Pflaumen.

Ida und Bendix waren weiter nach oben gestiegen. Von hier aus konnten sie durch das üppige Grün die Felsenbucht mit der *Maracuja* sehen.

»Iss nicht zu viele von den Dingern.« Ida bewarf Chris mit ein paar zerlöcherten Nussschalen. »Davon kriegst du Durchfall.«

»He!« Chris sah empört hoch. »Lass das gefälligst! Du spinnst wohl! Von so 'n paar Früchten krieg ich noch lange keinen Durchfall.« In diesem Augenblick gluckerte es hörbar in Chris' Gedärmen. Er wurde blass und presste seine Hände auf den Bauch. »Oh-oh!«

Bendix beobachtete durch Idas quietschgelbes Fernglas die Luxusjacht von Glotz Goldbein. Der Großkotz lag auf dem Achterdeck in der Sonne und briet vor sich hin. Kathi und dieser Aaron waren nicht zu sehen. Na, wahrscheinlich war der Tierabknaller gerade in seinem Labor des Grauens und stopfte den Vogel aus, den er gestern geschossen hatte. In Bendix zog sich alles zusammen.

Am Rumpf der *Maracuja* dümpelte das Beiboot auf und ab. Es sah so friedlich aus.

Vielleicht hatten sie ja erst einmal genug von den Vögeln, nachdem sie gestern einen erwischt hatten. Oder zwei.

Bendix ließ das Fernglas sinken. »Wie wäre es«, überlegte er langsam, »wenn wir ihnen einfach sagen würden, dass auf der Insel nur Vögel leben, die schon längst ausgestorben sind?«

Als Ida nicht antwortete, drehte er ihr den Kopf zu.

Ida starrte ihn ungläubig an. »Bist du wahnsinnig geworden?« Sie japste nach Luft.

Bendix zog die Nase kraus. »Na ja ... wenn sie wissen, dass die Vögel furchtbar selten und wertvoll sind, lassen sie sie vielleicht in Ruhe, meinst du nicht? Vielleicht ist der Großkotz gar nicht so ein schlechter Mensch. Vielleicht weiß er bloß nicht, dass man die Vögel schützen muss.« Bendix sah Ida fragend an.

Ida sah noch immer so aus, als hätte Bendix gerade vorgeschlagen, Karolina zu rupfen, um sie zum Mittagessen zu grillen. In Zeitlupe schüttelte sie den Kopf. »Nie im Leben!« Ihre Stimme klang gepresst. »Wenn wir denen erzählen, wie selten und wertvoll die Vögel sind, dann sind die doch erst recht scharf drauf! Nee!« Sie machte eine kleine Pause, wobei sie weiterhin den Kopf schüttelte. »Solche Typen wie die, die glauben doch, ihnen gehört die ganze Welt. Wenn wir denen erzählen, dass es auf Guano noch Dodos gibt, dann wollen die einen haben. Oder alle. Tot oder lebendig. Nee, Bendix. Kein Wort über seltene und wertvolle und ausgestorbene Vögel, bitte!«

»Na gut.« Bendix verlagerte sein Gewicht von einer Pobacke auf die andere. Der Felsen war ziemlich riffelig und hart. Er seufzte. »Wahrscheinlich hast du recht.«

»Mit Sicherheit hab ich recht.« Ida streckte ihre Hand aus. »Ich hab da außerdem schon eine andere Idee. Gibst du mir mal das Fernglas?«

Bendix reichte es ihr wortlos. Dann begann er, mit den Fersen seiner Stiefel gegen den Fels zu treten. Einfach nur, weil er kribbelig war und was tun musste.

Kleine Bröckchen lösten sich aus dem Gestein und prasselten den Felsen hinunter ins dichte Grün. Er trat weiter, bis sich mit einem Mal ein größeres Stück lockerte und hinunterpolterte.

»Au, aargh!«

Bendix erstarrte. Ihm blieb der Mund offen stehen. Er zog die Beine an und starrte in die Büsche unter ihnen.

Auch Ida hatte es gehört. Sie sog scharf die Luft ein und beugte sich weit vor.

Einen Augenblick lang gaben sie keinen Ton von sich und lauschten nur. Nichts. Der Wind wisperte durch die Blätter und die Vögel der Insel unterhielten sich lautstark. Fast glaubte Bendix schon, er hätte sich den Aufschrei nur eingebildet, aber Idas alarmierter Gesichtsausdruck sagte ihm, dass er sich nicht getäuscht hatte.

Behutsam griff sie nach dem Axtstiel neben sich und kletterte im Zeitlupentempo den Felsen ein paar Schritte hinab. »Wer ist da?«, schrie sie plötzlich wild und laut und furchtlos. Zumindest klang es so.

Bendix klammerte sich am Gestein fest. Sein Herz schlug ihm bis zum Hals. Wahrscheinlich war es nur ein Vogel, sagte er sich. Einer von den sprachbegabten. Ein Karolinasittich. Oder ein Papagei. Allerdings hatte es dafür eigentlich nicht krächzig genug geklungen.

Er beugte sich nach vorn und starrte atemlos in die Blätter und Blüten am Fuß des Felsens. Chris warf einen Blick zu ihm nach oben, dann blickte er ebenfalls nach unten.

Ein paar Sekunden passierte nichts. Dann tauchte auf einmal ein Kopf zwischen einer Flamingoblume und einem Beerenstrauch auf, eine Hand auf die Stirn gepresst. Durch die Finger quoll Blut. Es war Aaron.

Aaron!

Chris quietschte erschrocken auf, während Bendix der Atem stockte. Aaron, der für den Großkotz die Vögel abknallte! Der sie wahrscheinlich anschließend auf dem Schiff ausstopfte! Er hatte alles gehört. Er wusste Bescheid über die seltenen und wertvollen und ausgestorbenen Vögel! Jetzt war alles aus!

Bendix biss sich heftig auf die Lippen. Hätte er doch bloß seine Klappe gehalten! Hätte er bloß niemals einen Piep von sich gegeben über ausgestorbene Vögel! Dieser Aaron würde schnurstracks zur Jacht zurücklaufen und Goldbein alles berichten, was er gehört hatte, und dann . . .

Aber noch stand Aaron bewegungslos da. Sein Gesicht war bleich. Ein Blutstropfen lief ihm durch die Finger und fiel ins Unterholz.

Ida hielt die Axt hoch über ihrem Kopf erhoben, aber er sah ihr unerschütterlich in die Augen. Es war nicht zu erkennen, was er dachte. War er wütend? Hatte er Angst? Er verzog keine Miene. Im Zeitlupentempo ließ er die Hand sinken. Bendix sah die Wunde an der Stirn und das Blut, das ihm hinter die Augenklappe rann und die Narbe auf seiner Wange rot färbte. Er sah so gruselig aus!

Idas Fingerknöchel waren schneeweiß. Sie rechnete wahrscheinlich damit, dass er jeden Augenblick das Gewehr hochreißen und auf sie schießen würde.

Dann hörten sie zum ersten Mal seine Stimme. Sie klang ruhig und angenehm. »Hallo«, sagte er, »ich bin Aaron.« Er hob die Hände, wie um ihnen zu zeigen, dass er unbewaffnet war. »Und ich will euch helfen.«

Bendix wagte nicht zu blinzeln. Seine Beinmuskeln spannten sich automatisch an. Er war zur Flucht bereit.

Auch Ida stand stocksteif da. Sie ließ die Axt keinen Zentimeter sinken. Von hinten sah sie aus, als würde sie jeden Augenblick zuschlagen. »Ja, ist klar!«, stieß sie irgendwann rau hervor. »Helfen! Meine Vögel ermorden, das ist doch alles, was du willst.«

Aarons Blick flackerte. Einen Moment lang senkte er den Kopf. Dann schaute er wieder hoch. Es war überraschend, wie ernst sein linkes Auge sie anschaute, während das rechte von der Augenklappe bedeckt und blutverkrustet war. »Ich weiß, was ihr denken müsst. Aber ich habe Glotz Goldbein schon lange satt. Ich hasse meine Arbeit auf der *Maracuja*.

Ich will nicht mehr.« Er sah von Ida zu Bendix und zu Chris. Dann senkte er wieder den Kopf.

Einen Moment lang hörte man nur ein Tschilpen und Trillern. Dann krächzten ein paar Färöer Kolkraben um die Wette. Sie schienen ganz in der Nähe in den Bäumen zu sitzen, solch einen Lärm machten sie.

Als Aaron diesmal aufblickte, hatte er ein winziges Lächeln auf dem Gesicht. »Den Vogel kenne ich«, sagte er leise. »Das war euer Erkennungszeichen, vorgestern Nacht, nicht wahr? Als ihr auf dem Schiff wart.«

Bendix starrte ihn an. Und Ida ließ die Axt sinken, ganz langsam, endlich. »Du hast uns gehört?« Ihre Stimme klang erschüttert. Sie fuhr sich mit der Hand durch die Haare.

Aaron nickte. »Und ihr seid wahrscheinlich nicht überrascht, wenn ich euch erzähle, dass Goldbeins Schnäuzer seit gestern Morgen so stocksteif und betonhart ist, als sei er aus Stahl geschmiedet. Er hat gebrüllt vor Wut.«

Aus Bendix' Bauch gluckerte ein Lachen hoch. Er wollte es unterdrücken, aber er kriegte es nicht hin. Ihm war noch immer so kribbelig zumute. Dieser Aaron wollte sie doch nur in Sicherheit wiegen, oder? Er wollte sie in eine Falle locken, ganz bestimmt. Wahrscheinlich war er ein Spion von Goldbein, der sich ihr Vertrauen erschleichen sollte. Wie der schon aussah mit seinem finsteren Piratengesicht voller Blut ... Bendix krallte seine Finger noch fester in den Felsen.

Zum Glück schien auch Ida ihm nicht zu glauben. Sie zögerte einen Augenblick, dann deutete sie mit der Axt auf einen Felsvorsprung unterhalb ihrer Füße. »Setz dich dahin. Und dann erzähl! Wer bist du und was machst du auf der *Maracuja?*«

Sie selbst sprang mit wenigen Sätzen ein Stück höher, bis sie wieder ganz oben saß und zu Aaron hinuntersah, die Axt quer über die Beine gelegt.

Auch Chris kletterte vorsichtshalber ein bisschen höher und ließ sich neben Bendix auf den Stein plumpsen.

Aaron setzte sich folgsam auf den Felsvorsprung. Er war unheimlich lang und dünn und ganz in Grün gekleidet. Sein Hemd war voller Blutflecken und die Hose sah nach Arbeit im Freien aus. »Die kurze oder die lange Version?«

»Alles«, bestimmte Ida knapp und stützte sich auf ihre Hände. Die Zöpfe baumelten ihr über die Schulter.

»Gut.« Aaron nickte. Er schien zu überlegen, wo er anfangen sollte. »Also, ich bin Tierpräparator . . .«

»Ich weiß!«, zischte Ida und verzog angeekelt das Gesicht. »Es ist einfach widerlich!« Sie schüttelte sich. »Brrr!«

Bendix warf einen Blick hoch und runzelte die Stirn. »Lass ihn doch mal ausreden«, sagte er.

»Danke.« Aaron sah Bendix an. Sein pechschwarzes, struppiges Haar fiel ihm ins Gesicht. Das Auge war grün und der Blick undurchschaubar.

Bendix lief ein kalter Schauer über den Rücken. Schnell guckte er auf seine Stiefel.

»Der Grund, warum ich Tierpräparator geworden bin, ist *nicht*, dass ich so gerne Tiere abschieße«, fuhr Aaron dann fort, wobei er wieder Ida fixierte. »Nein, das ist eine lange Geschichte.«

»Erzähl sie!«, forderte Ida ihn auf und warf die Zöpfe auf den Rücken.

»Okay. Es fing damit an, dass ich als Kind mal mit meinen Eltern in einem Museum war.« Aaron lehnte sich etwas zurück, sein Auge schaute irgendwo zwischen die Bäume. »Ich weiß nicht mehr, wann und wo, aber es gab dort einen Saal voller ausgestopfter Tiere. Es waren merkwürdige Tiere. Die meisten erschienen mir sehr fremd. Sie trugen Namen wie *Schweinsfuß-Nasenbeutler* oder *De-Winton-Goldmull.«*

Bendix lauschte interessiert. Wovon sprach Aaron?

»Meine Mutter erklärte mir, dass all diese Tiere bereits ausgestorben waren. Aber in diesem Museum, in diesem Raum waren sie als Präparate erhalten geblieben. Zu wissenschaftlichen Zwecken, nehme ich an. Ich fand das absolut faszinierend.« Ein winziges Lächeln lag jetzt auf Aarons Gesicht. »Die *Kuba-Stummelschwanzferkelratte*, der *Sardische Pfeifhase*, der *Beutelwolf*... Tiere, die einmal auf dieser Erde gelebt hatten, aber jetzt ausgestorben waren – hier waren sie versammelt. Ich kann mich noch genau daran erinnern, wie elektrisiert ich war, damals. Wie in mir der Wunsch zu brennen begann, auf die gleiche Art und Weise Tieren ein Andenken zu setzen, die von der Oberfläche der Erde verschwanden. Sie gewissermaßen am Leben zu erhalten. Weil kein Mensch sie sonst jemals wiedersehen könnte.«

»Ach!« Idas Stimme klang ätzend. Ihre Augen sprühten Funken, als sie sich nach vorn lehnte, die Axt fest umklammert. »Und deshalb knallst du jetzt seltene Tiere ab? Damit sie bald ausgestorben sind und du dein totes Fell fürs Museum hast?«

Aaron sah zu ihr auf. Langsam schüttelte er den Kopf. »Nein. Genau das wollte ich nicht. Ich hatte niemals vor, ein Tier zu töten, schon gar nicht ein seltenes. Ich wollte Tiere immer schützen. Aber ich wusste doch, dass ständig Tiere von unserem Planeten verschwinden, ausgerottet werden, aussterben. Und die Erinnerung an diese Tiere wollte ich für die Nachwelt erhalten. So gut es eben ging.« Jetzt schwieg Aaron und kratzte am verkrusteten Blut auf seiner Wange herum.

Bendix atmete tief durch. Das, was Aaron erzählte, erschien ihm mit einem Mal seltsam vertraut. So viel anderes machten sie doch auch nicht mit den Dinosauriern und den Vögeln auf Guano. Abgesehen davon natürlich, dass sie die Tiere nicht ausstopften.

»Ich konnte den Java-Tiger und das Westliche Spitzmaulnashorn nicht retten.« Aaron seufzte und streckte seine langen Beine aus. »Und auch nicht den Chinesischen Flussdelfin, den Yunnan-Weißhandgibbon oder das Cebu-Pustelschwein. Aber ich wollte, dass die Menschen nicht vergaßen, dass es diese großartigen Tiere einmal gegeben hat.«

Plötzlich schien es, als wären die Vögel verstummt, um Aarons Geschichte zu lauschen. Nichts rührte sich mehr, nicht einmal die Blätter schienen zu rascheln.

»Daher wollte ich lernen, wie man Tiere präpariert. Sie sollten so lebendig wie möglich aussehen. Wie vorher eben. Ich wollte das Typische eines jeden Tieres erhalten, ihnen die Schönheit und Würde zurückgeben, die sie zu Lebzeiten hatten. Damit die Menschheit sah, was sie verloren hatte.« Er sah zu Bendix hoch. Bendix biss auf seine Lippen, aber hielt Aarons Blick stand.

»Und deswegen wurde ich Tierpräparator.« Jetzt lächelte Aaron leise in sich hinein. Und mit einem Mal sah er gar nicht mehr so gruselig aus, fand Bendix. Für die Augenklappe und das viele Blut konnte er ja nichts.

»Ich machte mich mit einer Werkstatt selbstständig. Anfangs hatte ich sehr viel Freude an meinem Beruf. Für meine Tierpräparate habe ich viele Auszeichnungen bekommen. Vor zwei Jahren belegte ich bei der Europameisterschaft der Präparatoren in Mangiare, das ist in Italien, in der Kategorie *Kleine Säugetiere* den ersten Platz mit einer Wanderratte.« Aaron lehnte sich gegen den Felsen und stützte seinen Kopf in die Hände. Er seufzte erneut. Das Lächeln auf seinem Gesicht war erloschen. »Doch niemals hatte ich die Gelegenheit, ein seltenes oder vom Aussterben bedrohtes Tier zu präparieren. Ich wandte mich an Zoos, weil ich auch gern verstorbene Großtiere erhalten hätte. Zebras, Löwen, Affen, Elefanten . . . Nichts, kein Bedarf. Stattdessen kamen Jäger. Immer nur Jäger. Sie brachten mir die Hirsche, die sie geschossen hatten, und ich sollte ihre Köpfe mit den Geweihen präparieren. Köpfe und Geweihe, Köpfe und Geweihe. Irgendwann widerte es mich nur noch an.« Er sammelte eine Handvoll Steinchen von den Felsen und schleuderte sie ins Grün der Büsche. Einen Augenblick saß er nur so da, dann hob er den Kopf und blickte zu den Kindern hinauf. »Tja und dann bekam ich diesen Anruf. Ein Milliardär bot mir an, mich auf einer Luxusjacht mit in die Südsee zu nehmen. Auf der Jacht sollte sich eine komplett eingerichtete Präparatorenwerkstatt befinden, denn er wollte zahlreiche exotische Tiere für eine Art privates Museum sammeln. Er suchte einen ausgezeichneten Präparator, der gleichzeitig auch noch andere Aufgaben auf dem Schiff erledigen würde. Navigieren, kochen, putzen, eigentlich alles, was auf einem großen Schiff anfiel. Die Entscheidung fiel mir nicht schwer. Ich sagte zu.« Er seufzte ein drittes Mal. »Und unterschrieb diesen Vertrag. Es hörte sich alles so gut an. Leider war mir nicht bewusst, dass zu meinen Aufgaben auch gehörte, die Tiere zu töten, die ich ausstopfen sollte. Als mir das klar wurde, war es zu spät. Da saß ich schon Tausende Kilometer von zu Hause entfernt auf einer kleinen Insel.« Der Blick aus seinem Auge wirkte traurig, und als er weitersprach, war seine Stimme kaum noch zu hören. »Ich sollte diesen Waran schießen. ›Nein‹, sagte ich, ›das tu ich nicht.‹ – ›Na gut‹, sagte der Milliardär, ›dann entlasse ich dich aus meinen Diensten. Sieh zu, wie du wieder nach Hause kommst.‹ Er drehte sich um und ging. Und ich, ich schaute mich um. Ich war auf einer winzigen, felsigen Insel, auf der es nichts gab als kleine Säugetiere und ein paar riesige, fleischfressende Warane.«

Bendix beugte sich zu Aaron vor, um ihn besser zu verstehen.

Aber Ida schnaubte nur wütend. Ihre Augen funkelten. »Trotzdem. Du hättest es nicht tun dürfen. Niemals.« Sie verschränkte die Arme vor der Brust.

Aaron sah auf. »Was hätte ich denn stattdessen tun sollen?«, fragte er leise. »Mich fressen lassen?«

»Dann hätten wir euch jetzt wenigstens nicht an der Backe!«, stieß Ida heftig hervor.

Da hatte sie wohl recht. Bendix fand trotzdem, dass sie jetzt ein bisschen unfair war. Er öffnete den Mund, um ihr das zu sagen, aber sie wetterte schon weiter. »Was für einen Vogel hast du gestern abgeknallt?« Wütend trat sie gegen den Fels. Ein paar Steinchen lösten sich und sprangen nach unten.

Aaron hielt schützend eine Hand vors Gesicht. Dann sah er vorsichtig zu Ida auf, aber nur ganz kurz. »So eine Art Papagei«, murmelte er verlegen. »Ziemlich groß, konnte nicht fliegen. Dünner schwarzer Schnabel. Gelbe, orangene und braune Federn. Verdammt, ich schäme mich dafür! Vor allen Dingen, weil ich jetzt weiß, dass es ihn nur noch hier auf der Insel gibt. Aber ich verspreche euch, von nun an helfe . . .«

»Aha. Ein Dünnschnabelnestor also.« Idas Stimme klang eisig, sie tat, als hätte sie Aarons letzte Worte gar nicht gehört. »Ja klar, ist ja auch einfach, einen Vogel abzuschießen, der nicht wegfliegen kann, nicht wahr? Der zutraulich ist und sich nicht wehrt . . . WEIL ER NICHTS BÖSES KENNT, NICHT WAHR?«

»Mann, Ida!« Bendix war aufgesprungen. Er rollte mit den Augen. »Du hast doch gehört, was Aaron erzählt hat. Er will uns helfen! Also hör doch mal auf, ihn anzuschnauzen.«

»Genau.« Chris' Stimme klang heiser. »Wir wollen die Typen doch loswerden. Da kann Aaron uns bestimmt voll gut helfen.«

Aaron blickte nicht auf. Er betrachtete seine Stiefelspitzen.

Ida stand breitbeinig auf dem Felsen, wie eine Rachegöttin. Die Axt hatte sie wieder über die Schulter gelegt. Verächtlich sah sie auf Aaron herunter. »Das will ich erst sehen, dass der uns hilft«, knurrte sie. »Leuten, die wehrlose Tiere abknallen, glaub ich kein Wort.« Sie legte den Kopf schief und musterte ihn argwöhnisch, mit zusammengekniffenen Augen.

Mit wenigen Sätzen sprang Bendix den Felsen hoch, bis er neben Ida stand. »Wir müssen ihm vertrauen. Er ist der Einzige, der uns helfen kann! Und außerdem: Was willst du sonst tun? Ihm den Kopf abschlagen?« Er nickte in Richtung der Axt. Dann sah er zu Aaron, der noch immer reglos auf seinem Felsvorsprung saß. »Also, ich glaub ihm.«

»Hhrrrmmpfff!«, machte Ida und sah Bendix an, als hätte er

einen schlimmen Verrat begangen. Dann wandte sie sich ab und stapfte in kleinen Kreisen auf der Felskuppe herum. Für mehr war kein Platz da oben. »Und du?«, fuhr sie dann Chris an, wobei sie so plötzlich stehen blieb, wie sie losgelaufen war.

»Äh . . .«, Chris zog den Kopf zwischen die Schultern und blickte dann zaghaft zwischen Ida und Aaron hin und her, »ich, also, ehrlich gesagt . . . ich glaub ihm auch.«

»Aaarrgghh!«, schrie Ida in den Himmel.

Aaron stand auf. Er drehte sich zu Ida und Bendix um und stieg dann mit ruhigen Schritten den Felsen hoch. Etwas unterhalb von Ida blieb er stehen, sodass er ihr direkt in die Augen sehen konnte.

Ida schwieg. Sie blitzte ihn nur an. Ihr Blick war vernichtend, aber ein bisschen irritiert sah sie auch aus. Zumindest ließ sie die Axt auf ihrer Schulter liegen.

»Ich hab einiges falsch gemacht«, sagte Aaron mit fester Stimme. »Aber damit will ich jetzt aufhören. Ich werde euch dabei helfen, Goldbein von der Insel zu vertreiben.«

Ida funkelte ihn an. »Und wenn er dich dann hier aussetzt?«

Aaron hielt ihrem Blick stand. Dann glitt ein kleines Lächeln über sein Gesicht und er öffnete seine Arme. »Na, es gibt wohl schlechtere Orte, an denen man ausgesetzt werden kann, oder?« Jetzt grinste er sogar. »Hier braucht man wenigstens keine Angst zu haben, aufgefressen zu werden, wenn man mal aus Versehen einschläft.« Er drehte sich um und ließ seinen Blick über das üppige Grün schweifen. »Eine wunderschöne Insel«, sagte er leise.

Ida blieb stumm, aber Bendix konnte an ihrem Gesicht sehen, dass sie an Riesenkondore und Terrorvögel dachte. *Wenn du wüsstest,* sagte Idas Gesicht. Grimmig stierte sie in Aarons Rücken.

»Ich geh jetzt besser.« Aaron wandte sich wieder den Kindern zu. »Sonst schöpft der Alte noch Verdacht. Aber ich werde alles tun, um ihn von der Insel zu vertreiben. Vertraut mir!« Dabei blickte er Ida an.

Ida sah nicht so aus, als vertraute sie ihm. Aber sie sagte noch immer nichts.

Wortlos sahen die drei zu, wie Aaron den Felsen hinunterstieg. Schon war er zwischen Flamingoblumen und Bromelien verschwunden, ohne einen Blick zurück.

»Ich hätte ihn nicht gehen lassen dürfen«, presste Ida zwischen den Zähnen hervor. »Das war ein Fehler. Ihr werdet sehen, jetzt wird alles nur noch schlimmer.«

»Ach Quatsch, der hilft uns!« Chris verschränkte die Arme vor der Brust.

»Jede Wette«, fügte Bendix hinzu und nickte zuversichtlich. Er hatte ein gutes Gefühl bei Aaron.

Eine Weile blieben die drei Kinder noch auf dem Felsen sitzen. Es dauerte nur wenige Minuten, dann tauchte Aaron wieder in ihrem Blickfeld auf. Ida hob das Fernglas vor die Augen.

Aaron stakste über die Guanofelsen, dann machte er einen Kopfsprung ins Wasser und kraulte zur *Maracuja* hinüber.

»Angeber«, knurrte Ida. »Der weiß genau, dass wir gucken.« Sie ließ das Fernglas sinken und drehte sich weg.

Gegen Mittag kam Knut mit der *Iguana* angeschippert. Er brachte zwar keinen frisch gefangenen Fisch, aber dafür

Süßkartoffelbällchen und Brotfruchtfladen und hart gekochte Eier und getrocknete Früchte in Schoko-Chili-Kruste.

»Hmmm! Lecker!« Chris' Augen leuchteten, als er den Korb entgegennahm, den Tante Popeline ihnen gepackt hatte. »Sollen wir gleich Mittag essen?«

Aber Ida wollte ihrem Vater erst einmal erzählen, was alles in den letzten beiden Tagen passiert war. So setzten sie sich am Strand in den Schatten der Bananensträucher und Ida berichtete aufgeregt von der Begegnung mit Aaron. »Der sitzt doch jetzt mit dem Großkotz auf der *Maracuja* und lacht sich halb tot, weil er uns mit seiner Geschichte veräppelt hat! Und morgen kommen sie rüber und knallen alles ab, was ihnen vor die Flinte flattert!«

»Ausstopfen!«, bestätigte Karolina laut krächzend.

Bendix schüttelte den Kopf. »Das glaub ich nicht«, sagte er. »Der war ehrlich. Der hilft uns bestimmt.«

Knuts Blick wanderte von Bendix zu Ida und wieder zu Bendix. »Beim Klabautermann«, knurrte er in seinen Bart. »Ich hoffe, du hast recht, Bendix.« Nachdenklich stopfte er seine Pfeife.

Bendix sah zu ein paar Huias hinüber, die sich neugierig dem Korb mit dem Essen genähert hatten.

»Schnäbel weg!« Chris zog den Korb an sich, ohne die Vögel zu verscheuchen. Vorsichtig blinzelte er zu Ida hinüber.

Die großen Vögel scharrten im Sand und kreisten Chris ein. »Huuuia!«, schrie der erste von ihnen drohend.

Ida bohrte ihre Fersen in den Boden. »Ich glaube keinem Vogelmörder«, grollte sie. Doch sie redete nicht weiter, sondern stützte sich auf den Stiel der Axt, während sie übers Wasser schaute. Ihr Gesicht sah sehr grimmig aus.

12.

Am nächsten Morgen hatte Bendix sich eine Banane und eine Passionsfrucht zum Frühstück gepflückt. Er war gerade dabei, noch ein paar Erdnüsse auszugraben, als er Ida sah, die den Strand entlangkam. Sie trug ihr grünes Hemd mit dem Papagei auf der Brusttasche. Wie immer in der letzten Zeit hatte sie die Axt geschultert. Auf ihrer anderen Schulter saß Karolina.

Offensichtlich kam sie schon von der ersten Patrouille des Tages zurück. Und mindestens zwanzig oder dreißig Vögel waren mit ihr unterwegs gewesen.

Bendix richtete sich auf. »Und?«, fragte er. »Gibt's was Neues?«

Ida schüttelte den Kopf. Sie ließ die Axt in den Sand plumpsen. »Noch immer alles ruhig auf der *Maracuja.*« Sie pflückte sich ebenfalls eine Banane und setzte sich in den Sand. »Aber ich werde da sein, wenn es etwas Neues gibt, oh ja!«

Eine Weile saßen sie stumm nebeneinander und aßen ihr Frühstück, inmitten von Vögeln. Dann kam Chris aus der Hütte. Er trug Tante Popelines Korb über dem Arm und machte sich daran, Obst zu pflücken und Kokosnüsse zu sammeln. Nach einer Weile kam er auf Bendix zu. »Wo hast du die Erdnüsse her?«, fragte er stirnrunzelnd.

Bendix zeigte ihm die niedrigen Büsche mit den gelben Blüten. »Du musst graben«, sagte er. »Die Nüsse wachsen unter der Erde.«

Chris starrte ihn an. »Du willst mich wohl veräppeln, was? Nüsse unter der Erde – so 'n Quatsch!« Und dann griff er sich schnell eine Handvoll von Bendix' Erdnüssen und ließ sie in den Korb fallen.

»He! Spinnst du?« Bendix warf eine Bananenschale nach Chris, traf aber nur einen Dreifarbenara, der laut krächzend aufflatterte.

»Oh, Entschuldigung!«

Chris kicherte spöttisch. »Ist schon in Ordnung, Kleiner!«

»Ich hab den Vogel gemeint, du Depp! Nicht dich!« Bendix sah sich nach etwas Neuem um, das er nach Chris werfen konnte. »Na, warte!« Seine Hand schloss sich um ein Büschel getrockneten Seetang und er sprang auf und rannte hinter Chris her. Der griff sich eine Ananas aus seinem Korb und bedrohte Bendix damit wie mit einer Keule. »Komm doch näher, wenn du dich traust, du Wicht! Haha!«

»Du frisst gleich Seetang, Chris Wattworm!«

»Vorher schluckst du eine ganze Ananas! Mit Schale!«

»Ja-ha, das glaubst aber auch nur du! Dazu bist du überhaupt nicht schnell genug!«

»Deine Schnelligkeit nützt dir gar nichts, du Pfeife! Schließlich bin ich zehnmal stärker als du! Mal sehen, wie schnell du noch bist, wenn ich erst mal . . .«

»Heiliger Huia! Haltet doch mal eure Klappen, ihr Amöbenhirne!« Ida war aufgesprungen und lauschte. Sofort waren Bendix und Chris still. Bendix horchte in die Richtung, in die Ida starrte. Und da hörte er es auch. Das Beiboot!

»Sie kommen«, sagte Ida knapp. »Bewaffnet euch.«

Ratlos sah Chris auf die Ananas in seiner Hand, während Bendix in die Hütte lief, um den Bootshaken zu holen. Auf dem Weg spürte er das Taschenmesser in seiner Hemdtasche.

Als sie loseilten, in Richtung der Guanofelsen, war das Boot bereits am Ufer angekommen. Auf jeden Fall war das Brummen des Motors nicht mehr zu hören. Ein paar aufragende Felsen versperrten ihnen die Sicht auf die Bucht, in der die *Maracuja* lag.

Ida ging ein bisschen schneller. Ein Mauritius-Papagei konnte kaum noch Schritt halten und krächzte wütend, als er von ein paar Himalajawachteln überholt wurde. Mamos sausten um ihre Köpfe, flogen hoch in die Bäume und stürzten sich dann wieder auf Ida, um so nah wie möglich an ihr vorbeizufliegen.

Plötzlich blieb Ida wie angewurzelt stehen. Ein Heidehuhn rannte ihr in die Hacken und blinzelte irritiert, bevor es begann, mit dem Kopf zu rucken.

Bendix schnappte nach Luft. Aaron kam ihnen entgegen. Als er die Kinder sah, hob er die Hand und winkte. Noch immer humpelte er leicht. Und er war nicht allein. Neben ihm ging dieses rosa Mädchen, diese Kathi.

»Hab ich's doch gewusst«, knurrte Ida, »er hat uns verraten, der miese Vogelmörder!«

In Bendix' Bauch ballte sich ein Klumpen zusammen. Er versuchte, das Gefühl wegzudrücken, das sich langsam in ihm ausbreitete. Aber die Enttäuschung und die Angst krochen ihm in die Brust und bis in die Arme und Beine hinein. Er stützte sich auf den Bootshaken wie auf eine Krücke.

Auch Chris war stehen geblieben. Keiner sagte etwas. Selbst die Vögel schienen zu spüren, dass etwas nicht stimmte. Einige standen im Gras wie erstarrt, andere trippelten unruhig auf und ab.

In den Büschen zu ihrer Linken raschelte es, als sich ein paar Rotschnabelrallen darunter hervordrückten. Rechts von ihnen rauschte nur das Meer hinter der immer steiniger werdenden Küste.

»Hallo«, sagte Aaron, als er und das Mädchen bei ihnen angekommen waren. »Schön, euch wiederzusehen!«

Bendix, Ida und Chris schwiegen und starrten an Aaron vorbei. Alle drei fixierten Kathi, die ein Stück hinter Aaron stand und gelangweilt aufs Wasser guckte. Dann betrachtete sie ihre Fingernägel.

Ida sprach als Erste. Sie streckte einen spitzen Zeigefinger aus. »Was macht *die* hier?« Ihre Stimme klang frostig.

Aaron lächelte ein bisschen schief. Auf seiner Stirn klebte ein großes Pflaster. »Ich habe Kathi mitgenommen, weil ich denke, dass wir ihre Hilfe brauchen werden. Sie muss über alles Bescheid wissen, denn sie ist die Einzige von uns, die ihren Vater dazu bringen kann, die Insel zu verlassen.«

Verächtlich musterte Ida Kathi von oben bis unten. *»Die?* Die schert sich doch einen Dreck um meine Vögel. Die bringt ihren Vati höchstens dazu, sie abzuknallen. Stimmt's, Prinzesschen?«

Kathis Kopf fuhr hoch. Plötzlich war von Langeweile nichts mehr zu spüren. »Du nennst mich nicht Prinzesschen!«, fauchte sie Ida an. »Niemand außer meinem Vater nennt mich so, klar?«

Ida verschränkte die Arme vor der Brust. »Das ist das, was du denkst, Prinzesschen. Aber auf meiner Insel gelten deine Regeln und Gesetze nicht. PRINZESSCHEN.«

»Du hörst sofort auf! Sonst . . . sonst . . .!« Kathi schäumte vor Wut. Sie wirkte, als wollte sie jeden Moment auf Ida losgehen.

»Sonst was? Holst du sonst Vati? PRINZESSCHEN?«

Mit dem Bootshaken ging Bendix dazwischen. »Mann, Ida, lass das! Wie soll sie uns denn helfen, wenn du dich nur mit ihr streitest? Das ist doch blöd.«

»Sie ist blöd«, zischte Ida.

»Ausstopfen!«, krächzte Karolina.

»Ich weiß gar nicht, was du hast. Die ist doch voll nett!«

Schlagartig wurde es still. Bendix, Ida und Aaron drehten ihre Köpfe zu Chris und starrten ihn an, als hätte er den Vorschlag gemacht, sämtliche Vögel der Insel aufs Schiff zu bringen und ihnen bei der Abfahrt hinterherzuwinken.

Bendix blinkerte verblüfft mit den Augen. Klar, sie konnten Kathis Hilfe gut brauchen . . . aber sie als *nett* zu bezeichnen, das ging wohl doch etwas zu weit.

»Was?«, raunzte Chris unwirsch.

Aaron war als Erster wieder in der Lage zu sprechen. »Also«, sagte er und räusperte sich, »ich habe Kathi noch nichts von der Insel erzählt, weil ihr Vater es sonst mitbekommen hätte. Und weil ich dachte, dass du es bestimmt besser kannst als ich, Ida.«

Ida presste die Lippen zusammen. Sie machte nicht den Eindruck, als wolle sie Kathi irgendetwas erzählen.

Auch die Vögel wandten Kathi ihr Hinterteil zu und flatterten hektisch mit den Flügeln. Karolina gab knirschende Geräusche von sich.

Da drückte Chris sich an Ida vorbei und stellte sich vor Kathi. Lässig schob er seinen Hut in den Nacken und machte dann eine ausholende Armbewegung. »Da gibt es ein paar Dinge, die du über diese Insel wissen musst, Kathi.« Seine Stimme klang äußerst liebenswürdig. »Hier leben nämlich nur . . .«

»Aaaarrgh!« Wie ein Derwisch fuhr Ida dazwischen. »Halt die Klappe, Chris! Das ist meine Insel, und wenn hier jemand was darüber verrät, dann bin ich das, klar?«

Karolina krächzte durchdringend.

Chris grunzte nur wütend und wich zurück. Er hielt sich die Ohren zu. Karolina war wirklich sehr laut.

»Also«, Ida stellte sich breitbeinig vor Kathi und warf ihre Zöpfe auf den Rücken, »alle Vögel, die auf Guano leben, sind überall anders auf der Welt ausgestorben. Nirgendwo gibt es auch nur noch ein Exemplar. Alle Vögel auf der Insel sind die letzten ihrer Art.« Ida fletschte die Zähne. Vielleicht wollte sie Kathi beißen, vielleicht sollte es aber auch nur ein grimmiges Grinsen sein. »Die letzten. Kapierst du das? Wenn sie auch noch ermordet werden, dann sind sie für immer weg. Verloren. Und aus diesem Grund schütze ich sie.« Sie griff nach der Axt, die sie gegen einen Stein gelehnt hatte. »Und jedem, der meine Vögel auch nur anrührt, spalte ich den Schädel. Und dann stopf ich ihn mit Holzwolle aus und drück ihm zwei Glasaugen ins Gesicht. Oder auch nur eins«, fügte sie mit Blick auf Aarons Augenklappe hinzu. »Niemand würde es merken. Menschen gibt's ja wirklich mehr als genug. Aber meine Vögel, die sind so selten. Und ich sorge dafür, dass niemand ihnen auch nur eine Feder krümmt.«

Kathi betrachtete Ida eine Weile stumm. Dann nahm sie den Hut vom Kopf, strich über ihre Haare, die seidig im Sonnenlicht schimmerten, und legte den Kopf schief. »Selten«, wiederholte sie. »Dann sind sie wohl ziemlich wertvoll, was?« Ein kleines, zufriedenes Lächeln huschte über ihr Gesicht.

Mit einem Satz stand Ida so dicht vor ihr, als wolle sie ihr eine Kopfnuss verpassen. »Wertvoll?«, knurrte sie. »Unbezahlbar. Es sei denn, du bist bereit, mit deinem Leben zu bezahlen.«

Kathi wich nicht zurück. »Du hast ja keine Ahnung«, zischte sie, »was man alles kaufen kann, wenn man so richtig reich ist!«

Die beiden Mädchen standen nun dicht voreinander, Auge in Auge, wie zwei Kampfhähne, die nur noch auf das Kommando warteten, um aufeinander einzuhacken. Keine schenkte der anderen auch nur einen Zentimeter. Gleich würde ein Gewitter über Guano losbrechen.

Da räusperte Aaron sich. »Gut, dass wir das geklärt hätten«, sagte er, »aber vielleicht können wir jetzt mal über eine Strategie nachdenken, wie wir Glotz Goldbein dazu bringen, die Insel wieder zu verlassen. Hm? Was meint ihr?«

Bendix blickte zu ihm hinüber. Aaron stand mit verschränkten Armen an eine Palme gelehnt, die Beine übereinandergeschlagen. Ein paar kleine Stephenschlüpfer hatten sich seinen Stiefeln genähert und beäugten sie. Der erste pickte nach seinen Schnürsenkeln und hüpfte wieder ein paar Schritte zurück. Aaron betrachtete die olivgrünen Vögel, dann sah er wieder auf. Eine struppige schwarze Haarsträhne fiel ihm ins Gesicht und er schüttelte sie zurück.

Bendix war plötzlich sehr froh darüber, einen Erwachsenen dabeizuhaben, der ihnen helfen wollte.

Ida und Kathi lösten sich voneinander, nachdem sie sich noch einmal angeknurrt hatten. Ida setzte sich auf einen Stein und zog die Beine an. Sie betrachtete die Vögel zu ihren Füßen, die sich um den Stein versammelt hatten, als erwarteten sie eine Rede. »Wie wir Glotz Großkotz dazu bringen sollen, die Insel zu verlassen? Ganz einfach: Wir sagen ihm, er soll sich vom Acker machen.« Sie schaute hoch und suchte Kathis Blick. »Und wenn er das nicht tut, stopfen wir ihn eben aus. Und fertig.«

Einen Moment lang hatte Bendix Angst, dass sich Kathi nun doch auf Ida stürzen würde. Aber sie schnaubte nur verächtlich und sah Ida aus zusammengekniffenen Augen an. »Etwas anderes fällt dir nicht ein, was? Man merkt wirklich, dass du nur Vogelkacke im Kopf hast. Von dir kommt nur dummes, sinnloses Geblubber.«

Eine ungesunde Röte schoss in Idas Wangen, sie fuhr hoch wie vom Terrorvogel gebissen und stieß einen Wutschrei aus. Aber bevor sie etwas Verständliches von sich geben konnte, mischte Chris sich ein. »Da hat sie aber echt recht, Ida, das musst du zugeben. Das bringt doch nichts, wenn du immer nur von Ausstopfen redest. Ist ja schließlich Kathis Vater, der Herr Goldbein.« Er warf Kathi einen winzigen Seitenblick zu. »Bestimmt haben wir auch noch 'ne bessere Idee, wenn wir mal zusammen überlegen.«

Zum zweiten Mal an diesem Tag glaubte Bendix, seinen Ohren nicht zu trauen. Was war nur in Chris gefahren? Warum benahm er sich so merkwürdig?

Auch Ida schien Chris' seltsamer Auftritt aus dem Konzept gebracht zu haben. Sie öffnete und schloss den Mund wie ein Fisch und sah dabei nicht sehr schlau aus. Dann ließ sie sich wieder auf dem Stein nieder und verschränkte die Arme vor der Brust. »Oookay«, sagte sie gedehnt, »na, dann schießt los. Ich bin schon auf eure bessere Idee gespannt.« Sie schloss die Augen und drehte ihr Gesicht zur Sonne.

Aaron rutschte am Stamm der Palme hinunter, bis er auf dem Boden saß. Er streckte seine langen Beine von sich. Auch Bendix setzte sich ins Gras, in den Schatten einer Strandmandel.

Vom Meer her wehte ein leichter Wind. Er verfing sich in den Wunderblumen, die über den steinigen Boden nahe dem Wasser rankten, und ließ ihre kleinen rosa Blüten zittern.

Ein paar Karolinasittiche landeten in den Zweigen der Strandmandel und begannen, sich um die Früchte zu streiten. Ein Büschel Nüsse fiel vom Baum, direkt vor Bendix' Füße. Sofort stürzte sich ein ganzer Pulk Vögel darauf, schimpfend, schnatternd und kreischend.

Kathi blickte sich suchend um, dann ließ sie sich ebenfalls auf einem Stein nieder. Es war ein großer Brocken, sie saß höher als Ida.

Chris machte ein paar Schritte auf Kathi zu. Fast hätte er

sich in einen Ameisenhaufen direkt neben ihr gesetzt. Doch dann entschloss er sich im letzten Moment, sich lieber an den Stamm eines Tulpenbaumes zu lehnen. Er strich sich die Haare aus der Stirn. »Was macht ihr überhaupt hier, Kathi?«, fragte er. »Urlaub? Gehört die *Maracuja* deinem Vater? Ein cooles Schiff!«

Ida schnaubte. Ihr Mund bewegte sich, als würde sie Chris lautlos nachplappern.

Kathi zog die Beine an, weil ein paar Paradiessittiche ihren Stiefeln zu nahe kamen. »Urlaub!«, stieß sie verächtlich hervor. »Ja, toller Urlaub! Ich habe mir von Vati zum Geburtstag eine Reise in die Südsee gewünscht. Ich wollte auf eine einsame Insel mit Palmen und weißen Stränden und türkisem Wasser, handwarm. Mit Luxushotel, Swimmingpool und Bediensteten, die mir Fruchtcocktails mit bunten Schirmchen zum Liegestuhl bringen. Und ab und zu wollte ich einen Segeltörn auf einer Luxusjacht machen. Natürlich inklusive Kapitän und Bordpersonal, alle in Schneeweiß gekleidet.«

Ida schnaubte ein weiteres Mal, diesmal so laut wie ein erkältetes Walross. Sie steckte sich einen Finger in den Hals und verdrehte die Augen.

Kathi sah sie nur spöttisch von oben herab an, wobei ihr Blick besonders lang an dem grünen Hemd mit dem Papagei kleben blieb. Sie zog einen Kaugummi aus ihrer Tasche, wickelte ihn aus dem Papier und steckte ihn in den Mund. Dann seufzte sie theatralisch. »Tja, da hat Vati wohl was falsch verstanden. Jetzt bin ich zwar in der Südsee, aber ich sitze die ganze Zeit auf einem Schiff fest. Nur ab und zu erreichen wir mal eine Insel. Und meistens sind es Inseln, auf denen es nichts gibt. Kein Hotel, keinen Pool, keinen Wellnessbereich. Noch nicht mal einen Tennisplatz. Ich bin schon ganz eingerostet.« Sie rekelte ihre Schultern.

»Du Arme«, sagte Chris mitleidig.

Bendix musste grinsen, bis er merkte, dass Chris sie nicht zu veräppeln schien. Er meinte es ernst.

»Ach ja, unser armes Prinzesschen.« Idas Stimme klang ätzend. Sie hatte sich vorgebeugt und starrte Kathi an. Jede einzelne Sommersprosse glühte in ihrem Gesicht. »Und weil es so langweilig ist, knallt ihr ab und zu ein paar Tiere ab, ja? Hier ein Känguru, dort einen Papagei. Und dann stopft Aaron sie schön aus, damit ihr sie euch in die Vitrine stellen könnt.« Sie schnaubte verächtlich. »Das muss ein großartiges Gefühl sein, Tiere zu ermorden, die sich nicht wehren können. Wie fühlst du dich danach, Kathi? Richtig groß und stark?«

In diesem Augenblick kam ein Dünnschnabelnestor aus einem Jasminstrauch hervorgewatschelt. Ein paar Blüten fielen ins Gras und dufteten betörend. Der große Papagei sah sich um. Er wirkte ein bisschen überrascht, in eine Versammlung geraten zu sein. Dann reckte er seine dunklen Flügel, präsentierte seine Brust, die mit leuchtend orangen und gelben Federn bedeckt war, und klapperte mit seinem dünnen schwarzen Schnabel.

»Bitte schön«, sagte Ida leise und wies mit beiden Händen auf den Vogel. »Da ist ja noch einer. So einen hast du dir gestern doch ausgesucht, oder, Prinzesschen? Brauchst du nicht noch einen zweiten? Knall ihn ruhig ab, er kann sich sowieso nicht verteidigen. Er kann ja nicht mal wegfliegen.«

Mit einem Mal war es sehr still. Nur das Konzert der Vögel

war noch zu hören und das leise Rauschen des Meeres. Ein Windstoß zauste Kathis Haare.

Sie sah ziemlich mürrisch aus. Idas Blick erwiderte sie nicht. Stattdessen schaute sie dem Dünnschnabelnestor hinterher, der ein paar hellgrüne Waldschlüpfer aus dem Weg krächzte, bevor er wieder im Jasmin verschwand.

»Ihr wisst gar nicht, wie ihr mir auf den Geist geht mit eurem Blödgequatsche und eurer öden Insel«, fauchte sie unvermittelt. Ihr wütender Blick traf Ida. »Ich will nur noch weg von hier. Lieber heute als morgen.«

»Na, dann sind wir uns ja einig.« Ida musterte sie kalt. »Ich bin auch für heute.«

Wieder trat eine kleine Pause ein.

Kathi verschränkte die Arme und legte abschätzend den Kopf schief. »Okay«, sagte sie schließlich, »und was krieg ich, wenn ich dafür sorge, dass wir morgen von hier verschwunden sind?«

Ida sprang mit einem Satz von ihrem Stein. »Du wirst *nicht* ausgestopft!« Plötzlich grinste sie von einem Ohr zum anderen. »Na, ist das kein Angebot?«

Breitbeinig stand sie inmitten ihrer Vögel.

Kathi sah nicht das kleinste bisschen irritiert aus. Um ihren Mund spielte ein fieses Lächeln.

Bendix lief ein kalter Schauer den Rücken hinunter. Was wollte sie denn jetzt schon wieder? Konnte sie nicht einfach mit ihrem Vater abhauen und nie wiederkommen?

Kathi streckte ihre Beine und stellte sie auf den Boden. Dann stieß sie sich von ihrem Stein ab und schlenderte gemächlich auf Ida zu. »Das ist das, was du glaubst, Vogelmädchen.« Ihre Stimme klang spöttisch. »Aber ich verlange für alles eine Gegenleistung. Doppelt und dreifach. Von nichts kommt eben nichts.« Sie umrundete Ida mit ruhigen Schritten. »Deshalb bin ich auch reich und du nicht.« Direkt vor Ida blieb sie stehen. Sie grinste ihr ins Gesicht und nahm die Sonnenbrille ab. »Du hast gesagt, die Vögel sind sehr selten. Also sind sie wertvoll. Ich sorge dafür, dass kein Vogel mehr erschossen wird. Dafür nehme ich von jeder Art ein Paar mit nach Hause. Lebendig.«

Bendix hielt die Luft an. Jetzt würde es passieren. Jetzt würde Ida Kathi den Terrorvögeln zum Fraß vorwerfen. Er schloss die Augen, weil er das Gemetzel nicht sehen wollte. Wahrscheinlich griff Ida bereits nach der Axt. Doch als es still blieb, traute er sich, wieder hinzuschauen.

Ida und Kathi standen noch immer bewegungslos voreinander, Gesicht an Gesicht.

Chris schob sich vorsichtig an die beiden heran. In Zeitlupe. »Ida«, sagte er fast flehend, »da kann man doch drüber reden. Nur ein paar Vögel, es gibt doch so viele . . .«

»Nie im Leben«, zischte Ida. Dabei flogen Kathi ein paar Spucketröpfchen um die Ohren. »Nicht einen einzigen. Und die Vögel, die ihr schon abgeknallt habt, gebt ihr auch zurück.«

»Aber warum denn?« Das war schon wieder Chris. »Wenigstens die können sie doch . . .«

»Heiliger Huia, kapierst du es denn nicht?« Idas Kopf fuhr herum.

Chris schluckte. Er wich einen Schritt zurück.

Ida kam hinterher. »Niemand darf die Vögel sehen! Auch die toten nicht! Wenn nur einer ein bisschen Ahnung von Vögeln hat, dann wird er kapieren, dass sie eigentlich schon längst ausgestorben sind. Er wird fragen, wo der Großkotz sie herhat, und dann brauchen wir nur noch zu warten, bis nicht ein Großkotzschiff am Horizont erscheint, sondern gleich eine ganze Flotte! Und das war's dann mit Guano und den Vögeln!«

Chris schluckte noch einmal und schielte nervös zu Kathi hinüber.

Kathi grinste schon wieder triumphierend. »Ach, wisst ihr was: Ich brauche die dämlichen Viecher überhaupt nicht mitzunehmen.« Sie stieß ein Viti-Levu-Großfußhuhn zur Seite, das ihren Stiefeln zu nahe gekommen war. »Ich erzähle einfach Vati davon. Der kauft die Insel und schickt Leute hierher, die die Vögel einsammeln und fertig.« Sie stemmte die Hände in die Hüften und lachte glockenhell.

Ida war wie erstarrt. Sie stand im Gras und konnte nicht einmal mehr ihren Mund bewegen. Ihr Gesicht war aschgrau.

»Kathi.« Aaron trat herbei. Es wirkte, als wolle er Kathi eine Hand auf die Schulter legen, aber er schien sich nicht zu trauen und die Hand blieb in der Luft hängen. »Ich glaub, das ist keine gute Idee. Sag deinem Vater bitte nichts, schlaf noch einmal drüber. Wir finden bestimmt eine Lösung, die für uns alle in Ordnung ist.«

Kathi trat einen Schritt zurück und funkelte Aaron feindselig an. »Du hältst dich da raus, ja? Du hast mir gar nichts zu sagen!«

»Ich weiß«, sagte Aaron. Es klang ruhig, aber in ihm musste es kochen. »Ich bitte dich auch nur darum. Im Namen dieser wunderschönen Vögel, die endgültig aussterben werden, wenn sie in Käfige gesperrt und in alle Welt gekarrt werden.«

»Phhh!« Kathi verschränkte die Arme vor der Brust. »Vögel interessieren mich nicht. Ich finde sie stinklangweilig. Ist mir völlig egal, ob sie aussterben oder nicht.«

In diesem Augenblick ertönte ein lautes Tuten. Die kleineren Vögel erstarrten, dann stürzten sie sich wild tschiepend in die Büsche und waren verschwunden. Die großen Papageien und Hühner zeterten. Es tutete noch einmal.

»Das Nebelhorn der *Maracuja«*, sagte Kathi und es klang sehr zufrieden. »Komm, Aaron! Vati wartet wahrscheinlich auf sein Mittagessen. Blödschnabel-Papagei in Rotweinsoße! Hahaha!«

Sie drehte sich um und hüpfte fröhlich durchs Gras, den Pfad zu den Guanofelsen hinunter. Bendix hörte sie noch immer lachen. Er hatte eine Gänsehaut, obwohl die Sonne hoch am Himmel stand und es sehr warm war.

Da spürte er eine Hand an seinem Arm. Aaron hatte ihn am Handgelenk gepackt. »Ich rede mit ihr. Wir kriegen das hin. Tut jetzt bloß nichts Überstürztes!« Mit der anderen Hand hielt er Ida fest. Fast beschwörend sah er ihr in die Augen. »Wir kriegen das hin! Ganz bestimmt!«

»Aaron! Komm gefälligst!« Aus der Entfernung drang Kathis Stimme zu ihnen hinüber.

Aaron ließ sie los. »Ich komme bald wieder. Überlegt solange, was wir tun können. Ich werde auch drüber nachdenken.«

Dann drehte er sich um und folgte Kathi. Mit langen Schritten, leicht humpelnd, aber nicht eilig.

Bendix, Ida und Chris sahen ihm nach, bis er hinter den Büschen an der nächsten Wegkrümmung verschwunden war.

»Der hilft uns nicht.« Idas Stimme hörte sich an, als käme sie aus dem tiefsten Keller. »Der ist so ein Weichei. Tut brav, was der Großkotz und das Prinzesschen ihm sagen, ohne zu mucken.« In Zeitlupe schüttelte sie den Kopf. »Warum hat er die überhaupt mitgebracht?«, flüsterte sie tonlos.

Bendix sah Ida mit großen Augen an. »Aber das muss er doch! Er muss doch wenigstens so tun, als ob er Goldbein gehorcht. Wenn er ihm sagt, dass er auf unserer Seite steht, dann werden er und Kathi erst recht versuchen, hier alles kaputt zu machen.«

»Mann!« Chris verdrehte die Augen. »Ihr tut immer so, als ob Kathi wer weiß wie böse wär! *Die* hat doch nicht die Vögel hier abgeknallt!«

Fassungslos starrten Bendix und Ida Chris an. Dann wandten beide sich gleichzeitig ab und gingen zurück zur Hütte.

Das Nebelhorn tutete ein drittes Mal.

13.

Das seichte Wasser umspülte Bendix' Knöchel. Seine Füße hatten sich halb in den Sand gegraben und er stand ganz still. Beobachtete nur einen Schwarm blau-weißer Fischchen, der immer näher kam. Einige der Fische berührten sogar seine Beine, sanft wie ein Wimpernschlag, kaum zu spüren.

Ein Stück weiter schimmerte eine Muschel dicht unter der Wasseroberfläche. Sie sah aus, als wäre sie aus Gold. Aber Bendix mochte sich nicht bewegen, um die Fische nicht zu verscheuchen.

Stattdessen seufzte er tief. Das reichte schon für ein paar winzige Wasserwirbel. Die Fischchen waren so schnell verschwunden, als hätten sie sich in Luft aufgelöst.

Na, dann konnte Bendix ja auch die Muschel aufheben. In der Sonne leuchtete sie wirklich wie pures Gold.

Bendix dachte an Tante Popeline und ihre Muschelbilder und wünschte sich, wieder auf Floribunda zu sein. Dort gehörte er doch hin, zu seinen Dinosauriern! Hundertmal lieber wollte er Thekla dabei helfen, den Durchfall der Diplodokus-Herde zu kurieren, als hier auf Guano zu sitzen und nicht wirklich etwas tun zu können.

Er sah den Strand hinunter, aber der war wie leer gefegt. Kein Vogel weit und breit. Wahrscheinlich waren alle mit Ida auf Patrouille.

Wo Chris steckte, wusste er nicht.

Chris ... der hatte sich heute so merkwürdig verhalten. Als ob er Kathi mochte. Aber das konnte wohl kaum möglich sein, oder? Kathi war einfach nur furchtbar. Andererseits ... Bendix blieb im Wasser stehen und betrachtete seine Füße, die selbst aussahen wie zwei helle Fische ... andererseits war Chris ja vor nicht allzu langer Zeit auch ein richtiges Ekelpaket gewesen. Ein Fiesling und Quälgeist. Bis zu dem Zeitpunkt, als ... Bendix erstarrte. Plötzlich kroch eine Idee durch seinen Kopf. Eine Idee, die sich gut anfühlte. Ja, das könnte die Lösung sein. Das könnte klappen. Auch bei Kathi.

Bendix lief aus dem Wasser, wobei er so viel wie möglich spritzte. Mit einem Mal fühlte er sich viel leichter als vorher. Er kniff die Augen zusammen und blickte den Strand entlang, aber Ida war noch immer nicht zu sehen. Dabei musste er doch unbedingt seine Idee mit ihr besprechen. Und er hatte ganz schön Bammel bei dem Gedanken daran. Er war sich sicher, dass sie Ida kein bisschen gefallen würde. Schade, dass Aaron nicht da war. Der wäre bestimmt begeistert.

Nur wenig später kam Ida zurück. Mit grimmigem Gesicht, die Axt auf der Schulter.

Die Vögel, die um ihre Füße wuselten, schienen das alles für ein aufregendes Spiel zu halten. Sie zwitscherten und trällerten vergnügt.

Ida lehnte die Axt gegen den Stamm einer Palme und ließ sich im Schatten der Bananen- und Ananasbüsche in den Sand fallen. Wortlos sah sie zu Bendix hinüber, während sich die Vögel mit Begeisterung auf sie stürzten. In dem Gekreische und Gekrächze wäre sie ohnehin nicht zu verstehen gewesen.

Bendix schob die bunte Muschelsammlung zusammen, die er nahe am Wasser ausgebreitet hatte. Er stand auf, klopfte sich den Sand aus der Hose und stopfte erst die Muscheln, dann die Hände in die Hosentaschen. Barfuß schlenderte er zu Ida hinüber und setzte sich zwischen ein paar Färöer Kolkraben, die mehr Lärm machten als der Außenborder der *Iguana*. Mit einer Hand sammelte Bendix ein paar Nussschalen, Muschelreste und Steinchen aus dem Sand und schleuderte sie dann ein ganzes Stück weit weg. Mit aufgeregtem Knarren und Flügelschlagen sprangen die Raben hinterher. Hektisch begannen sie, den Sand zu durchsuchen. Sofort wurde es ein bisschen ruhiger.

»Ich hab eine Idee«, sagte Bendix schnell, bevor er sich nicht mehr traute, Ida davon zu erzählen. »Wegen Kathi.«

Ida warf ihm einen fragenden Blick zu, während sie Karolina über das glänzende Gefieder strich.

»Du weißt doch noch, Chris«, fuhr Bendix fort, »wie der am Anfang war, als er nach Floribunda kam.«

»Hör mir bloß auf mit Chris«, zischte Ida. »Der ist ja wohl

völlig durchgeknallt. Ich wette, der würde, ohne zu zögern . . .«

»Ida!«

»Ja. 'tschuldigung.« Ida senkte mürrisch ihren Kopf.

»Mit Chris wurde es erst besser, als er das Dinosaurierei bekommen hat und darauf aufpassen musste. Als Kiri dann geschlüpft ist.« Bendix machte eine Pause. Er holte tief Luft. »Ich meine, stell dir mal vor, Kathi würde die Vögel genauso lieb gewinnen. Oder auch nur einen. Dann würde sie doch auch nicht mehr wollen, dass ihnen was passiert. Dann würde sie sie auch nicht mehr mitnehmen wollen.« Bendix biss sich auf die Lippe.

Ida blickte hoch. Sie starrte ihn misstrauisch an. »Und wie soll das gehen?«

Bendix druckste ein bisschen herum. »Ich dachte . . . wir könnten vielleicht . . . wir könnten vielleicht einem Karolinasittich beibringen, was Nettes zu sagen. Über Kathi. So was wie *Kathi ist lieb*. Dann würde sie vielleicht . . .«

»KATHI IST LIEB?« Es war fast ein Wutschrei. Idas Haare schienen sich zu sträuben und ihre Augen sprühten Funken. *»Kathi ist lieb?* Nie im Leben! Nicht meine Vögel, vergiss es! *Kathi ist lieb!«*, zischte sie verächtlich.

Karolina sprang erschrocken von ihrer Schulter in den Sand und knirschte vorwurfsvoll mit dem Schnabel.

»Es kann ja auch was anderes sein.« Bendix schluckte, denn er hatte das Gefühl, seine gute Idee zerfiel gerade zu Staub. »So was Ähnliches wie *Kathi ist lieb*. Hauptsache, Kathi freundet sich mit den Vögeln an und will ihnen auch helfen. Dann verrät sie auch niemandem was.«

»Kathi ist lieb«, grollte Ida, »ha!« Aber dann brummelte sie

nur noch leise vor sich hin. Dachte sie vielleicht über Bendix' Vorschlag nach?

Er wagte einen weiteren Vorstoß. »Muss ja wirklich nicht *Kathi ist lieb* sein. Man kann ja auch was anderes nehmen, so wie . . . so wie . . .«

»Kathi ist lieb«, schnarrte Karolina zärtlich.

Ida fuhr hoch. Mit offenem Mund starrte sie ihren Sittich an, fassungslos. Dann stieß sie einen leisen Klagelaut aus.

Karolina drückte sich an ihr Bein, als wollte sie Ida trösten. »Kathi ist lieb«, gurrte sie. »Kathi ist lieb!«

Und Bendix spannte seine Beinmuskeln an. Wenn Ida jetzt aufspringen und mit der Axt hinter ihm herlaufen würde, wollte er zumindest ein paar Sekunden Vorsprung haben. Er stemmte seine Füße in den Boden und rutschte ein kleines Stück von Ida weg.

Ida sah zwischen Bendix und Karolina hin und her. Eine ganze Weile sagte sie nichts. Und dann prustete sie los. Sie lachte so laut, dass die hübschen Annakleidervögel und Mamos schimpfend aufflatterten und die Rallen und Hühnchen in alle Richtungen davonschossen, wie vom Blitz getroffen.

Sie hielt sich den Bauch, kippte hintenüber und kugelte sich im Sand, wobei sie weiter vor sich hin giggelte.

Zwei Weißwangenkäuze steckten ihre Köpfe aus den Bananen hervor und lachten ebenfalls, auch wenn sie sehr streng dabei aussahen.

Bendix grinste schief. Er wusste nicht so richtig, was er davon halten sollte, dass Ida plötzlich so fröhlich war. Vielleicht wurde sie auch gerade wahnsinnig. Bei Ida war alles möglich.

Mit einem Ruck setzte sie sich auf und wischte sich eine

Lachträne aus dem Augenwinkel. Ihr Gesicht war gerötet und ihr Mund zog sich in aller Breite von einem Ohr zum anderen. Sie grinste Bendix an. Dann schüttelte sie ihre Zöpfe, dass der Sand nur so flog. »Okay.« Sie setzte sich in den Schneidersitz und lockte Karolina zu sich. »Ihr habt mich überredet. Wir machen es so. Aber eins sag ich euch: Wir machen es richtig. Nicht nur Karolina, auch die anderen Karolinasittiche. Jeder kriegt seinen Text. Morgen wird Kathi zugesülzt, dass es nur so schleimt.«

Bendix stützte die Hände in den warmen Sand und runzelte die Stirn. »Aber meinst du nicht, dass das zu viel wird? Mit den ganzen Vögeln, meine ich. Am Ende merkt die noch was und fühlt sich veräppelt.«

»Och«, Ida winkte ab, »die Hälfte der Karolinasittiche hat ihren Text sowieso bis morgen vergessen. Aber ich wette, unser Prinzesschen fährt voll darauf ab, wenn ein paar Vögel sie umschwirren und anschmachten.« Sie streckte sich und griff tief in ihre Hosentasche. Als sie die Hand wieder rauszog und öffnete, war sie voller Erdnüsse.

Die Vögel um sie herum hüpften noch näher heran und begannen zu plappern und zu zirpen. Ida schloss die Hand wieder zur Faust.

»So«, sagte sie und richtete sich auf die Knie auf. »Du da. Hansi. Sag mal ›*Süße Kathi.* Süüüße Kathi! Süüüße Kathi!‹«

Der mit Hansi angesprochene Karolinasittich machte einen langen Hals. Er trippelte vor Ida auf und ab und beäugte ihre Hand.

»Süüüße Kathi!«, sagte Ida.

Der Vogel öffnete und schloss den Schnabel. Er sah aus, als würde er gern ein paar Erdnüsse essen. Aufgeregt hüpfte er um Ida herum. Als er sah, dass er so nicht an die Nüsse herankam, krächzte er laut und durchdringend.

»Süüüße Kathi!«, sagte Ida.

Hansi legte seinen gelben Kopf schief und sah Ida flehend an. »Qui-i-i!«, krähte er.

»Feiner Vogel«, sagte Ida und gab ihm eine Erdnuss. Dann rutschte sie auf Knien zu Bendix hinüber. »Los!« Sie drückte ihm ein paar Erdnüsse in die Hand. Ziemlich warm und ein bisschen klebrig. »Du auch. Ich komm mir ja schon total bescheuert vor. Nimm den dahinten, der guckt schon so schlau. Der wartet bestimmt nur darauf, gleich loszusabbeln.«

Etwa ein Dutzend Karolinasittiche wuselte im Sand durcheinander, es war ein einziges Drunter und Drüber. Welcher von denen nun besonders schlau guckte, konnte Bendix nicht erkennen. Und dann musste er auch noch die Kona-Finken und die Stephenschlüpfer, die Huias und die Färöer Kolkraben abwehren, die genauso interessiert an den Erdnüssen waren. Schon streckten ein paar vorwitzige Kolkraben ihre Köpfe vor, um an seinen Fingern zu picken.

»Süüüße Kathi«, ächzte Bendix und presste die Erdnüsse an seine Brust.

»Kra! Kra!«, schrie ein Kolkrabe trotzig und sah so aus, als wartete er auf eine Belohnung. Dann kam ein anderer Kolkrabe herangehüpft und schubste ihn weg. »Kraaa!« Schon war die schönste Klopperei im Gange.

Bendix schielte zu Ida rüber. Wie machte die das bloß? Sonst hockten ihr doch immer alle Vögel auf der Pelle! Und jetzt redete sie auf einen einzigen Karolinasittich ein, der ihr offenbar aufmerksam zuhörte.

Mit seiner freien Hand griff Bendix in den Sand. »Ihr wollt

Erdnüsse?«, fragte er die Kolkraben. »Hier habt ihr Erdnüsse!« Und er pfefferte eine Handvoll Sand und kleine Steinchen quer über den Strand.

Die Kolkraben fielen ein zweites Mal auf den Trick rein und rannten krächzend und flügelschlagend davon, wobei sie mit den Schnäbeln aufeinander einhackten.

Bendix atmete auf. »So, jetzt zu euch.« Er wandte sich wieder den Karolinasittichen zu. »Ich habe hier eine Erdnuss.« Er hielt sie hoch. »Wer will sie sich verdienen?«

»Tüt!«, sagte ein Prachtmoho und guckte energisch. Er spreizte die gelben Federbüschel an seinen Schultern.

Bendix schob ihn zur Seite. »Du nicht. Verzieh dich!« Er versteckte die Erdnuss wieder in seiner Faust.

Die Karolinasittiche waren interessiert näher gekommen. Sie krächzten lautstark um die Wette.

Der Moho gab keine Ruhe. Er hüpfte wieder heran und pickte nach Bendix' Hand. Dann flötete er und pickte wieder.

Bendix presste die Faust auf die Brust. »Du sollst dich verziehen, hab ich gesagt! Verzieh dich!« Er schob den hübschen Vogel mit dem Arm weg. Mit seinem schmalen Schnabel hackte der Moho nach seinen nackten Zehen. Ein weiterer Moho flatterte aus den Bäumen in den Sand und trippelte heran. »Das gilt auch für dich! Los, verzieh dich!«

»Verzieh dich«, schnarrte ein Karolinasittich und legte den Kopf schief.

»Verzieh dich, süße Kathi!«, korrigierte ihn ein anderer und hüpfte Bendix aufs Knie. Sicherlich war er der Meinung, er hätte sich die Erdnuss verdient. Auf jeden Fall öffnete er den Schnabel.

Bendix biss sich auf die Lippe und warf einen raschen Seitenblick auf Ida. Zum Glück war die aber mit ihrem Sittich beschäftigt und hatte nichts mitbekommen.

»Süße Kathi! Süße Kathi!«, wisperte Bendix seinem Vogel zu und gab ihm schnell eine Erdnuss. »Süüüße Kathi!« Oh Mann, Ida durfte nicht merken, dass er den Vögeln was Falsches beigebracht hatte!

Ein anderer Karolinasittich drängte sich nach vorn. »Krrrooo-aaah!«, kreischte er laut und durchdringend und streckte seinen Kopf nach den Erdnüssen. Doch die anderen Sittiche schubsten ihn weg. »Verzieh dich!«, knurrte einer von ihnen.

Bendix schluckte. Zum stachelschwänzigen Stegosaurus, hörten die Vögel vielleicht auch mal wieder damit auf? »Süße Kathi!«, zischte er die Vögel an. »Kathi ist lieb! Süße Kathi! Süße Kathi!«

Die Karolinasittiche drängten sich an ihn. Ein paar von ihnen sprangen auf seine Beine und hackten nach den anderen. Sie krächzten so laut durcheinander, dass Bendix sich die Fäuste auf die Ohren presste. Jetzt landete auch noch ein Sittich auf seinem Unterarm und begann, an seinen Fingern zu knabbern. Er hatte einen scharfen Schnabel.

Bendix schüttelte ihn ab. »Stopp!«, rief er. »Aufhören! Jetzt ist Schluss!« Er wedelte mit den Armen.

Die Vögel flatterten auf und sprangen ein Stück von ihm weg. Dabei gaben sie ärgerliche kleine Geräusche von sich. Misstrauisch guckten sie ihn an.

Bendix zeigte ihnen eine Erdnuss. »Süüüße Kathi«, sagte er. »Süüüße Kathi!« Er versteckte sie wieder.

Einen Augenblick lang standen die Vögel nur im Sand und sahen aus, als würden sie aufmerksam lauschen. Dann wagte einer von ihnen den nächsten Versuch. »Kriii-i-i!«, schrie er und drängte sich nach vorn. Sofort stürzten sich die anderen auf ihn. »Kraaah!« – »Krrrooo-ah!« – »Verzieh dich!« – »Krrrr!«

»Stopp, stopp, stopp! Hört auf!« Bendix spürte, wie ein Schweißtropfen seine Schläfe hinunterlief. »Stopp, aufhören! Ihr macht das alle falsch!«

»Stopp, Kathi! Verzieh dich!«, krächzte ein besonders gelehriger Karolinasittich und guckte schlau.

Bendix schloss die Augen und zählte bis zehn. Als er die Augen wieder öffnete, fiel sein Blick auf Ida, die ihn entgeistert anstarrte.

»Süße Kathi«, sagte er schwach. »Süße Kathi.«

Ida schüttelte den Kopf. »Heiliger Huia, Bendix, so wird das aber nix! Guck mal, so musst du das machen.« Sie strich dem Karolinasittich, der auf ihrem Arm saß, zärtlich über die Federn und säuselte: »Meine hübsche Kathi!«

Der Vogel trippelte auf ihrem Arm auf und ab. »Hübsche Kathi!«, schnarrte er dann. »Meine hübsche Kathi!« Und er bekam eine Erdnuss.

Ja toll! Ida hatte leicht reden! Sie hatte ja auch nur einen Karolinasittich und er hatte ungefähr fünfzehn.

Jetzt biss ihm auch noch einer herzhaft ins Ohr. »Aauuu, verflixt!« Bendix schlug mit den Fäusten um sich. Und dann kleckste ein anderer Vogel ihm auf die Hose! Ein saftiges Häufchen . . . »Kacke!«, schimpfte er und schob den Sittich von seinem Bein weg. »Kacke! Kacke!«

»Süße Kathi«, knurrte der Vogel ärgerlich. »Kathi ist kacke!«

»Quiii-i-i!« – »Krrr!« – »Kraaah!« – »Verzieh dich, Kacke!«, schrien die Karolinasittiche durcheinander.

Ida stand auf und klopfte sich den Sand aus der Hose. »Bendix«, sagte sie, »nimm die Axt. Geh auf Patrouille. Ich kümmere mich solange um die Vögel.«

Mit gesenktem Kopf rappelte Bendix sich auf. Er merkte, dass er rot geworden war. »Nichts lieber als das«, knurrte er giftig. Ein wenig erleichtert war er schon. Bestimmt machten die Vögel das mit Absicht. Sie wollten ihn ärgern. Ida würden sie alle in Sekundenschnelle die richtigen Wörter nachsprechen. Garantiert.

Bendix griff sich die Axt und legte sie über die Schulter. Wie schwer sie war! Aber immer noch leichter, als Karolinasittichen das Sprechen beizubringen.

Bevor er losging, warf er noch einen Blick hinter sich. Ida saß wieder im Sand, einen Sittich auf dem Unterarm. Die anderen hockten um sie herum, kletterten auf ihre Beine und flatterten auf ihre Schultern. Aber sie schrien nicht, sondern beobachteten Ida aufmerksam.

»Süße Kathi«, sagte Ida ruhig. »Süße Kathi.«

Einer der Vögel trippelte auf und ab. Dann öffnete er den Schnabel. »Süße Kathi!«

Bendix drehte sich um und schlug den Weg zur *Maracuja* ein.

Die Luxusjacht dümpelte zwischen den Felsen im ruhigen Wasser. Das Beiboot war da, also war die Besatzung der *Maracuja* an Bord. Es sei denn, Aaron war wieder an Land geschwommen.

Einen Moment lang beobachtete Bendix unentschlossen das Schiff. Er ließ die Axt zu Boden fallen und rekelte die schmerzenden Schultern.

Draußen auf den Felsen schnatterten ein paar Riesenalken vor sich hin. Die meisten der Vögel paddelten im Wasser herum. Obwohl die Mittagszeit längst vorüber war, war es noch immer zu warm für die Pinguine des Nordens.

Auf der *Maracuja* rührte sich nichts.

Bendix hob die Axt wieder auf. Er wollte auf den Felsen von neulich klettern. Von dem aus sie das Schiff beobachtet und wo sie Aaron kennengelernt hatten.

Er drehte sich um, tappte durch das Gras und drückte sich dann zwischen ein paar Strandmandeln hindurch. Die Beersträucher dahinter waren bereits so hoch, dass sie über seinem Kopf zusammenschlugen. Und Dornen hatten sie auch, einige zumindest. War hier nicht irgendwo ein schmaler Trampelpfad zwischen den Büschen gewesen? Mit der Axt versuchte Bendix, sich einen Weg durch das üppige Grün zu schlagen. Leider schlug das üppige Grün zurück. Ein Zweig peitschte ihm quer durchs Gesicht. »Hühnerkacke!«, schimpfte er.

Zum Glück kam der Fuß des Felsens schon in Sicht und mit wenigen Schritten war Bendix aus dem dichten Pflanzengewirr hinausgeklettert. Er atmete auf. Schon besser.

Dann fuhr er zusammen vor Schreck, weil jemand oben auf der Spitze des Felsens saß. Es war Chris. Ungläubig starrte Bendix zu ihm hinauf. »Was machst du denn hier?«

»Was soll ich schon machen?«, gab Chris zurück. »Ich beobachte das Schiff, natürlich.« Er hielt beide Hände auf dem Rücken. Als würde er etwas hinter der Felsenkuppe verstecken.

Bendix kletterte ein bisschen höher. Er ließ die Axt auf den Stein sinken und runzelte die Stirn. »Und wieso tust du das?«, fragte er. Er konnte sich keinen Reim darauf machen. Zumindest war ihm noch nicht aufgefallen, dass Chris die Aufgabe, den Großkotz zu vertreiben, sonderlich ernst nahm.

Dann erst fiel ihm die dicke Beule an Chris' Stirn auf und der Blutstropfen, der an seiner Schläfe getrocknet war. Auch sein rechtes Bein war ziemlich verschrammt. »Was hast du gemacht? Wo bist du gewesen?«

»Wieso tust du das? Was hast du gemacht? Wo bist du gewesen?« Chris kläffte wie ein wütender Hund. Er beugte sich nach vorn, behielt aber die Hände auf dem Rücken. »Glaubst du vielleicht, du bist mein Aufpasser, du Wicht? Ich muss ja wohl nicht für jeden Pups um Erlaubnis fragen, oder? Und das hier schaff ich auch allein. Geh bloß wieder zu deiner Ida zurück und lass mich in Ruhe!« Er grunzte und starrte demonstrativ zur *Maracuja* hinüber.

Bendix verzog das Gesicht. Na, mit dem war aber heute wirklich nichts anzufangen! Kopfschüttelnd drehte er sich um und kletterte den Felsen wieder runter. Das war ja ein toller Tag. Überall wurde er weggeschickt.

Wieder tauchte er in die Büsche ein; diesmal fand er den Trampelpfad. Ein paar Schwarze Mamos hüpften durchs Unterholz. Bendix erkannte sie an ihren langen, gekrümmten Schnäbeln.

Die *Maracuja* lag unverändert in der Felsenbucht. Bendix ließ sich auf einem Stein nieder und schaute hinüber. Irgendetwas war sehr merkwürdig. Nicht mit der Jacht, sondern mit Chris.

Was hatte er hinter seinem Rücken versteckt? Und warum hatte er, Bendix, ihn nicht gefragt?

Bendix seufzte. Manchmal war er ein bisschen zu langsam. Aber Chris hätte ihm wohl sowieso nicht verraten, was er vorhatte.

Mit der Stiefelspitze kickte Bendix ein paar Steinchen durchs Gras. Und dann spitzte er die Ohren. Er hörte etwas. Ein altbekanntes Brummen. Den Motor der *Iguana*. Knut war auf dem Weg zu ihnen.

Bendix sprang auf. Mit einem Ruck schwang er sich die Axt auf die Schulter und rannte los, so schnell er konnte. Er hatte den Strand schon fast erreicht, als es in den Pfefferbüschen zu seiner Rechten plötzlich raschelte und knackte, als würde gerade ein Terrorvogel durchs Unterholz brechen. Zumindest war es etwas ziemlich Großes ... Atemlos bremste Bendix ab. Sein Herz schlug wild, konnte aber das Getöse in den Büschen nicht übertönen. Langsam hob er die Axt über seinen Kopf.

Zweige splitterten, Bendix ging vorsichtig zwei, drei Schritte zurück und dann ... dann zwängte sich ein Dodo zwischen den Sträuchern hervor.

Irritiert blinzelte der Vogel in die Sonne, bevor er sich wieder in Bewegung setzte. Ohne Bendix auch nur eines Blickes zu würdigen, watschelte er an ihm vorbei in Richtung der Guanofelsen, wobei er vor sich hin gluckste.

Bendix ließ die Axt sinken und blickte ihm nach. Er lächelte. Doch dann fror ihm das Lächeln auf dem Gesicht ein. Guanofelsen, *Maracuja,* Glotz Goldbein ... »Falsche Richtung!« Er ließ die Axt zu Boden gleiten und lief dem Tier hinterher.

Nun legte auch der Dodo einen Gang zu. »Dooo-o-o!« Sein Federbüschel am Schwanz wippte auf und ab. Er versuchte, nach rechts auszuweichen, dann nach links, aber überall war dichtes Gestrüpp.

»Dooo-o-o!« Der Kopf des Vogels ruckte heftig, sein krummer Schnabel stand weit offen.

Bendix wollte ihn überholen, ihn wieder in die Büsche treiben, doch gerade an dieser Stelle waren beide Seiten des Weges dicht bewachsen und er kam nicht an dem Dodo vorbei. Stattdessen trieb er ihn immer weiter in die falsche Richtung.

Beim gefiederten Troodon, was sollte er bloß machen? »Bleib hier!«, schrie er verzweifelt. Abrupt blieb er stehen, um den Vogel nicht immer weiter zu scheuchen, doch der rannte und rannte, schnurstracks in Richtung der *Maracuja*.

Fieberhaft tastete Bendix seine Waffen ab: das Taschenmesser in der Brusttasche ... was sollte er damit anfangen? Die Schraubenzieher, die im Seil steckten, das er um den Bauch geschlungen hatte ...

Das Seil! Vielleicht konnte er damit den Dodo einfangen? Mit fliegenden Händen wickelte er das Seil von der Hüfte. Setzte sich wieder in Bewegung, weil der Dodo schon auf die Felsen zulief, hinter denen man die Luxusjacht bereits sehen konnte ... Im Laufen versuchte Bendix, eine Schlinge zu knüpfen. Auf dem schmalen Pfad vor ihm raschelte der Federwust des Vogels von einer Seite zur anderen. Die gekräuselten Schwanzfedern zitterten wie Strandhafer im Wind. Der Dodo schlug wild mit seinen kleinen, nutzlosen Flügeln und stieß durchdringende Quäklaute aus.

Bendix ließ sein Lasso kreisen, so wie er es aus Wildwestfilmen kannte. Die Schlinge landete in einer Goldtrompete, ein paar der gelben Blütenkelche fielen zu Boden.

»DOOO-O-O!«

Ihm wurde speiübel. Gleich würde der Dodo die Hügelkuppe erreichen, in Sichtweite von Glotz Goldbein rennen – in den sicheren Tod! Dabei war Bendix doch so dicht hinter ihm! Er versuchte wieder, den Vogel zu überholen, das Gelände war hier wieder offener. Zur Küste hin wuchs nur noch spärliches Gestrüpp auf den Felsen, doch der plumpe Dodo war so in Panik, dass er einen Haken nach dem anderen schlug.

Da warf Bendix die Schlinge ein zweites Mal. Und gleichzeitig warf er sich selbst auf den Dodo. Die weichen Federn glitten durch seine Finger, aber die Schlinge zog sich fest um den Körper des Vogels.

Sofort lag der Dodo wie erstarrt am Boden. Weder hackte er mit seinem großen Schnabel nach Bendix, noch gab er irgendwelche Geräusche von sich. Er stellte sich tot.

Bendix keuchte. Er lag neben dem Dodo im Gras und strich ihm vorsichtig über die Federn. Eine ganze Weile lag er so da und versuchte, zu Atem zu kommen. »Ist ja schon gut«, murmelte er schließlich. »Ich will dir doch nur helfen.« Es klang nicht sehr glaubhaft. Er kniete sich hin und lockerte die Schlinge. Noch immer rührte sich der Vogel nicht. Erst als Bendix das Seil ganz entfernte und ein paar Schritte zurücktrat in Richtung Guanofelsen, rappelte sich der Dodo unter viel Rascheln und erstickten Lauten hoch und floh in die Richtung, aus der er gekommen war.

Eine ganze Zeit lang hörte Bendix noch das aufgeregte Rülpsen und Glucksen des großen Vogels, bis dieser geräuschvoll wieder im Unterholz abtauchte.

Als er bei Ida ankam, war auch das kleine Motorboot schon fast da. Der Außenborder knatterte und spritzte und Bendix konnte hinter der Windschutzscheibe nicht nur Knut, sondern auch Thekla erkennen. Sein Herz machte einen kleinen Sprung und er wunderte sich selbst darüber, wie sehr er sich freute, sie zu sehen.

Auch irgendetwas Laubfroschgrünes bewegte sich an Bord der *Iguana*. Bendix beschirmte sein Gesicht mit beiden Händen. War das etwa . . . ein Dinosaurier? Vielleicht einer der Compsognathen? Warum war er mit an Bord?

Der Motor erstarb in einem Gluckern und das Boot glitt durch das seichte Wasser, bis sich sein Rumpf knirschend in den Sand schob. Mit einem Satz war Thekla ins Wasser gesprungen. Es platschte und spritzte, als sie mit wenigen Schritten an Land lief. »Ihr Lieben!«, rief sie und drückte erst Ida, dann Bendix an ihre Brust. »Ist bei euch alles in Ordnung? Ich habe mir so viele Sorgen gemacht! Aber ich konnte nicht weg von Floribunda. Nach den Diplodoken hat es jetzt auch die Camarasaurier erwischt. Ich muss zusehen, dass sich der Virus nicht noch weiter ausbreitet.« Sie zog sich den Hut vom Kopf und fuhr sich durch das struppige Haar. Dann trat sie versehentlich auf eine Nördliche Spitzschwanzente, die laut aufquäkte.

»Vielleicht kann ich dir ja helfen«, schlug Bendix mit einem schnellen Seitenblick auf Ida vor. »Ich kann hier nicht so viel tun. Und außerdem ist Chris ja auch noch da.«

Ida zischte wie eine Schlange. »Du bleibst schön hier! Komm nicht auf die Idee, mich mit Chris allein zu lassen! Mit dem ist im Moment sowieso nichts anzufangen.« Sie schlug nach einer Mücke.

Thekla runzelte die Stirn. »Was ist denn los mit Chris? Und wo steckt er überhaupt?« Suchend sah sie sich um.

»Das würde ich auch gern wissen. Ich wette, er baut schon wieder Mist.« Ida rollte mit den Augen. Dann wedelte sie mit den Händen, weil das Insekt schon wieder um sie herumsurrte.

Bendix öffnete den Mund, schloss ihn aber gleich wieder. Er wusste selbst nicht so genau, warum er nicht erzählte, wo er Chris gesehen hatte.

»Kri!«

Bendix fuhr herum. Knut stapfte gerade durch das Wasser auf die kleine Gruppe zu. Unter einem Arm hielt er Kiri, der wie verrückt zappelte.

Kiri! Chris' kleiner Dryosaurier, den er ausgebrütet und aufgezogen hatte. Warum Knut ihn mitgenommen hatte, sah Bendix sofort. Kiri hatte ein Gipsbein.

»Er hat sich das Bein gebrochen und kann nicht mehr mit der Herde laufen. Aber er langweilt sich zu Tode, wenn er den ganzen Tag nur im Gehege sitzt. Und ich habe einfach keine Zeit, mich auch noch ständig um ihn zu kümmern.« Thekla seufzte. »Deshalb haben wir ihn auf unseren kleinen Ausflug mitgenommen.«

Über Bendix' Gesicht glitt ein Leuchten. »Darf er hierbleiben?«

Thekla schüttelte entschieden den Kopf. »Auf keinen Fall. Stell dir vor, dieser Goldbein würde ihn zu Gesicht bekommen. Dann würden wir ihn nie wieder loswerden. Nicht auszudenken!«

Goldbein, Goldbein! Immer nur Goldbein! Wütend und enttäuscht trat Bendix in den Sand. Aber natürlich war ihm klar, dass Thekla recht hatte.

»Wir müssen nur aufpassen, dass er mit seinem Gipsbein nicht ins Wasser rennt«, sagte Thekla.

Knut setzte Kiri am Strand ab. Sofort rannte er ins Wasser und jagte ein paar Rosenkopfenten.

»Okay, vergesst das mit dem Wasser.« Thekla grinste schwach.

Dann beobachteten sie Kiri, der eine Gruppe Mauritiusrallen erspäht hatte. »Kri!«, rief er erfreut und humpelte auf sie zu, um sie über den Strand zu scheuchen. Doch die Vögel sträubten ihre fellartigen roten Federkleider und zischten wütend. Dann flitzten sie los.

Kiri stutzte, als die Vögel mit einem Affenzahn auf ihn zuschossen. Quietschend drehte er sich um und hinkte durch den Sand, so schnell er konnte.

Bendix hörte sein Gejammer noch, als er schon längst im dichten Gebüsch verschwunden war.

14.

Thekla und Knut verbrachten den Rest des Nachmittages auf Guano. Ida führte ihnen vor, was sie den Karolinasittichen beigebracht hatte. Die Vögel scharten sich um sie und gurrten wie Täubchen. »Kraaah!« – »Süße Kathi!« – »Meine hübsche Kathi!« – »Kro-aaah!« – »Verzieh dich, süße Kathi!«

Bendix staunte, wie viele der Vögel innerhalb der kurzen Zeit sprechen gelernt hatten.

Auch Thekla schien beeindruckt. »Hoffentlich klappt euer Plan«, sagte sie dann und seufzte. »Ach, ich vermisse euch. Es ist im Augenblick so langweilig auf Floribunda. Und nie weiß ich, ob es euch gut geht oder ob etwas passiert ist. Wenn ihr nur bald wieder zurück sein könntet!«

Ida knuddelte ihre Mutter. »Wir sind garantiert bald fertig mit dem Großkotz und seinen Leuten. Und wenn es mit den

Karolinasittichen nicht klappt, dann verjagen wir sie eben auf andere Art und Weise. Es dauert nicht mehr lange, dann hauen die hier ab, jede Wette!«

Thekla sah nicht glücklich aus. »Seid bitte vorsichtig«, bat sie zum wiederholten Mal. »Bringt euch nicht in Gefahr!«

Dann ging sie mit Bendix und Ida auf Patrouille. Kiri hüpfte um sie herum, bis er ein paar Purpurhühner erspähte. Erfreut zirpte er und reckte seinen Kopf. Doch dann humpelte er lieber mit etwas Abstand an ihnen vorbei, statt sie zu jagen.

Währenddessen machte Knut am Strand ein Feuer und grillte einen Rotbarsch.

Als der Fisch fertig gegart war und sein köstlicher Duft über die Insel zog, war auch Chris wieder da. Voller Freude begrüßte er Kiri, der zärtlich an seinem Hemd knabberte. Dann kam er über den kleinen Strand geschlendert, wobei er sich seine Haare in die Stirn strich, über die Beule. Dabei machte er ein betont harmloses Gesicht. »He, cool! Ich wusste ja gar nicht, dass ihr hier seid!« Er tat überrascht.

Dieser Heuchler! Bendix knirschte mit den Zähnen. Chris musste Thekla vom Felsen aus gesehen haben, als sie auf dem Rundgang gewesen waren.

Thekla begrüßte Chris herzlich, während Chris an ihrer Schulter vorbei den Rotbarsch fixierte. Von dessen knuspriger Kruste tropfte etwas ins Feuer und zischte und knackte.

Später saßen sie zu fünft um die Glut, aus der nur noch wenige Flammen züngelten, und aßen den Fisch. Er war sehr lecker. Bendix hatte vor lauter Früchten in den letzten Tagen vergessen, wie gut ein frisch gebratener Fisch schmeckte.

Dazu fehlte nur noch die Curry-Litschisoße von Tante Popeline.

Die Vögel hatten sich etwas zurückgezogen; sie fürchteten das Feuer. Ein paar Karolinasittiche saßen noch in den Bäumen am Waldrand und plapperten leise vor sich hin. Auch Kiri hatte sich in die Büsche zurückgezogen, wo er sich über die Früchte der Insel hermachte. In seinen Krallen hielt er ein Stück Ananas, das er mit seinem Hornschnabel bearbeitete.

Knut sah bereits unruhig aufs Wasser. Er schirmte seine Augen mit der Hand ab und brummelte vor sich hin. Dann drängte er zum Aufbruch. »Die Sonne steht schon bannig tief«, knurrte er in seinen Bart. »Wenn wir nicht bei totaler Dunkelheit zurückkommen wollen, müssen wir so langsam mal los.« Schon war er aufgestanden und zog seine Mütze ins Gesicht.

Ach, schade! Bendix warf einen sehnsüchtigen Blick auf die *Iguana*. Wie gern würde er mit Knut und Thekla zurück nach Floribunda fahren! Wenn doch nur Goldbein, Kathi und Aaron endlich von hier verschwinden würden! Er seufzte tief.

Thekla tätschelte seine Wange. »Nicht mehr lange, Bendix. Dann bist du wieder bei uns auf Floribunda und kannst dich um die Dinosaurier kümmern.« Es klang nicht sehr überzeugt. Schon lief sie wieder auf und ab wie ein aufgeschrecktes Huhn. »Wenn ich euch nur helfen könnte!«, murmelte sie vor sich hin. »Aber ich könnte selbst Hilfe gebrauchen. Dieser Durchfall . . . er schwächt die Tiere. Ach, hätte ich nur schon ein Gegenmittel gefunden!« Sie nahm den Hut ab und kratzte sich am Kopf.

»Keine Angst, Mama, das kriegen wir schon hin«, tröstete

Ida sie. »Du wirst sehen, bald ist es hier wieder ruhig und friedlich.«

»Hoffentlich, mein Schatz.« Thekla nickte bekümmert. »Hoffentlich.«

Am nächsten Morgen war es noch ziemlich früh, als sie den Motor des Beiboots hörten.

Bendix, Ida und Chris saßen am Strand und frühstückten. Chris hatte sich über den Rest des Rotbarschs hergemacht. Er hatte den Fisch auf einem großen Blatt zusammen mit Kokosstücken und Erdnüssen angerichtet. Es sah ziemlich lecker aus. Das fanden auch die Brillenkormorane, die nach und nach aus dem Wasser kamen. Chris rutschte auf seinem Hintern rückwärts, immer weiter in Richtung Waldrand. Die großen schwarzen Vögel waren nicht schnell, aber immer noch schneller als Chris auf seinem Po. Sie watschelten hinterher und kreisten ihn ein. Mindestens zehn Tiere hatten Chris umzingelt. Dann begann das erste, mit seinem kräftigen Schnabel nach dem Fisch zu hacken.

Chris schrie auf und war mit einem Satz auf den Beinen. »Ksch! Ksch!«, quietschte er. »Macht euch vom Acker! Los! Verzieht euch!«

»Verzieh dich, süße Kathi!«, krächzte ein Karolinasittich, der das Ganze aus den Zweigen eines Tulpenbaumes beobachtet hatte. »Krooo-aah! Kacke ist lieb!«

Dann fuhr Chris' Kopf herum. Er lauschte. Er hatte den Motor gehört. »Sie kommen!«, sagte er und wirkte plötzlich ganz aufgeregt. Er fuhr sich durch die Haare, klopfte sich den Sand aus der Hose . . . und gab den Brillenkormoranen den Rest seines Rotbarschs. Sofort brach ein Tumult unter den Vögeln aus, denn es war nur noch ein kleines Stück Fisch übrig.

Bendix und Ida tauschten einen verständnislosen Blick. Chris gab sein Essen freiwillig den Vögeln? Das war kein gutes Zeichen.

»Wir müssen los!«, drängte Chris nun und stopfte sich sorgfältig sein Hemd in die Hose.

Ida steckte sich ein letztes Stück Kokosnuss in den Mund. »Ischa schon gut«, nuschelte sie undeutlich und rappelte sich auf. Sie sah sich nach ihrer Axt um. »Dann greif dir mal deine Waffen«, rief sie Chris zu.

Chris verdrehte die Augen. »Du mit deinen Waffen! Echt! Die wollen uns doch helfen, und das Einzige, was dir dauernd einfällt, ist, sie auszustopfen. Kein Wunder, dass Kathi sauer auf dich ist!«

Ida zog die Mundwinkel hinunter. »Wen meinst du mit *die?«*, fragte sie spitz. »Ganz besonders der lieben Kathi traue ich nicht weiter über den Weg, als ich spucken kann.« Sie spuckte in den Sand. Ein paar Rallen sprangen zur Seite und guckten vorwurfsvoll.

»Kommt, Karolinasittiche!« Ida streckte die Arme aus. Sofort kamen die grünen Vögel von überall her angeflogen. Diejenigen, die keinen Platz auf Idas Armen fanden, kreisten um ihren Kopf und trippelten um ihre Füße herum. »Jetzt zeigt, was ihr draufhabt. *Süüüße Kathi! Hübsche Kathi!*« Aus Idas Stimme troff Gift.

Die Sittiche begannen, aufgeregt zu schreien und zu schnarren. »Süße Kathi! Kathi ist lieb!«, tönte Karolina aus dem Gekrächze hervor. »Meine hübsche Kathi!«, gurrte ein anderer Vogel.

Ida nickte zufrieden. »Ihr seid die Besten!«, rief sie gegen den Vogellärm an. Dann schulterte sie vorsichtig die Axt, um keinen der Karolinasittiche zu verletzen, die sich überall auf ihr drängten. Sie drehte sich um und stapfte los, dem Beiboot der *Maracuja* entgegen.

Sie waren noch nicht weit gelaufen, als Aaron und Kathi ihnen entgegenkamen. Und Glotz Goldbein.

Bendix stand da wie angewurzelt. Er schnappte nach Luft. Der Großkotz war mit dabei! Er hatte gehofft, ihn nie wiedersehen zu müssen.

Aber da war er; er kam direkt auf sie zu und scheuchte ein paar kleine Grassänger auf, die piepsend davonflogen. Ein spöttisches Grinsen umspielte seine Lippen.

Auch Ida und Chris waren stehen geblieben. Die Vögel drängten sich noch dichter an Ida als zuvor. Sie gluckten nur noch leise vor sich hin.

»Guten Morgen, liebe Kinder!«, grölte Glotz Goldbein. »Habt ihr auch gut geschlafen? Und ihr bringt uns sogar die Vögelchen gleich mit! Wie nett von euch, höhö! Höhöhö!« Er stemmte die Arme in die Seiten und lachte dröhnend. Nur sein Schnäuzer zitterte dabei gar nicht wie ein Schweineschwänzchen. Er schien noch immer bretthart in Form zu sitzen, dank der Mischung aus Bartwichse und Epoxidharz.

Niemand antwortete.

Außer Chris.

»Guten Morgen, Herr Goldbein«, sagte er höflich. »Danke, ja. Voll nett, dass Sie nachfragen.«

Bendix stockte der Atem. Er traute sich nicht, Ida einen Blick zuzuwerfen. Ihm war der Schreck in die Glieder gefahren... aber gleichzeitig kitzelte in seinem Bauch ein Lachen.

Auch der Großkotz schien verwirrt zu sein. So wie er Chris ansah, war klar, dass er nicht wusste, ob er ihn ernst nehmen oder sich veräppelt fühlen sollte. Dann entschied er sich für das Zweite und winkte verächtlich ab.

Aus den Augenwinkeln schielte Bendix zu Aaron hinüber. Der zwinkerte ihm mit seinem linken Auge kurz zu. Das war beruhigend, denn Aaron trug schon wieder das Gewehr über der Schulter.

»Prinzesschen!«, dröhnte Glotz Goldbein und drehte sich zu Kathi um. Er legte einen Arm um sie. »Komm her, mein Augenstern! Welcher soll es denn heute sein?« Er machte mit der Hand eine Geste, als würde er auf einen der Vögel schießen. Anschließend blies er in die Pistolenmündung seines Zeigefingers.

Kathi guckte gelangweilt durch ihre Riesen-Sonnenbrille. »Vati«, sagte sie genervt, »kapier es endlich. Ich hab keinen Bock mehr darauf, dass Aaron die Vögel abschießt.« Dann warf sie Ida einen fiesen Blick zu. »Ich will lieber lebende Vögel mitnehmen.«

»Ach, Kathi!« Goldbein massierte seiner Tochter die Schultern. »Keine lebenden Tiere an Bord, das weißt du doch. Tiere sind eklig und machen Dreck. Nur ein totes Tier ist ein gutes Tier. Höhöhö!« Er lachte über seinen eigenen Witz.

Kathis Miene verfinsterte sich. Sie wand sich aus den Händen ihres Vaters und machte ein wütendes Gesicht.

Bendix war überrascht. *Er weiß es noch nicht,* schoss es ihm durch den Kopf. *Kathi hat ihm nichts davon erzählt, dass die Vögel auf Guano etwas ganz Besonderes sind. Und damit auch für ihn lebend interessanter als tot.* Aber bevor er sich weiter darüber wundern konnte, trat Chris einen Schritt vor. Er sah aus, als wollte er den aufkommenden Streit schlichten. »Kann ich echt gut verstehen, Kathi«, sagte er ernsthaft. Es klang gar nicht nach Chris. »Ich find es auch besser, wenn die Vögel leben. Dann sind sie bestimmt noch wertvoller.«

Besorgt bemerkte Bendix, dass Idas Hände den Axtstiel fester umschlossen.

Kathi starrte Chris misstrauisch an. Über sein Gesicht huschte ein scheues Lächeln.

Und dann passierte ein kleines Wunder. Einer der Karolinasittiche hüpfte ein Stück vor, knabberte an einer Kralle und hob dann seinen gelben Kopf. Laut und deutlich krähte er: »Süße Kathi!«

»Wie bitte?« Kathis Augen wurden kugelrund. Sie beugte sich nach vorn. Ungläubig starrte sie auf den Vogel.

Und als wäre ein Damm gebrochen, kam jetzt Leben in die Karolinasittiche. Sie reckten sich, flatterten auf und schrien alle durcheinander. »Kraaah!« – »Krrr!« – »Süße Kathi!« – »Hübsche Kathi!« – »Krooo-aah!« Die Vögel gaben ihr Bestes.

Bendix schielte zu Kathi rüber. Sie hatte ihre Sonnenbrille abgenommen, ein winziges Lächeln breitete sich auf ihrem Gesicht aus. Sie streckte sogar einen Arm aus, wenn auch etwas zögerlich.

Zack, saß schon ein Karolinasittich darauf und krächzte sie an. »Süße Kathi!«, schrie er. »Verzieh dich, süße Kathi!«

Kathis Lächeln gefror auf ihrem Gesicht. »Was hat er gesagt?«, stieß sie hervor.

Der Sittich duckte sich kurz. »Süße Kathi«, knarzte er dann und biss in ihren Finger. »Kathi ist kacke!«

Kathi schrie auf und schüttelte den Arm. Kreischend flog

der Sittich davon und ließ sich auf einem Baum nieder, von wo er auf sie hinabschimpfte.

»Dieses Biest!«, schrie Kathi. »Guck mal, Vati! Ich blute!« Sie zeigte Goldbein einen Blutstropfen am Finger. Seine Antwort jedoch ging im Gezeter der Karolinasittiche unter. Aufgeregt flatterten die Vögel durcheinander und sausten kreuz und quer durch die Luft. Einer landete auf Kathis Hut.

Kathi stieß einen schrillen Schrei aus und schlug wie wild um sich.

»Meine hübsche Kacke!«, krächzte der Sittich empört, als er einen Schlag abbekam und vom Hut katapultiert wurde.

»Stopp!«, krähte ein anderer. »Stopp ist lieb!«

Kathi wedelte panisch mit den Händen in der Luft herum, in das grüne Gewimmel der Karolinasittiche, das ihr um den Kopf sauste. Die Tiere machten einen ohrenbetäubenden Lärm, aus dem nur wenige Wörter herauszuhören waren. Und die meisten davon waren nicht nett.

Dann löste sich das Vogelknäuel auf. Die Sittiche flatterten davon und landeten auf den Bäumen der Umgebung. Sie meckerten nur noch leise vor sich hin.

Kathi hingegen war noch genauso aufgebracht wie zuvor. »Können wir jetzt vielleicht endlich mal weg von dieser dämlichen Insel?«, keifte sie ihren Vater an. »Ich hab diese Vögel so was von satt! Du hast mir versprochen, dass wir nach Hawaii fahren und in einem Luxushotel absteigen! Was machen wir überhaupt noch hier?«

Glotz Goldbein griff nach Kathis Handgelenken. Eine Steilfalte hatte sich zwischen seine Augenbrauen gegraben. »Prinzesschen, du weißt genau, dass ich noch ein paar schöne Vögel mitnehmen möchte. Und dass ich das Ganze hier nur für dich mache! Also sei nicht so undankbar und hilf mir dabei, ein paar von den Viechern auszusuchen. Schließlich sollen die deinen Teepavillon im Garten schmücken.« Er ließ Kathi los.

Sie rieb sich demonstrativ die Handgelenke und guckte giftig. »Ich pfeife auf tote Vögel in meinem Teepavillon«, zischte sie. »Ich will lieber ein paar von diesen indischen Lampen mit Goldgebammel und Perlen dran.«

Ihr Vater fluchte und verdrehte die Augen. Kopfschüttelnd lief er ein paar Schritte auf und ab und rang die Hände. Es sah aus, als würde er den Himmel um Beistand anflehen. Dann griff er nach seinem Schnäuzer, um ihn zu zwirbeln, aber der klebte wie ein Stück Stahlwolle in seinem Gesicht.

Einen Augenblick lang sagte niemand etwas. Selbst Ida schien zu merken, dass es besser war, jetzt mal die Klappe zu halten. Vielleicht hoffte sie ja auch, dass sich das Problem von allein lösen würde. Bendix hoffte es auf jeden Fall von ganzem Herzen.

Kathi wollte keine toten Vögel, ihr Vater keine lebenden. Wenn sie sich nicht einigen konnten, würden sie vielleicht einfach wegfahren, ohne weitere Tiere zu schießen.

Ein Vogel begann zu singen. Als ob er nur auf ein bisschen Ruhe gewartet hatte, sang er hoch in einem Kapokbaum ein kleines Lied. Es klang wunderschön.

Bendix legte den Kopf in den Nacken. Er sah nur einen roten Fleck zwischen den Blättern. Neben sich hörte er ein leises Lachen. Es war Ida.

»Eine Laysan-Apapane«, flüsterte sie atemlos. »Ein ganz scheuer Vogel. Es ist ein Wunder, dass er für uns singt.«

Alle waren still und lauschten. Nicht einmal Glotz Goldbein bölkte dazwischen, auch wenn er sich wegdrehte und demonstrativ aufs Wasser starrte, die Hände vor der Brust verschränkt.

Die Apapane tirilierte eine einfache Melodie, so zart und fein, dass man gar nicht anders konnte, als zuzuhören. Ganz plötzlich stieß sie sich von ihrem Zweig ab und stand einen Augenblick in der Luft, bevor sie anmutig hinabsegelte. Sie landete in einem Oleander, auf Bendix' Augenhöhe. Dort saß sie, ein roter Farbklecks zwischen den rosa Blüten, und zwitscherte weiter.

Bendix hörte, dass Ida scharf Luft holte. Er traute sich kaum zu atmen. Was für ein schöner kleiner Vogel! Er hatte ein purpurrotes Federkleid mit dunklen Schwanz- und Flügelspitzen. Und er sang, als ginge es um sein Leben.

Vielleicht geht es das ja auch, schoss es Bendix durch den Kopf. *Vielleicht singt dieser kleine Vogel, um die Insel zu retten.* Er schielte zu Kathi hinüber. Sie sah entzückt aus. Die Laysan-Apapane schien ihr zu gefallen. Vorsichtig trat sie zwei Schritte näher an den Oleander heran.

Der Vogel verstummte und duckte sich. Kathi blieb stehen.

Es vergingen mehrere Sekunden, in denen sich niemand traute, auch nur einen Muskel zu bewegen. Dann schüttelte der rote Vogel sein Gefieder und sang weiter. Kathi gluckste erfreut auf.

»Aaron! Worauf wartest du noch?«, hörte Bendix Glotz Goldbein leise knurren. »Du siehst doch, dass Kathi der Vogel gefällt. Knall ihn ab!«

Mit einem Aufschrei fuhr Kathi herum. Die Apapane schreckte auf.

»Du rührst ihn nicht an!«, schleuderte Kathi ihrem Vater

ins Gesicht. »Ich will ihn lebendig! Er soll in einem Käfig sitzen und für mich singen!« Sie drehte sich zum Oleander um und wurde noch wütender, weil der Vogel verschwunden war. »Ich – will – ihn – lebendig!«, schrie sie. »Aaron, bau mir einen Käfig!«

Aaron schüttelte nur stumm den Kopf.

»Aber warum denn nicht?«, mischte sich jetzt wieder Chris ein. »Einen kleinen Vogel kann Kathi doch wohl haben.«

»Nein.« Ida schüttelte den Kopf. »Er würde sterben. Er wäre tot, bevor ihr zu Hause angekommen seid. Und er würde auch nicht mehr singen.« Sie sah Kathi an und Kathi wich ihrem Blick nicht aus. »Er singt nur in Freiheit. Im Käfig stirbt er.« Idas Stimme war leise, aber sie ließ keinen Zweifel daran, dass sie es ernst meinte.

Einen Augenblick lang sahen sich die beiden Mädchen fest in die Augen, dann wandte Kathi sich ab. »Ich will wieder aufs Schiff«, informierte sie ihren Vater, »und dann will ich weg von hier. Nach Hawaii. Heute noch.« Sie drehte sich um und marschierte los, zurück zur *Maracuja.*

»Aaargh!« Der Großkotz rollte wieder mit den Augen. Er warf Ida einen vernichtenden Blick zu, bevor er Kathi hinterherrief: »Prinzesschen, nimm Vernunft an! Seit wann lässt du dir von anderen Leuten sagen, was du tun und lassen sollst! Prinzesschen!« Er setzte sich in Bewegung. »Warte gefälligst! Kathi!« Er verfiel in Laufschritt.

Kathi war bereits zwischen ein paar dichten Büschen verschwunden.

Bendix grinste. Er grinste Aaron an und der sah sehr erleichtert aus. Auch Idas Sommersprossen leuchteten. Sie atmete tief durch. »Hoffentlich war's das«, sagte sie. Dann wandte sie sich an Aaron. »Was meinst du, Aaron, kriegt Kathi ihren Vati dazu, heute noch von hier abzuhauen?«

Aaron lächelte. »Ich glaube, die Chancen stehen ganz gut«, sagte er und lehnte das Gewehr gegen einen Baumstamm. »Dem kleinen roten Vogel sei Dank!« Er versuchte zu trillern und zu zwitschern, aber es quiekte eher wie eine verrostete Flöte.

Die Kinder lachten. Dann lachten sie nicht mehr und es trat eine kurze Pause ein.

»Tja, dann . . .«, sagte Ida. »Tschüss!«

Bendix bekam einen kleinen Schreck. Ja, klar, wenn die *Maracuja* heute noch in See stechen würde, dann würden sie natürlich auch Aaron nicht wiedersehen. Schade. Er hatte sich fast ein bisschen an den Piraten gewöhnt.

Aaron kratzte sich am Hinterkopf. »Tschüss, Ida.« Er grinste sie schief an. »Kämpf weiterhin für deine Vögel. Du machst das großartig.« Er griff nach dem Gewehr. »Und ich verspreche, dass ich keine Tiere mehr schießen werde. Großes Ehrenwort! Auf Wiedersehen, Jungs. Haltet die Ohren steif!« Damit schulterte er das Gewehr, drehte sich um und ging. Plötzlich sah er aus, als hätte er es eilig.

»Tschüss, Aaron«, murmelte Bendix hinter ihm her.

Sie sahen ihm nach, bis er zwischen den Büschen verschwunden war. Dann warfen sie sich unschlüssige Blicke zu.

»War's das jetzt wirklich?«, fragte Bendix. So ganz konnte er sich noch nicht vorstellen, dass der Albtraum wirklich vorbei sein sollte.

Ida griff nach der Axt, aber es sah so aus, als hätte sie plötzlich keine Kraft mehr dazu, sie auf die Schulter zu hieven. »Ich hoffe«, sagte sie nur. »Ich hoffe.«

Chris guckte von einem zum anderen. Dann betrachtete er den Weg, auf dem Aaron, Kathi und Glotz Goldbein verschwunden waren. Er wirkte etwas nervös. Sein Gesicht war rot und er biss sich auf die Lippen.

»Kommt«, sagte Ida, »wir gehen.«

Schweigend liefen sie den Pfad zum Strand entlang. Die Karolinasittiche hingegen machten schon wieder eine Menge Lärm. Sie tobten durch die Bäume, kreuz und quer. Blätter rieselten aus luftiger Höhe auf die Kinder hinunter. Aus einem dornigen Strauch flitzten ein paar Rotschnabelrallen vor ihren Füßen vorbei und verschwanden in einem anderen Strauch.

Chris drehte sich um und schaute hinter sich. Zum zigsten Mal. Dann blieb er stehen. »Ich, äh, ich hab was vergessen. Ich muss noch mal zurück.« Seine Stimme klang gepresst und er warf Bendix einen winzigen Blick zu. »Wartet nicht auf mich. Ich bin gleich wieder da.« Damit drehte er sich um und rannte los, als sei ein Allosaurus hinter ihm her. Zweige knackten und Blätter raschelten und dann war er zwischen ein paar Pfefferbüschen und Flamingoblumen verschwunden.

Bendix blinkerte mit den Augen. Was war denn das jetzt schon wieder? Er drehte sich Ida zu und schaute sie verständnislos an.

Ida wedelte mit der Hand vor ihrem Gesicht. »Total durchgeknallt. Wahrscheinlich will er Kathi noch ein Abschiedsküsschen übers Wasser zuwerfen.« Sie verteilte ein paar Handküsse an die Bäume in ihrer Nähe. »Süüüße Kathi! Hübsche Kathi!«

Bendix lachte. Stimmt. Vermutlich wollte Chris sich wirklich nur von Kathi verabschieden. Na, das sollte er man ruhig.

»Verzieh dich, süße Kathi!«, krächzte Bendix und wedelte mit den Armen.

Ida lachte. »Kathi ist kacke.«

Und wie ein Blitz kam Karolina aus den Bäumen geschossen und landete auf Idas Schulter. Sofort begann sie, vor sich hin zu plappern.

Bendix und Ida lachten. Dann setzten sie sich in Bewegung, hinunter zum Strand.

15.

Auch am Abend war die *Maracuja* noch nicht weg. Sie lag in der Felsenbucht, schaukelte sacht auf dem Wasser auf und ab und an Bord waren keinerlei Aktivitäten zu bemerken. Nichts deutete darauf hin, dass sie demnächst die Gewässer verlassen würde.

Schweigend saßen Bendix, Ida und Chris am Strand, zwischen ihnen prasselte ein kleines Feuer. Ida wühlte abwesend im Sand. Sie war den ganzen Tag schimpfend zwischen der Bucht und dem Strand hin und her gelaufen, um zu überprüfen, ob die *Maracuja* endlich abgelegt hatte. Nun saß sie erschöpft am Feuer und brütete finster vor sich hin.

Bendix starrte in die züngelnden Flammen. Funken stoben knisternd auf wie ein winziges Feuerwerk. Es hatte etwas ungemein Beruhigendes an sich.

Chris warf kleine Stücke Ananasschale ins Feuer. Sie zischten leise auf, bevor sie verglühten.

»Okay«, sagte Ida. »Also, was machen wir, wenn sie auch morgen noch nicht verschwunden sind?« Ihre Stimme hörte sich müde an.

Auch Bendix fühlte sich müde. Er hatte eigentlich gar keine Lust mehr dazu, heute noch darüber nachzudenken. Konnten sie nicht erst einmal abwarten, was morgen passierte? Er rieb sich die Augen, bis kleine Pünktchen auf seiner Netzhaut aufblitzten.

»Da kommt jemand«, stieß Chris plötzlich tonlos hervor.

Sofort war Bendix hellwach. Sein Kopf fuhr herum, er spähte in die Finsternis. Tatsächlich, eine dunkle Gestalt kam aus Richtung der Guanofelsen den Strand entlanggeglitten wie ein Geist. Ein langer schwarzer Schatten.

Bendix sprang auf. Er wollte schreien, brachte aber nur ein Keuchen hervor.

»Nicht erschrecken«, sagte der Schatten, »ich bin es bloß. Aaron.«

»Nicht erschrecken?«, schnaufte Ida. »Zu spät, Aaron. Zu spät.« Auch sie war hochgefahren. Nun ließ sie sich wieder in den Sand plumpsen. »Heiliger Huia, ich hoffe, du hast einen guten Grund, warum du dich mitten in der Nacht hier so anschleichst.«

Aaron trat in den Lichtschein des Feuers. »Oh ja, den habe ich«, stieß er hervor. Seine Stimme klang scharf und er funkelte Chris an.

Chris begann, nervös im Sand herumzurutschen. Er schob sich ein bisschen nach hinten, in die Dunkelheit.

Aaron ging auf ihn los. Er schnauzte ihn an, leise, aber wütend. »Sag mal, bist du noch zu retten, Chris? Bist du völlig wahnsinnig geworden?«

Bendix' Herz begann ganz plötzlich, heftig zu hämmern. Was war passiert, dass Aaron so mit Chris sprach?

»Goldbein war schon fast so weit, Guano zu verlassen. Aber natürlich hat er die Feder gesehen, die du Kathi geschenkt hast. Und jetzt kann er es kaum erwarten, morgen auf die Insel zu kommen und Riesenvögel zu schießen.«

»Die . . . *Feder?*«, quietschte Ida auf.

»Riesenvögel?« Bendix japste. Eine dumpfe Vorahnung krabbelte in ihm hoch.

Chris war mittlerweile vollständig aus dem Lichtschein des Feuers verschwunden. »Bloß so 'n kleines Abschiedsgeschenk.« Seine Stimme klang trotzig. »'ne Feder, nichts weiter.«

Aaron lachte wütend auf, dann stapfte er ein paar Schritte zurück und ließ sich neben Bendix und Ida in den Sand fallen. »Eine Feder!«, schnaubte er. »Eine Feder, die fast so lang ist wie Kathi selbst! Na, ihr könnt euch wohl vorstellen, wie Goldbeins Augen geleuchtet haben, als er das Wahnsinnsding gesehen hat.«

»Der Riesenkondor«, flüsterte Bendix. Er starrte in die Dunkelheit, in die Richtung, in der er Chris vermutete. »Du . . . du warst im Krater. Du hast die Feder geholt. Und du hast . . . du hast sie . . .« Ihm versagte die Stimme.

Ida war seltsam stumm. Reglos saß sie am Feuer und blickte in die Nacht. Sprachlos, fassungslos.

Erschüttert.

Sie öffnete den Mund, als wollte sie etwas sagen, aber es kam nichts heraus. Das flackernde Feuer malte wilde Schatten auf ihr Gesicht.

»Mann, echt!« Chris' Stimme drang aus einiger Entfernung zu ihnen herüber. »Ich wollte ihr bloß was schenken, damit sie mich nicht vergisst. Kann ich ja nicht wissen, dass das gleich so 'nen Riesenaufstand gibt.«

»Doch, das konntest du wissen!« Aarons Stimme war laut und sehr hitzig. »Ida hat dir oft genug gesagt, dass Goldbein nicht das kleinste bisschen von der Insel mitnehmen darf, um die Vögel nicht zu gefährden. Und du schenkst Kathi eine Riesenfeder! Auffälliger geht es ja wohl nicht, oder?«

Bendix hatte gar nicht gewusst, dass Aaron so zornig werden konnte. Aber auch in ihm klumpte sich das dringende Bedürfnis zusammen, sich auf Chris zu stürzen und ihn zu verprügeln. So dumm durfte man doch einfach nicht sein!

»Ich hab sie ja gar nicht Goldbein geschenkt«, rechtfertigte sich Chris von weit her, »sondern Kathi.«

Mit einem Satz war Aaron aufgesprungen und schoss in die Dunkelheit, dorthin, woher Chris' Stimme kam.

Bendix hörte ein Quietschen und Jaulen. Dann sah er Aaron, der Chris an den Füßen wieder ans Feuer zog, wo er ihn wie einen Mehlsack in den Sand plumpsen ließ.

»Aua.« Chris rollte sich zusammen und umfasste seine Knöchel. »Du tust mir weh!« Er jammerte so leise, dass er kaum zu verstehen war.

»Vollidiot!« Aaron setzte sich dicht neben Chris, sodass dieser sich nicht wieder verkrümeln konnte. »Also«, knurrte Aaron, »die Situation ist schlimmer als jemals zuvor. Ich kenne Goldbein. Er wird nicht ruhen, bis er den Riesenvogel gefunden hat, dem die Feder gehört. Und wenn er ihn gefunden hat, dann wird er ihn erschießen. Was können wir tun?« Er nahm seine Augenklappe ab und stopfte sie in die Hosentasche.

Bendix stöhnte leise auf und drückte instinktiv seine Hände aufs Gesicht. Auf keinen Fall wollte er in Aarons leere Augenhöhle gucken müssen, in der die Schatten des Feuers tanzten. Das war doch voll gruselig! Warum tat Aaron das bloß?

Eine Weile war es still. Bendix schob die Finger ein paar Zentimeter auseinander und spähte hindurch. Zwei ganz normale grüne Augen sahen ihn fragend an.

Bendix spürte, dass er rot wurde. Wie gut, dass es dunkel war. Er biss sich auf die Lippen. »Warum«, fragte er zögernd, »warum hast du denn immer eine Augenklappe getragen? Ich hab gedacht . . .«

Aaron lachte laut auf. »Du hast gedacht, mir fehlt ein Auge? Wie bei einem Piraten?« Sein struppiges Haar fiel ihm in beide Augen und er strich es aus dem Gesicht. »Ich hatte nur eine Bindehautentzündung. Das Auge hat gebrannt und gekratzt und war feuerrot und bei Sonnenlicht war es noch viel schlimmer. Deshalb habe ich die Augenklappe getragen. Aber jetzt geht's wieder.« Aaron grinste ihn an.

Bendix wurde noch röter. »Ach so«, sagte er nur und grinste zaghaft zurück. »Und die Narbe? Auf deiner Wange?«

»Ach, das«, Aaron winkte ab, »das ist schon vor einigen Monaten passiert. Da wollte ich mal nachts aufs Klo, hab kein Licht angemacht und bin in eine Glastür gelaufen, von der ich dachte, sie sei offen.« Wieder lachte er. »Tja, war sie aber nicht.«

Bendix schüttelte den Kopf. »Ach so«, wiederholte er, fast ein bisschen enttäuscht. Von Aaron, dem finsteren Piraten, war nicht viel übrig geblieben.

Neben ihm regte Ida sich. Es sah aus, als käme endlich wieder Leben in sie. Sie kniete sich vors Feuer und starrte in die züngelnden Flammen. Die Haare hingen ihr wirr ins Gesicht. »Er will Riesenvögel, was?« Ihre Stimme kam aus den tiefsten Tiefen hervorgebrodelt wie Lava unter der Erdkruste. Zumindest hörte sie sich so an. »Er soll Riesenvögel haben. Und er soll vor Grauen wahnsinnig werden!« Sie lachte ein schauerliches Lachen, dumpf und hohl. Als sei sie diejenige, die der Wahnsinn bereits fest im Griff hatte. Sie beugte sich vor und sah erst Bendix, dann Aaron und schließlich Chris an. Chris sah sie besonders lange an.

Er senkte den Blick und verknotete seine Hände hinter dem Rücken. Millimeterweise versuchte er wieder, nach hinten zu rutschen. Aber Aaron hielt ihn fest.

»Ich habe einen Plan«, raunte Ida. »Aber er kann nur klappen, wenn wir alle mitmachen. Stellt euch auf eine lange Nacht ein.«

Chris stöhnte leise, traute sich aber nicht, etwas zu sagen.

Und dann begann Ida zu erzählen.

»Kathi!«

Bendix schreckte hoch. Mist, da war er doch glatt wieder eingenickt! Aber das war auch kein Wunder, schließlich hatte er in der Nacht kaum Schlaf bekommen.

»Prinzesschen! Wo steckst du?«

Bendix drehte sich um. Hinter ihm saßen zwei blonde Mädchen und grinsten zufrieden. Beide trugen einen großen rosa Hut und eine weiße Bluse. Beide hatten langes blondes Haar, das ihnen glatt über die Schultern hing.

»Jetzt geht's los«, sagte eines der Mädchen und Bendix musste zweimal hingucken, um zu erkennen, dass es Ida war. Er hatte sie noch nie ohne Zöpfe gesehen.

Zu viert saßen sie zwischen den Büschen, von wo aus sie einen freien Blick über die Guanoküste hinüber zur *Maracuja* hatten.

Ida drückte die Zweige des Hibiskus ein wenig auseinander. Jetzt konnten alle Glotz Goldbein sehen, der wie ein wütender Stier über das Deck stampfte. »Verflixt, Kathi! Komm endlich raus!«

Dann erblickten sie Aaron, der neben dem Großkotz auftauchte. Er redete auf ihn ein, zu leise, um auf der Insel gehört zu werden. Aber er fuchtelte mit den Armen und wies in den Himmel.

Goldbein wandte sich mit einer wegwerfenden Handbewegung von ihm ab.

»Ich hoffe, es klappt.« Kathi rutschte tiefer zwischen Hibiskus und Oleander. »Ich will endlich weg von hier. Ich habe diese öde Insel und diese ewige Tiere-Abknallerei sooo satt.« Dann warf sie Ida einen halb besorgten, halb misstrauischen Blick zu. »Und du versprichst mir, dass meinem Vater dabei nichts passiert, ja?«

»Klar«, sagte Ida lässig und setzte sich die Riesensonnenbrille auf. »Solange er sich vernünftig verhält.«

»Mein Vater verhält sich nie vernünftig«, knurrte Kathi. Dann schrie sie leise auf. »Hör auf, mich mit deinen Federn zu kitzeln, du Monsterküken!« Verärgert schlug sie nach dem gigantischen Federknäuel, das neben ihr im Busch hockte.

»Ich kann nichts dafür«, beschwerte sich das Monsterküken. »Ich hab mir das hier nicht ausgedacht!« Missmutig sah es Ida an. Von seinem Kopf standen riesige Federbüschel wild nach allen Seiten ab.

Ida fuhr wütend herum. »Du hast dir das nicht ausgedacht? Du bist doch schuld an dem ganzen Schlamassel, du Amöbenhirn! Ohne dich wäre Kathi längst auf Hawaii, würde am Swimmingpool liegen und Cocktails schlürfen!«

Gekränkt schwieg das Monsterküken und zog sich einen gigantischen Schnabel von der Stirn ins Gesicht. Einen Schnabel, aus dem spitze Reißzähne ragten.

»Du machst das prima«, grinste Bendix. »Wirklich, du solltest viel öfter so rumlaufen.«

»Halt bloß die Klappe, du Wicht!«, grollte es dumpf unter dem Schnabel hervor. »Pass bloß auf, dass ich dich nicht in der nächsten Nacht teere und federe!«

»Pssst!« Ida reckte den Hals. »Ich glaube, es passiert was ... ja, sie steigen ins Beiboot. Kommt, wir ziehen uns ein bisschen zurück.« Sie hielt ihren Hut fest und drückte sich rückwärts durch ein paar Büsche. Kathi und Bendix schlüpften hinterher. Nur Chris mit seinem ganzen Federwust blieb in einer Beerenranke hängen.

Wütend zerrte er daran.

»Vorsicht, das Kostüm!« Bendix sprang ihm schnell zu Hilfe. »Nicht reißen! Aaron hat die ganze Nacht daran gearbeitet.« Vorsichtig entwirrte er die Ranke und den zotteligen Flügel. Zum Dank erhielt er einen Stoß mit dem Riesenschnabel.

»Ooooh!«

Bendix fuhr herum. Ida und Kathi standen auf einer kleinen Lichtung hinter ihm. Kathi hatte sich über einen niedrigen Busch gebeugt. »Wie süß!«

In dem Busch war ein Nest. Fünf winzige struppig graue Vögel saßen geduckt drinnen und sahen Kathi ängstlich an. Kathi streckte ihre Hand nach ihnen aus.

»Nicht!«, zischte Ida. »Heiliger Huia, nicht anfassen! Bist du denn völlig . . .« Sie unterbrach sich selbst und biss sich auf die Lippen. »Kleine Paradiessittiche. Wie niedlich. Die werden später ganz bunt«, fügte sie dann zuckersüß hinzu.

Kathi zog ihre Hand zurück und drehte sich um. Glücklicherweise sah sie nicht so aus, als wollte sie gleich wieder mit Ida streiten. Sie lächelte sogar ein bisschen.

Bendix atmete auf.

»Und jetzt müssen wir los«, raunte Ida, »Wir gehen alle auf unsere Posten. So, wie wir es geübt haben.« Eindringlich sah sie noch einmal reihum. »Es muss klappen! Versteht ihr? Wir haben keinen zweiten Versuch. Es muss funktionieren!«

Bendix nickte. Er spürte, dass sein Herz sofort doppelt so schnell schlug wie vorher. Plötzlich nagte in seinen Eingeweiden die Angst, es nicht zu schaffen.

Der Plan war einfach zu verrückt!

Auch Kathi sah mit einem Mal sehr aufgeregt aus. Aber auch sehr entschlossen, ihren Teil beizutragen. Sie hatte das Kinn erhoben und die Hände zu Fäusten geballt.

Was Chris durch den Kopf ging, konnte Bendix nicht erkennen. Der große Schnabel bedeckte sein Gesicht fast vollständig.

»Und los!«

Ohne ein weiteres Wort drehten sie sich um und verschwanden in den Büschen. Ida in eine Richtung, Chris und Kathi in die andere.

Bendix schlüpfte dorthin zurück, von wo sie gekommen waren. Atemlos hockte er wieder im Oleander und beobachtete die Guanofelsen. Das Beiboot der *Maracuja* war schon fast angekommen. Der Motor wurde leiser und erstarb in einem Gluckern.

Aaron sprang an Land. Er vertäute das Boot an einer Felsennase. Anschließend nahm er von Goldbein das Gewehr entgegen.

Der Großkotz schimpfte und zeterte vor sich hin. Dann rutschte er auf der Vogelkacke aus. Er ruderte mit den Armen, konnte aber im letzten Moment noch das Gleichgewicht halten. Jetzt schimpfte er noch viel mehr. »Verdammt!«, hörte Bendix ihn fluchen. »Und das alles wegen Kathi! Dieses verwöhnte Gör! Sie weiß genau, dass ich heute den Riesenvogel schießen will! Stattdessen muss ich sie suchen!« Tobend vor Wut stapfte er über die Felsen, bis er auf den Grasstreifen kam. Dort lief er auf und ab. »Kathi!«, brüllte er. »Wo zum Teufel steckst du? Kathi!«

Bendix zog sich ein wenig zurück und machte sich klein. Jetzt konnte er nur noch unter den Büschen durchsehen. Mehr als die Stiefel von Goldbein und Aaron konnte er nicht erkennen. Aber er hörte Aarons Stimme. Sie klang ängstlich. »Wirklich, Herr Goldbein, ich habe dieses Biest gesehen! Ich habe nichts gesagt, weil ich Sie nicht beunruhigen wollte, aber da ist etwas auf dieser Insel, das ist . . . anders.«

Der Großkotz blieb stehen. Brüsk drehte er sich zu Aaron um. »Red nicht so einen Blödsinn!«, schrie er Aaron an. »Das Einzige, was hier anders ist, das bist du! Ansonsten gibt es auf diesem langweiligen Flecken Erde nur einen Haufen aufsässiger Kinder und dämlicher Vögel!«

Wieder sah Bendix nur seine Stiefel durchs Gras trampeln. Ein paar braun gesprenkelte Rallen stoben in alle Richtungen davon.

»Es ist kein Vogel«, Aarons Stimme zitterte, »aber es kann fliegen. Es hat einen Schnabel und gleichzeitig Reißzähne. Es kann sprechen . . . und es hört sich so schaurig an, dass man auf der Stelle tot umfallen möchte! Es ist . . .«

»Halt endlich deine Klappe, du Idiot!« Goldbeins Stimme überschlug sich vor Wut. Er blieb stehen. »Kein Wort mehr von deinem Weibergewäsch! Hilf mir gefälligst dabei, meine zickige Tochter zu suchen!« Damit begann er wieder, auf und ab zu poltern. »Kathi! Kathi, komm SOFORT raus!«

Das war der Augenblick, in dem Bendix sich zurückzog. Als er wieder auf der Lichtung stand, wandte er sich nach rechts, in die Richtung, in der Ida verschwunden war. Er legte die Hände wie einen Trichter an den Mund. »Kra! Kra! Kra!«, krächzte er wie ein Färöer Kolkrabe. Dann lauschte er einen Moment. »Kraaa! Kraaa!«, wiederholte er etwas lauter.

»Vati!«, hörte er da aus einiger Entfernung. »Vati! Aaaah!« Ida kreischte, als ging es um ihr Leben.

»Kathi!« Goldbeins Stimme hinter den Büschen hörte sich erstickt an. »Sie ist in Gefahr! Schnell, Aaron, entsichere das Gewehr!« Und er rannte los.

Bendix rannte auch los. Allerdings in eine andere Richtung. Er schlängelte sich durch die Büsche auf den Felsen zu, der in Verlängerung der Guanoküste im Landinneren lag. Von wo aus sie vor ein paar Tagen die *Maracuja* beobachtet hatten. Und wo Bendix zwei Tage zuvor Chris getroffen hatte, die Feder des Riesenkondors hinter dem Rücken versteckt.

»Aaaah! Au! Vati! Hiiiiilfe!« Ida machte das wirklich gut. Ihre Stimme kam von weit oben. Bendix wusste, dass sie in einem riesigen Kapokbaum saß.

»Kathi!«, brüllte Goldbein in der Ferne und seine Stimme überschlug sich vor Panik. »Halt aus, Prinzesschen!«

»Es hat mich gepackt! AAAAAHHH!«, kreischte Ida.

Jetzt war Bendix wieder dran. Er war am Fuß des Felsens angekommen. »Kra! Kra!«, krächzte er nach oben. Er brauchte sich nicht besonders anzustrengen, denn er sah Kathi und Chris bereits, die auf der Kuppe saßen. Chris gestikulierte wild mit den Armen. Offensichtlich erzählte er Kathi gerade eine seiner Heldentaten. Dabei hatte er allerdings wohl vergessen, dass er ein Monstervogelkostüm trug. Den Schnabel mit den Reißzähnen hatte er wieder in die Stirn geschoben wie ein Horn. Er sah ziemlich bescheuert aus.

Kathi hatte gelangweilt das Gesicht in die Hände gestützt. Aber als sie Bendix hörte, sprang sie auf. »Vaaaati!«, kreischte sie. Das konnte sie genauso gut wie Ida. »Hiiiiilfeeeee! Rette miiich!« Dann grinste sie zu Bendix hinunter. Bendix reckte einen Daumen in die Höhe.

»Kathi!« Goldbeins Stimme drang aus einiger Entfernung zu ihnen durch. »Kathi! Wo bist du, Prinzesschen?«

Kathi holte tief Luft. »Hiiiiier!«, brüllte sie mit sich überschlagender Stimme. »Das Monster! Es kann fliiiegen! Es hat mich verschleppt! AAAAAHHH!«

Chris zog seinen Schnabel vors Gesicht. Er rappelte sich auf. Seine Federn raschelten. Dann verschwand er hinter dem Felsen, bis nur noch sein Kopf hervorragte mit den Federn, die wild in alle Richtungen abstanden. Es sah schon ein bisschen gruselig aus.

»Prinzesschen! Prinzesschen!« Goldbeins Stimme war schon ziemlich nah gekommen. »Ich rette dich! Halt durch!«

»Vati! Aaaah!«, gurgelte Kathi, ließ sich auf die Knie nieder und kletterte jetzt ebenfalls hinter den Felsen. Sie legte sich über die Felsenkuppe und klammerte sich mit beiden Armen oben fest.

»Aaaah! Es hat mich erwischt! Vaaaatiiii!«, kreischte sie in den höchsten Tönen.

Bendix zog sich ins dichte Grün zurück und begann zu rennen, so schnell es ging.

»Kaaathiii!« Brüllend brach Goldbein durch die Büsche, während Bendix schon wieder in die andere Richtung unterwegs war. Aber er konnte sich lebhaft vorstellen, wie entsetzt der Großkotz war, mit ansehen zu müssen, wie ein grässliches Vogelmonster seine Tochter hinter den Felsen zog.

Jetzt aber schnell! Ida musste Bescheid wissen, dass sie wieder dran war, bevor Goldbein die Möglichkeit hatte, den Felsen zu erklimmen.

»Kraaa! Kraaa! Kraaa!«, krächzte Bendix, so laut er konnte, dorthin, wo Ida jetzt war. In Richtung der *Maracuja*. »Kraaa! Kraaa!«

»Vaaatiii!«, kreischte Ida sofort in höchsten Tönen. »Das Mooonster! Es hat mich verschleppt! Hier bin ich! Hiiilfeee!«

Bendix brach zwischen zwei Büschen ins Freie. Dornen hatten sein Gesicht aufgeschrammt, er spürte einen Blutstropfen die Wange hinunterlaufen. Aber er musste grinsen. Denn Ida stand an Bord der *Maracuja*, klatschnass und brüllend wie am Spieß. »Vaaatiii! Aaaahhh!« Sie war so hoch geklettert wie möglich und klammerte sich an der Radar- und Antennenanlage fest, die in den blauen Himmel ragte. Gleichzeitig sah sie so aus, als würde irgendetwas an ihren Füßen zerren, das hinter den Aufbauten des Schiffes nicht zu sehen war. Irgendetwas, was sie in die Tiefe ziehen wollte ...

»Kaaathiii! Prinzesschen!« Goldbeins Stimme hörte sich an, als wäre er bereits am Rande des Wahnsinns. Das war gut. Alles lief nach Plan. Bendix grinste zufrieden, dann versteckte er sich wieder zwischen ein paar Sträuchern und beobachtete Ida.

»AAAAAHHH! Es packt mich wieder! Vaaatiii!« Ida schien einen Heidenspaß zu haben.

Bendix hörte Glotz Goldbein, der sich durch das dichte Grün der Insel brach, röchelnd und schnaufend. Keine drei Meter entfernt polterte er an Bendix vorbei wie ein Triceratops. Zweige splitterten und hinterließen eine Spur der Zerstörung hinter dem Großkotz. Dann ließ er die letzten Büsche hinter sich und stürmte auf den Grasstreifen, wo er abrupt abbremste. Er schwankte und taumelte, tomatenrot im Gesicht, nach Luft ringend. Sein gehetzter Blick traf Ida, die an der Antenne der *Maracuja* hing. Ihre blonden Haare flatterten dramatisch im Wind. Es sah richtig echt aus.

»PRIN-ZESS-CHEN!« Goldbein hatte noch erstaunlich viel Puste zum Brüllen.

»Aaaargh!«, blubberte Ida erstickt und rutschte an der Antenne etwas tiefer. Zuckungen liefen durch ihren Körper. So, als würde ein Vogelmonster an ihren Füßen zerren. Jetzt waren nur noch Kopf und Arme zu erkennen, der Rest von Ida war bereits hinter der *Maracuja* verschwunden.

»Aaron, tu was! Schieß doch! Schieß doch endlich!« Goldbein rüttelte Aaron, der schnaufend neben ihm angekommen war, so heftig an der Schulter, dass der ins Gras fiel.

»Schießen?« Aaron sah ungläubig hoch. »Auf Kathi?«

»Natürlich nicht, du Idiot! Komm sofort hoch! Zum Boot, zum Boot!« Schon stakste Goldbein über die Guanofelsen. »Kaaathiii!«, brüllte er, rutschte aus und fiel auf sein Hinterteil. Anschließend brüllte er nur noch lauter.

Ganz kurz drehte Aaron sich um und suchte mit den Augen die Büsche ab. Bendix trat einen Schritt vor und winkte ihm zu. Aaron grinste. Dann trabte er hinter Glotz Goldbein her, das Gewehr locker geschultert.

Bendix sah aus seinem Versteck noch zu, wie Ida gurgelnd und kreischend hinter der *Maracuja* in der Tiefe verschwand. Es war eine klasse Vorstellung, Ida hatte es echt drauf! Noch immer grinsend wandte Bendix sich ab und schlüpfte zwischen einer Goldtrompete mit riesigen Blüten und einem herrlich duftenden Jasmin hindurch zurück in die Büsche. Ohne sonderliche Eile lief er dann einen Trampelpfad parallel zum Küstenweg entlang, bevor er wieder seine Hände wie einen Trichter vor den Mund legte. »Kra! Kraaa!«

»Aaah! Vaaatiii!« Das klappte ja wie am Schnürchen!

»Hiiilf miiir!«

Bendix drückte die Blätter eines Teestrauchs aus dem Weg, dann sah er schon das Vogelmonster vor sich auf einem umgeknickten Baumstamm stehen, von dichtem Grün umgeben. »Grrr!«, grollte es ihn an.

Bendix lachte. »Voll cool macht ihr das«, rief er Chris zu, »der Großkotz macht sich vor Angst schon in die Hosen! Der ist kurz vorm Herzinfarkt!« Dann fiel ihm ein, dass Kathi auch hier irgendwo zwischen den Pflanzen steckte, und er schlug sich die Hände vor den Mund.

Zum Glück schrie Glotz Goldbein gerade in diesem Moment wieder los. »Kathi! Wo bist du? Prinzesschen!«

Offensichtlich war er Bendix auf dem Küstenpfad gefolgt. Zum Glück wuchsen ein paar kräftige Büsche zwischen dem Großkotz und den Kindern.

Nur Kathi lag bäuchlings auf dem Boden unter einer dieser Pflanzen. Bendix konnte jetzt ihre Stiefel sehen, die Beine steckten unter einer Birkenfeige und Oberkörper und Kopf mussten auf dem Pfad liegen, auf dem sich ihr Vater gerade viel zu schnell näherte. »Kathi! Was ist los?«, keuchte er. »Kannst du nicht aufstehen? Warte, ich helfe dir!«

»Vaaatiii!« Kathi kreischte wie von Sinnen. »Es zieht an meinen Beinen. Aaaargh!«

»Mein Einsatz.« Chris hüpfte vom Baumstamm, dann begann er zu grollen und zu fauchen und riss heftig an den Zweigen der Birkenfeige. Er tauchte darin unter, um dann einmal ganz kurz seinen Kopf nach draußen zu strecken. »Harrrgnn!« Er tobte wie ein Berserker, dann zog er den Kopf wieder zurück und zerrte Kathi an den Füßen unter der Birkenfeige hervor.

Kathi brüllte wie am Spieß. Noch brüllend sprang sie auf die Beine und flitzte los. »Vaaatiii! Hiiilfeee!«

Zu dritt liefen sie den Pfad entlang, schlugen sich rechts in die Büsche, zwängten sich durch ein paar Bananensträucher und blieben schließlich vor dem Busch mit den mammutgroßen Blättern stehen. Es war nur ein Katzensprung, wenn man den Weg kannte. Die ganze Zeit über kreischte Kathi in den höchsten Tönen.

Chris robbte als Erster unter den Blättern durch. Er schnaufte und stöhnte. Schon ohne Kostüm fiel ihm das schwer. Einen Augenblick sah es so aus, als würde er zwischen den Zweigen stecken bleiben.

»Los, mach schon!«, flüsterte Bendix, denn er hörte Goldbein und Aaron schon ziemlich dicht hinter sich durch die Büsche brechen.

»Kathi!« Goldbein klang inzwischen sehr heiser. »Prinzesschen! Wo steckst du?«

Kathi holte tief Luft. »Hier! Vati! Hiiier!«

Endlich! Chris hatte es geschafft. Jetzt schlüpfte Bendix unter die riesigen Blätter. »Komm schnell, Kathi!«, wisperte er, bevor er weiterkroch.

Kathi steckte hinter ihm ihren Kopf unter das Blätterdach.

»Kathi! Endlich!« Mist, das war Goldbeins Stimme. Und er war schon da! Bendix hörte sein Keuchen und die schweren Schritte auf dem Waldboden. »Kathi! Komm da schnell raus!«

»Ich kann nicht!«, kreischte Kathi und dann schrie sie immer weiter. Sie klammerte sich an Bendix' Knöchel, Bendix, den der Großkotz nicht sehen konnte, drehte sich um, packte ihre Arme und zog daran.

Auf der anderen Seite zog Glotz Goldbein an ihren Füßen. »Lass los!«, ächzte er dabei. »Du Monster! Du Scheusal! Lass meine Tochter los! Aaron, hilf mir gefälligst!«

Neben Bendix tauchte Chris auf. Er packte einen von Kathis Armen und zerrte wie verrückt. Dabei gab er ein entsetzliches Grollen von sich wie eine wilde Bestie.

Kathi brüllte. Diesmal bestimmt vor echten Schmerzen. An einer Seite zogen Aaron und ihr Vater an ihr, an der anderen, unter den Riesenblättern versteckt, Bendix und Chris. Klar, dass das wehtat.

Und Aaron und Goldbein waren eindeutig stärker. Bendix brach der Schweiß aus. Es war doch alles so wunderbar gelaufen bisher! Warum nur waren sie diesmal nicht die eine Sekunde schneller gewesen als ihre Verfolger?

Chris' Grollen ging in ein Grunzen über. Zentimeter für Zentimeter verschwand Kathi weiter unter den Riesenblättern. »Lasst los«, wimmerte sie kaum hörbar, »ich kann nicht mehr!«

Ihr Arm rutschte durch Bendix' schweißnasse Hände. Er konnte auch nicht mehr. Seine Finger gaben einfach nach. *Nein,* dachte er. *Nein, nein, bitte nicht!*

16.

Bendix spürte einen scharfen Schmerz in der Schulter und stöhnte auf. Was war passiert? Er war rückwärts geflogen, gegen einen Baumstamm . . . seine Hände waren leer. Er hatte Kathi losgelassen. Aber . . . aber da lag sie doch, bäuchlings, direkt vor ihm! Mühsam hob sie den Kopf und wimmerte.

Sie war bei ihnen, im Busch mit den mammutgroßen Blättern. Warum hatten Goldbein und Aaron losgelassen?

»Kathi!« Schon tasteten Glotz Goldbeins Hände unter den Blättern nach seiner Tochter.

Bendix drückte sich tiefer in den Busch. »Kommt!«, zischte er, denn er sah, dass Goldbein versuchte, sich unter den Blättern durchzuquetschen.

Kathi begann wieder zu kreischen, als Chris sie nach hinten wegzog, wobei er schaurige Monstervogel-Geräusche von sich gab. Dann hasteten sie auf dem schmalen Pfad durchs Gestrüpp der Felswand des Kraters entgegen. Chris grollte und fauchte die ganze Zeit. Ab und zu knurrte er »Fressen!«.

Kathi jammerte nur noch, besonders als der Boden immer steiniger wurde.

An der Felswand wartete schon Ida auf sie. Sie hatte noch immer nasse Haare. »Wo bleibt ihr nur?«, flüsterte sie. »Ich hab mir schon Sorgen gemacht!« Auf ihrer Schulter trippelte Karolina hin und her und sah genauso unruhig aus.

»Schnell weiter!« Bendix blieb gar nicht erst stehen. »Sie sind uns dicht auf den Fersen.« Er huschte die Kraterwand entlang, bis er am Eingang des Durchgangs stand, an dem gezackten Spalt, der ins Innere des Vulkankraters führte.

»Ich will nicht mehr«, heulte Kathi, »mir tut alles weh, ich hab die Nase voll! Ich geh wieder zurück.« Sie lehnte sich auf einem Bein gegen die Felswand und rieb sich einen Fuß.

Erst da sah Bendix, dass sie auf Socken lief. Goldbein und Aaron hatten ihr die Stiefel von den Füßen gezogen, als sie an ihren Beinen gezerrt hatten. Nur deshalb hatten sie sie nicht unter dem Busch hervorziehen können.

»Wir müssen weitermachen«, flüsterte Ida ihr zu und legte ihr eine Hand auf die Schulter. »Wir haben es doch fast geschafft. Und dann kannst du endlich von hier wegfahren.«

Kathi schluchzte. »Ich mach nicht mehr mit! So ein blödes Spiel. Mein armer Vati, er ist bestimmt schon verrückt vor Sorge!« Sie schniefte. Ihre Haare waren zerzaust und über ihre Wange lief eine lange Schramme. Den Hut hatte sie irgendwo verloren.

»Kathi! Antworte! Wo bist du?« Oh Mann, Goldbein war schon wieder ganz nah!

Ida legte Kathi eine Hand auf den Mund, bevor sie etwas sagen konnte. Gemeinsam zerrten sie Kathi in die Höhle.

Karolina krächzte erschrocken auf, als die Dunkelheit sie umhüllte. Bendix zog Idas Stirnlampe aus der Tasche und setzte sie auf den Kopf. Ah, Licht! Dann zog er Kathi weiter in den Gang hinein.

Chris lief vor ihm, wütend krächzend und grollend, während Ida zurückblieb. Sie drückte sich hinter einen Felsvorsprung, wie sie es verabredet hatten.

Kathi weinte. »Vati!«, schluchzte sie. »Vati! Hilf mir! Ich will nicht mehr!« In dem felsigen Gang klang es besonders erstickt und mitleiderregend.

Bendix drehte sich im Laufen zu Kathi um. »Bald hast du es geschafft«, wisperte er tröstend.

Kathi humpelte jämmerlich hinter ihm her. Sie versuchte, ihren Arm aus Bendix' Griff zu winden, aber er ließ sie nicht los. »Na hoffentlich!«, heulte sie laut auf. »Ich hab auch so die Schnauze voll von euch und eurer bescheuerten Insel!« Glücklicherweise bebte ihre Stimme so sehr, dass sie kaum zu verstehen war.

»Aaah!«, brüllte Chris vor ihnen auf. Diesmal allerdings nicht, weil er den Monstervogel spielte, sondern weil er gegen einen vorstehenden Felsen gedonnert war. »Mach gefälligst das Licht nach vorne, du Pfeife!«

Bendix drehte sich wieder um, sodass der Weg vor ihnen beleuchtet war.

In diesem Augenblick hörten sie noch eine Stimme. Es war keine menschliche Stimme. Es war ein unheimliches, ein unmenschliches Krächzen. Eine Stimme nicht von dieser Welt. Ein gruseliges, fremdartiges Wesen, mitten in der tiefschwarzen Dunkelheit hinter ihnen.

»Hier kommst du nicht lebend raus!«

Bendix kroch eine Gänsehaut über den ganzen Körper. Er biss die Zähne zusammen und versuchte, schneller zu laufen, kam aber nicht an dem Monstervogel vor ihm vorbei.

»Hier kommst du nicht lebend raus!«

Bendix fiel ein Stein vom Herzen, als er erkannte, dass es nur Karolina war, die noch immer bei Ida sein musste. Trotzdem hörte es sich schauerlich an, hier, mitten im Felsen.

Kathi wimmerte.

Irgendwo hinter ihnen rumste es, dann brüllte Glotz Goldbein auf. Er schien sich inzwischen auch in dem Felsengang zu befinden und war wahrscheinlich gerade gegen einen Felsvorsprung gerannt.

»Verdammt, verdammt, verdammte Kacke!«, dröhnte seine Stimme dumpf bis zu ihnen vor.

»Hier kommst du nicht lebend raus, süße Kacke!«, knarrte Karolina schaurig.

Bendix, Chris und Kathi stürzten ins Freie. Das Ende des Tunnels mit der Höhle war so plötzlich da, dass alle drei blind ins Sonnenlicht stolperten. Chris strauchelte und landete bäuchlings im hohen Gras. Kathi fiel über ihn und blieb wimmernd liegen.

»Kommt, schnell weiter!« Bendix warf einen nervösen Blick auf den Höhlenausgang. »Wir müssen uns verstecken, bevor dein Vater rauskommt, Kathi!«

Er zog an Kathis Arm.

»Lass mich sofort los! Gar nichts muss ich!«, heulte Kathi.

»Ich hab euer bescheuertes Spiel so satt! Ich bleib hier, bis Vati kommt und mich zur *Maracuja* zurückbringt!«

Chris rappelte sich auf. »Nein, Kathi! Wenn dein Vater merkt, dass wir das alles nur gespielt haben, dann . . .«

»Dann bleibt er bestimmt extralange hier und knallt ganz viele Vögel ab, nur um uns zu ärgern. Und du musst dann auch hierbleiben!«, beendete Bendix schnell den Satz.

»Ja, genau! Komm schnell, Kathi!« Chris zog an Kathis Arm, wobei er ihr versehentlich mit seinem langen Schnabel ins Auge pikte. Jetzt heulte Kathi noch lauter, ließ sich aber von Bendix und Chris hinter ein Gestrüpp voller kleiner, dicker Blätter zerren. Keinen Augenblick zu früh, denn in dem Moment kam Glotz Goldbein aus dem Höhleneingang gestürmt. Er blinzelte ins Licht und fuchtelte mit den Armen. Dann blieb er abrupt stehen. Aaron prallte gegen ihn.

»Du Idiot!«, hörte Bendix ihn brüllen. »Kannst du nicht aufpassen?«

Kathi schluchzte leise, aber ansonsten war sie still. Überhaupt war es einen Moment lang still. Wahrscheinlich lauschte Goldbein in alle Richtungen. Dann kreischte etwas schauerlich auf. Schauerlicher als Chris, der Monstervogel. Schauerlicher als Karolina in der Finsternis des Felsentunnels.

Bendix spürte, wie sich die Härchen an seinen Armen aufrichteten. Atemlos drückte er einen Zweig beiseite und linste durch die dunkelgrünen Blätter hinüber zu Goldbein und Aaron.

Beide hatten sich geduckt und blickten sich hektisch in alle Richtungen um. Bereit, jederzeit wieder in die Höhle zurückzuspringen.

Wieder dieses grässliche Kreischen, weit entfernt von ihnen, irgendwo im Krater. Sein Echo hallte von den Felswänden wider.

Bendix spürte, dass Kathi neben ihm angefangen hatte zu zittern. »Was ist das?«, stieß sie tonlos hervor. Ihre Zähne schlugen aufeinander.

»Ein großer Vogel«, wisperte Bendix. »Ein Terrorvogel oder so.«

Jetzt klapperten Kathis Zähne noch mehr. Und sie stieß kleine, jammerige Laute aus.

»Pssst«, machte Chris, der Monstervogel.

»Wir müssen Kathi retten!«, röhrte Glotz Goldbein und taumelte durchs Gras wie ein betrunkener Tanzbär. »Kathi! Mein Prinzesschen! Sie ist in großer Gefahr! Das Gewehr, Aaron, schnell! Gib es mir!« Er war schneeweiß im Gesicht, hatte die Augen weit aufgerissen und schien wirklich dem Wahnsinn nah zu sein.

Kathi wimmerte.

Aaron hüstelte. »Es, äh ... es ist weg«, presste er dann hervor.

Goldbein fuhr herum. »Wie, es ist weg?« Er sprang auf Aaron zu, zerrte an ihm, schaute hinter seinen Rücken, als hätte Aaron das Gewehr dort versteckt. »Du hast das Gewehr ... verloren? DAS GEWEHR? VERLOREN? MEIN GEWEHR?«

»Nein, nein, nicht verloren! Der Monstervogel war es«, stieß Aaron kläglich hervor. »Er hat es mir entrissen. Einfach weggerissen.«

Goldbein packte Aaron am Arm und schleuderte ihn ins Gras. »Du Trottel!«, brüllte er. »Du unfähiger Dummkopf!« Er trat nach ihm. »Meine Tochter ist da drinnen! Da drinnen, kapierst du? Mit einem Monstervogel! Und du ... du ...!« Er raufte sich die Haare, rannte auf und ab und starrte in das dichte Grün des Kraters. Und dann lief er los. Mit einem Mal. Ohne Vorwarnung. Verschwand einfach zwischen zwei ramponierten Gummibäumen.

Bendix hörte nur noch sein Geschrei, das sich langsam entfernte.

»Kaaathi!« Goldbeins Stimme überschlug sich. »Prinzesschen! Wo bist du? KATHI!«

Bendix richtete sich auf. Ratlos sah er zwischen dem dichten Grün und dem Höhleneingang hin und her. Wo blieb nur Ida? Es war geplant, dass sie so schnell wie möglich hinter Goldbein herlaufen sollte. Mit dem Gewehr, das Aaron ihr in der Höhle gegeben hatte. Wenn Goldbein nun alleine in das Innere des Kraters lief ... zu den Riesenvögeln ... den Terrorvögeln ...

In diesem Moment kam Ida aus der Höhle gesprungen. Sie schwenkte das Gewehr. Karolina stieß sich wortlos von ihrer Schulter ab, flatterte hoch in den Himmel auf und verschwand über dem Kraterrand, ohne sich noch einmal umzudrehen. Sie schien beleidigt zu sein. Solch ein schlechtes Benehmen war sie nicht gewohnt. Diese Dunkelheit und das Rumgeschreie.

»Wir müssen sofort weiter!« Ida war schon bei Aaron angekommen und half ihm auf die Beine. »Du und ich. Die anderen gehen zurück. So, wie wir es geplant haben.«

»Ich komm auch mit!« Kathis Stimme war nur noch ein hohes Quietschen. »Du willst ihn erschießen! Du willst meinen Vater erschießen! Das weiß ich genau! Das lass ich nicht zu!« Sie hatte sich aus den Büschen herausgearbeitet und wankte auf Ida zu. Doch sie blieb an einer Beerenranke hängen und stürzte ins Gras. »Das lass ich nicht zu!«, wiederholte sie und trommelte mit den Fäusten auf dem Boden herum.

»Quatsch.« Idas Stimme klang rau. »Ich muss ihn beschützen. Im Krater sind Vögel, die fressen so was wie deinen Vater mit einem Haps auf.« Dann sah sie Kathi etwas versöhnlicher an. »Bitte, Kathi! Du musst zurück aufs Schiff! So, wie wir es abgesprochen haben. Ich kümmere mich darum, dass deinem Vater nichts passiert. Ich versprech's dir! Aber wenn er zurückkommt, musst du schlafend im Bett liegen und so tun, als wüsstest du von nichts. Okay? Äh, und wasch und kämm dich vorher. Sonst glaubt er dir nicht.«

Kathi rappelte sich zum Sitzen auf. Sie schluchzte.

In diesem Augenblick dröhnte der Boden. Und dann noch einmal. Bendix spürte es unter den Fußsohlen und sein Herz schlug plötzlich sehr, sehr schnell. Er drückte sich tiefer in das Gestrüpp, lauschte atemlos.

Bumm - bumm - bumm.

Kathi, die noch immer im Gras saß, gab keinen Piep mehr von sich. Niemand bewegte sich. Ida nahm langsam das Gewehr hoch.

Äste brachen, der Boden bebte.

Chris keuchte in seinen Schnabel hinein.

Bumm - BUMM - BUMM.

Holz splitterte und Blätter wirbelten auf. Keine fünf Meter von Bendix entfernt brach plötzlich ein gigantischer Laufvogel durch die Büsche auf die Lichtung. Er war kein Terrorvogel, aber so hoch, dass selbst Aaron winzig gegen ihn aussah. Auf seinem langen, muskulösen Hals saß ein großer Kopf mit einem ausgesprochen kräftigen Schnabel.

Irritiert blieb das Tier stehen und blinzelte. Es äugte auf Ida, Kathi und Aaron hinunter.

Ida, Kathi und Aaron bewegten sich nicht. Ein leichter Wind fuhr durch das Gras. Es raschelte.

Ida, Kathi und Aaron zuckten nicht mit der Wimper. Ida hielt das Gewehr reglos auf den Riesenvogel gerichtet. Bendix sah, dass ihre Hand am Abzug unmerklich zitterte.

Hau ab, dachte er. *Bitte hau ab!* Er schloss die Augen, aber nur kurz.

Der Vogel ruckte mit dem Kopf, weit oben, in Höhe der Baumkronen. Seine starren Augen hatte er auf Ida geheftet. Dann klapperte er mit dem Schnabel, der gelb war und aussah, als könne er mit Leichtigkeit das Gewehr in zwei Teile beißen. Ein Zittern lief durch seinen ganzen Körper, dass die schwarzgrauen Federn nur so rauschten, dann rannte er polternd los. Seine kurzen Flügelstummel hatte er abgespreizt, als wollte er ihnen drohen. Doch er lief an ihnen vorbei und schüttelte den Kopf. Er wirkte zornig. Dann stieß er einen Schrei aus, so laut und so schrill, dass er Bendix durch Mark und Bein fuhr. Und mit viel Gefauche und Holzgesplittere verschwand er wieder in den Büschen.

Bendix konnte ihn noch eine ganze Weile hören. Seine dröhnenden Schritte, sein wütendes Geschrei, das Brechen von Ästen. Erst als sein Herz sich etwas beruhigt hatte und die Geräusche des Riesenvogels im üblichen Geraschel und Gekrächze des Kraters untergegangen waren, traute er sich hinter dem Gestrüpp hervor.

Ida hatte das Gewehr sinken lassen. Sie war blass. »Kathi«, flüsterte sie tonlos. »Zurück zum Schiff. Sofort. Bendix und Chris, ihr geht mit.«

Kathi nickte stumm. Sie konnte nicht einmal mehr wimmern.

Chris arbeitete sich aus dem Gebüsch, wobei er wild mit seinen Flügeln schlug. Er stolperte auf Kathi zu, schien sich kaum aufrecht halten zu können, überschlug sich aber fast dabei, ihr auf die Beine zu helfen. Nach dem Anblick des Riesenvogels sah er in seinem Kostüm aus wie Bibo aus der Sesamstraße.

»Chris und Kathi gehen allein zurück«, stieß Bendix plötzlich hervor. »Ich komm mit euch.« Schon hatte er Chris die Stirnlampe übergestülpt. Und dann wurde ihm schlecht. Warum hatte er das nur gesagt? Er presste die Hände auf den Bauch und sah Ida flehend an. Vielleicht würde sie ja Nein sagen. Doch Ida nickte nur knapp. »Ist auch gut«, sagte sie.

Wieder raschelte es im Gebüsch und eine ganze Gruppe von diesen Riesenenten sprang hervor. Wie hießen sie noch? Adzebill, oder? Riesenenten mit leicht gekrümmten Schnäbeln. Sie rannten durchs Gras, zeterten ärgerlich vor sich hin und verschwanden mit großen Sätzen wieder im Unterholz.

»Ich will zurück«, heulte Kathi. »Ich will aufs Schiff.«

»Ich bring dich ja aufs Schiff«, sagte Chris und tätschelte ihr mit seinem Flügel ungeschickt die Schulter. Es klang nicht sehr tröstend, da er dabei heftig schnaufte und sich nervös in alle Richtungen umsah.

»Du musst meinen Vater retten!«, heulte Kathi dann Ida an. »Du hast versprochen, dass ihm nichts passiert! Du hast es versprochen!«

»Jaja«, murmelte Ida und biss sich auf die Lippen.

»Du hast es versprochen! Wehe, ihm passiert was! Dann ...

dann . . . Los! Worauf wartest du noch! Rette ihn! Sofort! Los! Los!«

»Ist ja schon gut.« Ida sah Kathi nicht an. Wortlos winkte sie Bendix und Aaron zu sich. Dann drehte sie sich ohne ein weiteres Wort um und verschwand zwischen zwei Bromelien. Bendix stolperte ihr nach. Auf einem schmalen Trampelpfad tauchte er ins dichte Grün ein. Mit einem Mal waren Chris und Kathi, war die rettende Höhle hinter ihnen verschwunden. Auch Kathis Geheule war so plötzlich nicht mehr zu hören, als sei es vom Dickicht verschluckt worden. Sie befanden sich jetzt im Reich der Terrorvögel, Riesenkondore und Haast-Adler. Und wer weiß, was es hier noch so geben mochte.

17.

Eine Weile trabte Bendix einfach nur hinter Ida her. In seinem Rücken raschelten Aarons Schritte durch das trockene Laub. Das Buschwerk wurde dichter, dann standen sie auf einer neuen Lichtung, sahen sich in alle Richtungen um und lauschten atemlos. Ida hielt das Gewehr im Anschlag.

Von überall her waren Geräusche zu hören. Knurrende Geräusche, fauchende Geräusche. Sie klangen so nah . . . Jemand schien zu schnaufen, ganz dicht an Bendix' Ohr. »Herr Goldbein?«, fragte Ida. Keine Antwort.

Es war warm und stickig wie in einer Sauna. Dazu roch es noch so komisch. Süßlich-eklig. Bendix wischte sich über die Stirn, die feucht war. Er sah Aaron an, dem das schwarze Haar wirr vom Kopf abstand. Aaron schaute zurück und versuchte ein Lächeln, das total missglückte. Sein Gesicht schien bleicher zu sein denn je. Es glänzte vor Schweiß.

Bendix ließ seinen Blick über die abgerissenen Wedel einiger Hanfpalmen schweifen, dann blickte er einen Pfad entlang, den große Füße in das Unterholz getrampelt hatten. Platt getretene Farne, geknickte Zweige.

Aaron schrie auf.

Bendix fuhr herum. Er sah nur noch ein paar dicke schwarze Federbüschel im dichten Gebüsch verschwinden.

»Schwarze Emus.« Ida hatte das Gewehr abgesetzt und flocht ihr Haar wieder zu Zöpfen. »So ziemlich die Kleinsten hier im Krater.« Sie nuschelte beim Sprechen, weil sie Zopfgummis zwischen den Zähnen hatte.

»Und der Große eben?« Bendix trat einen vorsichtigen Schritt auf Ida zu. »Vor dem Höhleneingang? Was war das für einer?«

»Donnervogel.« Ida warf sich den ersten Zopf über die Schulter. »Das wiederum ist einer der Größten, die jemals gelebt haben. Man sieht ihm nicht an, dass er mit den Gänsen verwandt ist, nicht wahr?« Ida grinste breit über ihr sommersprossiges Gesicht. Das war ein bisschen beruhigend. Trotzdem wollte Bendix weg von hier. »Kommt, wir gehen weiter«, sagte er und rümpfte die Nase. »Es stinkt.«

»Stimmt«, sagte Ida. »Wahrscheinlich liegt irgendwo in den Büschen ein totes Tier und gammelt vor sich hin.« Sie warf den zweiten Zopf über die Schulter und nahm das Gewehr wieder hoch.

Bendix schauderte. Er warf Aaron einen weiteren Blick zu. Aaron fletschte die Zähne. Das war schon wieder kein überzeugendes Lächeln.

Ida schlug einen breiteren Pfad ein. Auf dem festgetrampelten Boden waren die Abdrücke zahlreicher Krallen zu erkennen. Zahlreicher großer Krallen. Es knurrte, ganz in der Nähe. Stille. Dann wieder ein Knurren. Als Antwort hörten sie ein lang gezogenes Grummeln. Wie ein Donner. Nur, dass es nicht von weit her kam, sondern aus dem großen Busch da drüben, gerade mal zehn Meter von ihnen entfernt.

Ida blieb wie angewurzelt stehen. In Zeitlupe nahm sie das Gewehr hoch und legte es an. Auch Bendix und Aaron rührten sich nicht vom Fleck.

Bendix starrte auf den Busch. Es grollte nicht mehr. Wer saß da drinnen und beobachtete sie?

Einige Minuten lang blieben sie so stehen, reglos. Dann ließ Ida das Gewehr wieder sinken. »Fehlalarm«, flüsterte sie und wischte sich eine Hand an der weißen Bluse ab, die inzwischen fast schwarz war vor Dreck. Sie sah schon wieder ganz aus wie Ida und gar nicht mehr wie Kathi. Auch ihr rosa Hut und die Sonnenbrille waren irgendwo verschwunden. »Kommt«, sagte sie, »weiter. Wir müssen Goldbein finden. Ich hab Kathi versprochen, dass ihm nichts passiert.« Beunruhigt sah sich um. »Hoffentlich haben die Terrorvögel ihn nicht schon gefressen«, murmelte sie kaum hörbar.

Sie waren noch nicht weit gegangen, da stießen sie auf einen riesigen Felsbrocken, der inmitten zerrupfter Zuckerrohrpflanzen lag. Ida umrundete ihn. An der Rückseite befand sich so viel Geröll, dass sie hinaufklettern konnten. Zumindest das erste Stück war einfach.

Doch schnell kam Bendix ins Schwitzen. Immer wieder rutschten seine feuchten Hände vom glatten Stein ab. Seine Füße fanden keinen Halt. Aaron schob ihn von unten ein Stück höher. Als sie schließlich zu dritt auf dem Felsen standen, hatten sie einen guten Überblick über den Krater.

Bendix rang nach Luft. Ringsherum sah er die Wände des Kraters, die sie einschlossen wie in einen Kessel. Der größte Teil des Kraters war von dichtem Grün überwuchert, doch hier und dort tat sich eine Lichtung auf. Ein paar Laufvögel streckten ihre Köpfe aus üppigem Gestrüpp hervor. Die Vögel waren riesig, die Köpfe jedoch winzig. Es mussten Moas sein. Mit ruckenden Köpfen sahen sie zum Felsen hoch, dann verschwanden sie hinter einer Baumgruppe.

Überall bewegten sich Büsche, es raschelte, Füße flitzten durchs Laub. Es knurrte und krächzte, tutete und zeterte.

»Da!« Ida wies zum Himmel. Ein Haast-Adler zog seine Kreise. Ohne einen einzigen Flügelschlag glitt er durch die Luft, in so enormer Höhe, dass er gar nicht mehr so groß aussah.

Dann holte Ida tief Luft. »Herr Goldbein!«, brüllte sie ins Grün hinunter. »Wo sind Sie? Herr Goldbein?«

Irgendetwas raschelte im Zuckerrohr direkt vor ihnen und rannte dann keifend weg. Bendix sah nur die Halme, die durchgeschüttelt wurden.

Alle drei lauschten. Nichts.

Ida legte die Stirn in Falten. »Heiliger Huia, jetzt hat's den Großkotz doch erwischt. Wie soll ich das bloß Kathi erklären?« Sie stützte sich auf das Gewehr und sah kummervoll in den Krater hinab.

»Das Gewehr«, sagte Bendix. »Feure einen Schuss ab. Vielleicht hört er das.«

Ida richtete sich auf. Ihre Augen begannen wieder zu leuchten. »Cool, Bendix.« Schon riss sie das Gewehr hoch, richtete es in den Himmel, entsicherte es und feuerte.

Der Knall war laut und er hallte von den Felswänden des Kraters wider. Aus allen Richtungen schien er zurückzukommen. Er hallte so lange nach, dass für einen Moment alles Leben im Krater stillzustehen schien. Es raschelte und knackte nicht mehr. Die Vögel gaben keinen Laut mehr von sich. Kein Krächzen, kein Knurren.

Vielleicht aber war Bendix auch nur taub und hörte nichts mehr. Er rubbelte sich beide Ohren.

Neben ihm holte Aaron tief Luft. »Goooldbein!«, schrie er ins Grün hinunter. Dann drehte er sich zur anderen Seite. »Goooldbein!«

Sie lauschten dem Echo seiner Stimme. Es kam keine Antwort. Alles war ruhig. Dann begannen die Vögel, vorsichtig wieder zu krächzen.

Ida sah aus wie erstarrt. Verzweifelt umklammerte sie das Gewehr. Ihre Augen suchten die Büsche und Bäume ab, als könne sie durch das dichte Blattwerk hindurchsehen. »Das muss er gehört haben«, wisperte sie tonlos, »wenn er nicht schon . . . wenn er nicht schon . . .«

»Ida.« Aaron löste das Gewehr aus ihren Händen. Unbeholfen strich er ihr über den Rücken. »Es ist nicht deine Schuld.«

»Doch«, fiepte Ida. »Es war meine Idee. Und es sind meine Vögel. Ich kenne sie. Ich weiß, wie gefährlich sie sind.« Eine Träne löste sich aus ihren Wimpern, sprang über ihre Wange und fiel hinunter auf den Felsen. »Was für ein dämlicher Plan!«

Bendix senkte den Blick. »Aber vielleicht finden wir ihn ja noch«, sagte er leise, »vielleicht ist er ja noch gar nicht . . . vielleicht ist er ja nur verletzt. Lasst uns doch noch ein bisschen suchen.«

»Du hast recht, Bendix. Wir suchen weiter.« Aaron schulterte das Gewehr und reichte Ida eine Hand.

Ida ergriff sie wortlos.

Es war noch schwieriger, vom Felsen hinunterzuklettern als hinauf. Ohne Aarons Hilfe hätte Bendix wahrscheinlich für immer dort oben bleiben müssen.

Er atmete auf, als er schließlich wieder zwischen den abgeknickten Zuckerrohrhalmen stand. Und zwischen Moas. Ein paar der Vögel, fast so groß wie Bendix, hatten ihren Abstieg beobachtet. Sie hatten ein bläuliches Gefieder mit hellen Tupfen an ihren flügellosen Körpern. Interessiert ruckten sie ihre winzigen Köpfe vor und zurück. »Huuut«, tutete einer von ihnen.

Über Idas Gesicht glitt ein winziges Lächeln. »Waldmoas«, sagte sie heiser. Dann war das Lächeln wieder verschwunden.

»Kommt«, sagte Aaron. Er hatte die Führung übernommen, das Gewehr im Anschlag.

Sie schlugen einen anderen Weg ein als zuvor. Aaron lenkte sie kreuz und quer durch den Krater. Mal wählte er einen Pfad zu ihrer Rechten, dann wieder stießen sie auf eine Lichtung und auf einen neuen von Vögelfüßen platt getrampelten Weg.

Bendix lief hinter ihm her, während er den Geräuschen lauschte, die von überall her kamen. Das Pfeifen, das da aus dem verfilzten Gestrüpp ertönte, klang nicht sehr gefährlich. Aber wie war es mit dem Gekeife da vorn?

Aaron blieb stehen und hob das Gewehr.

»Kannst weitergehen«, knurrte Ida mürrisch von hinten. »Das sind bloß ein paar Geier, die sich um Beute streiten. Wehe, du schießt auf sie.«

Aaron ließ das Gewehr wieder sinken.

»Bouuh! Bouhh! BOOOUUUH!«

Aaron riss das Gewehr wieder hoch.

»Ein Elefantenvogel.« Idas Stimme klang nicht sehr aufgeregt. »Er scheint unseren Weg entlangzukommen. Wir sollten ein bisschen beiseitegehen.« Damit drückte sie sich zwischen ein paar Büsche mit haarigen Blättern und war verschwunden.

Bendix sah zu, dass er hinterherkam. Die Blätter juckten und kratzten an seinen Armen. Er trat noch einen Schritt zurück, stolperte über etwas und fiel nach hinten. Erschrocken schrie er auf, ruderte mit den Armen und saß schon auf dem Boden, während um ihn herum pelzige Blätter zu Boden rieselten. Jetzt juckte es auch noch in seinem Nacken, aber er bemerkte es kaum. Denn vor ihm lag ein Ei. Ein Ei von der Größe eines Halloween-Kürbisses. Es hatte eine fleckige bräunliche Schale und war offenbar von einem Riesenvogel hier in den Büschen versteckt worden. Atemlos legte Bendix seine Hände auf das Ei. Die Schale fühlte sich glatt und kühl an. Trotz der Hitze kribbelte eine Gänsehaut über Bendix' nackte Arme.

Der Boden bebte, als der Elefantenvogel an ihm vorbeilief. Unter den Büschen hindurch sah Bendix nur zwei Beine, zwei Elefantenbeine auf gigantischen Vogelklauen. Es hätten auch die Beine eines riesigen, fleischfressenden Dinosauriers sein können. Allosaurusbeine.

Ein letztes Mal noch strich Bendix über das größte Ei, das er jemals gesehen hatte, und überlegte, wie groß wohl ein Allosaurus-Ei sein mochte. Oder ein Diplodokus-Ei. Dann krabbelte er wieder unter den Büschen hervor und schüttelte sich. Sein Rücken juckte und brannte wie verrückt und er zog sich das Hemd über den Kopf. Ein paar behaarte Blätter rieselten darunter hervor.

Auch Ida rieb sich die Arme, die von roten Flecken übersät waren, und sah aus, als wäre sie sehr schlecht gelaunt. »Heiliger Huia, was sind denn das für Scheißblätter?«, murrte sie. »Die hab ich ja noch nie hier gesehen.«

Aaron war ein kleines Stück vor ihnen. Er winkte sie zu sich. »Weiter«, sagte er. Dann rief er noch einmal fragend »Goldbein?«.

»Krrr.« Von Goldbein keine Spur, dafür tauchte ein weiterer Vogel vor ihnen auf. Er war nicht groß, sah aber sehr unfreundlich aus. Sein kantiger, struppiger Kopf endete in einem gewaltigen Raubvogelschnabel. »Krrr!« Er spreizte seine Flügel und drohte ihnen. Unwillkürlich drückte Bendix sich wieder zwischen die haarigen Blätter.

Auf beiden Beinen sprang der Vogel eine Weile auf und ab, klapperte mit dem Schnabel und fauchte sie an. Dann hüpfte er davon, um jemand anderen zu ängstigen.

Bendix kratzte sich die Arme, bis sie bluteten. »Was war das?«, fragte er Ida leise.

»Terrorvogel«, brummelte Ida, »'n kleiner. *Psilopterus*, wenn du es genau wissen willst. Ich geh jetzt zurück.«

Sie drehte sich um und Bendix und Aaron folgten ihr schweigend. Sie liefen, bis sie die Kraterwand erreichten, und dann gingen sie am Felsen entlang bis zum Höhleneingang. Ein paar Riesenmoas sahen ihnen nach, als sie in der Höhle verschwanden. Bendix tastete sich blind durch die Dunkelheit. Er hatte die Augen geschlossen. Er konnte ja sowieso nichts sehen. Einmal hörte er einen Aufschrei von Aaron, der hinter ihm war.

Als sie am anderen Ende des Tunnels aus dem schmalen Spalt im Felsen heraustraten, strömte Aaron das Blut nur so aus der Nase. Es lief auf sein Hemd, das ohnehin schon von Blutflecken übersät war.

Wortlos gingen sie hintereinander den schmalen Pfad entlang, bis zu dem Busch mit den mammutgroßen Blättern.

Ida riss im Vorbeigehen ein paar Handvoll winziger Blätter von einem Kraut ab, das im Unterholz wuchs. »Hier.« Sie drückte sie Aaron in die Hand. »Halt sie dir unter die Nase. Das stillt die Blutung.«

Die Sonne schien und die Vögel sangen. Ein paar hellgrüne Waldschlüpfer flitzten vor ihren Füßen herum und spielten Fangen. Sonnenstrahlen fielen zwischen den Zweigen der Bäume durch und warfen Muster aus Licht auf den Boden.

Bendix, Ida und Aaron liefen immer langsamer. Immer mühsamer schleppten sie sich dahin, als ob sie schwere Lasten auf dem Rücken trugen. Und das taten sie ja auch. Sie mussten Kathi mitteilen, dass sie ihren Vater nicht gefunden hatten. Das war eine Bürde, die sie fast in die Knie zwang.

Niemand sagte ein Wort. Bunte Sittiche schwirrten durch die Baumkronen. Karolina ließ sich nicht blicken. Vielleicht war sie noch immer beleidigt.

Bendix fühlte sich müde und schwer. Ja, Glotz Goldbein waren sie wohl für immer los ... aber das hatte Bendix wirklich nicht gewollt. Dass er von einem Terrorvogel aufgefressen wurde ...

Bendix seufzte schwer. Dann trat er hinter Ida aus den Bäumen heraus. Auf den Pfad, der die Küste entlangführte. Ein leichter Wind wehte ihm die Haare aus dem Gesicht und kühlte seine Stirn. Bendix schloss die Augen. Der Wind strich durchs Gras und ließ die Büsche mit den Strandmandeln zittern. Noch ein kleines Stück die Küste entlang, dorthin, wo es immer felsiger wurde . . . im Windschatten der großen Felsbrocken da vorn lag die *Maracuja*. Dort wartete Kathi auf sie. Wartete darauf, dass sie ihren Vater wiederbrachten.

Idas Schritte wurden immer schleppender. Sie kratzte sich die Arme, obwohl der Ausschlag mittlerweile fast verschwunden war. Ein paar Kona-Finken und Stephenschlüpfer hatten sich an ihre Füße geheftet. Sie beachtete sie nicht. Sie trottete die kleine Anhöhe hoch, dann kam die Guanoküste in Sicht. Blendend weiß lag sie im Sonnenschein und auf dem Wasser dümpelte die *Maracuja,* ebenso weiß und strahlend. So, als wäre gar nichts Schreckliches passiert im erloschenen Vulkankrater auf der Insel Guano. So, als gehörte der Krater mit den Terrorvögeln zu einer anderen Welt.

Ida war stehen geblieben. Auch Bendix und Aaron hielten an. Bendix blinzelte ins Licht. Er sog tief die Luft ein. Die salzige Meeresluft mit dem Duft der Hibiskusblüten hinter seinem Rücken. Im Gegenlicht sah er die Riesenalken draußen auf den Felsen sitzen. Er hörte ihr Geschnattere.

»Ich fahr allein«, sagte Ida. »Es ist meine Schuld und ich fahr allein rüber zu Kathi.«

»Quatsch«, sagte Aaron, »ich komme natürlich mit.«

Bendix öffnete den Mund, dann schloss er ihn wieder. Er trat einen Schritt vor und beschirmte die Augen mit den Händen. »Warum ist das Beiboot drüben?«, fragte er. »Ist Kathi mit dem Beiboot zum Schiff gefahren? Dann müssen wir schwimmen.«

Aaron runzelte die Stirn. »Kathi weiß doch gar nicht, wie man den Motor startet.«

»Vielleicht hat Chris es irgendwie hingekriegt«, überlegte Bendix.

»Und ist immer noch auf dem Schiff?«, knurrte Ida. »Wenn er damit rechnen muss, dass Goldbein jeden Moment zurückkommt? Heiliger Huia, das wäre echt typisch Chris!«

»Kommt«, sagte Aaron. »Wir schwimmen rüber.«

Sie staksten über die glitschigen Felsen, von zahlreichen Seevögeln beäugt, die sich einen Platz im Schatten gesucht hatten. Aaron legte das Gewehr ab. Dann zogen sie die Stiefel aus und ließen sie auf der Klippe stehen, bevor sie sich ins Wasser gleiten ließen. War das herrlich! Klar und erfrischend. Bendix hatte das Gefühl, es könnte alles von ihm abspülen. Den Schweiß und den juckenden Ausschlag von den haarigen Blättern. Das furchtbare Gefühl, dass sie Glotz Goldbein nicht gefunden hatten.

Er tauchte unter und versuchte, so lange wie möglich unter Wasser zu bleiben. Erst als seine Lungen fast platzten, schoss er wieder an die Oberfläche und sog gierig die Luft ein. Mit ruhigen Zügen schwamm er dann hinter Ida und Aaron her.

Aaron hatte schon fast die Badeplattform der *Maracuja* erreicht. Er zog sich aus dem Wasser, das wie ein Sturzbach aus seiner Kleidung strömte, und wischte sich die Haare aus dem Gesicht. Dann griff er nach der Leiter. Er war so lang, dass er sie mühelos erreichen und herunterklappen konnte.

Ida streckte ihm eine Hand entgegen. Er ergriff sie und zog sie mit einer Leichtigkeit aus dem Wasser, als sei sie aus Watte. Auch Bendix half er auf die Plattform.

Tropfend standen sie da, sahen sich an und atmeten tief

durch. »Es nützt nichts«, sagte Ida düster, »wir müssen da hoch.« Sie drehte sich zur Leiter und kletterte nach oben.

Aaron stieg hinterher.

Bendix schwindelte es. In diesem Augenblick musste er daran denken, wie er seine Eltern verloren hatte. Wie der Anruf gekommen war, der schrecklichste Anruf seines Lebens. Wie er zuerst gar nicht begriffen hatte, was passiert war ... weil es einfach zu fürchterlich war, um wahr zu sein.

Er starrte auf seine Hände, die die Sprossen der Leiter umklammerten. Die Fingerknöchel waren schneeweiß und sahen nicht so aus, als wollten sie loslassen, um hochzuklettern.

Er wollte nicht aufs Schiff und Kathi sagen, dass sie ihren Vater nicht gefunden hatten. Er wollte nicht.

»Bendix?« Die Köpfe von Ida und Aaron tauchten über ihm auf. Zwei Hände streckten sich ihm entgegen.

Bendix biss sich auf die Lippe. Dann setzte er einen Fuß auf die unterste Sprosse.

Zwei leere Liegestühle standen auf dem Achterdeck. Bendix betrachtete die nassen Fußabdrücke, die Ida und Aaron auf dem warmen Holz hinterließen. Seine Zähne schlugen aufeinander, obwohl ihm die Sonne auf den Rücken brannte.

Das Wasser gluckste leise an den Rumpf der *Maracuja* und die Riesenalken schnatterten eintönig vor sich hin.

Bendix holte tief Luft, weil er das Gefühl hatte zu ersticken.

Die Glastür zur Kajüte war geschlossen. Sonnenlicht spiegelte sich in der Scheibe. Gerade als Aaron sie öffnen wollte, sahen sie einen Schatten, der sich von innen auf sie zubewegte. Aaron ließ die Hand sinken, er kniff die Augen zusammen.

Mit einem Ruck wurde die Tür aufgestoßen und erwischte ihn voll an der Nase. Aaron schrie auf. Er taumelte rückwärts und hielt sich die Hände vors Gesicht. Blut strömte zwischen seinen Fingern hervor.

»Na endlich, du Schwachkopf!«, brüllte Glotz Goldbein und kleine Spucketropfen flogen Aaron um die Ohren. »Wo hast du gesteckt, du Vollidiot? Was glaubst du eigentlich, wofür ich dich bezahle? Los, mach das Schiff klar! Schnell! Schnell!« Dann fiel Goldbeins Blick auf Bendix und Ida. Seine Augen weiteten sich und er wich einen Schritt zurück. »Was machen diese Kinder hier? Los, verschwindet, ihr Blagen! Ksch! Ksch! Das Mädchen ist böse! Sie steht mit den Mächten der Finsternis im Bunde! Und mit diesen abscheulichen Vogelmonstern auf dieser verteufelten Insel!« In Glotz Goldbeins Gesicht zuckte es wie wild. Nur der Schnauzbart klebte betonhart unter seiner Nase.

Bendix und Ida waren ein paar Schritte zurückgewichen. »Wo ist Kathi?«, fragte Ida.

»KATHI?« Der Großkotz explodierte fast. Sein Gesicht wurde so rot wie das Gefieder der Mauritiusralle. »Fort! Fort mit euch! Lasst meine Tochter in Ruhe! Ihr werdet sie niemals bekommen! Hört ihr? Niemals! Aaron! Mach das Schiff klar! Schnell! Schnell!« Er schlug mit den Fäusten wild um sich und erwischte Aaron am Ohr.

Bendix wich noch ein paar weitere Schritte zurück. Er starrte den Großkotz an. Da war er. Quicklebendig. Und fest in den Klauen des Wahnsinns.

Es hatte geklappt. Ihr Plan hatte wirklich geklappt. Erleichterung flutete Bendix' Herz und machte sich in seinem Inneren breit wie geschmolzene Schokolade. Glotz Goldbein lebte und die *Maracuja* würde noch heute Guano verlassen! Bendix spürte, wie sein Mund anfing zu grinsen, von ganz allein.

Aaron löste die blutverschmierten Hände von seinem Gesicht. Er sah mal wieder sehr piratig aus. »Ich bring euch rüber«, sagte er schwach.

»Du . . . WAS?« Goldbein hüpfte von einem Bein aufs andere, wie Rumpelstilzchen. »Du bleibst hier und bereitest alles für unsere Abfahrt vor, du Vollidiot! Die Gören schwimmen! Jetzt! Sofort!« Schon kam er auf Bendix zugeschossen, hatte ihn gepackt und über die Reling geworfen.

Bendix konnte kaum aufschreien, da schäumte auch schon der Pazifik über ihm zusammen. Blasen stiegen auf, dann war er wieder an der Oberfläche und hustete, weil er Wasser geschluckt hatte.

»Tschüss, Aaron«, hörte er Idas Stimme von weit her. »War nett mit dir. Komm uns mal wieder besuchen!« Er drehte den Kopf. Ida stand hoch über ihm auf der Reling. Mit einem eleganten Kopfsprung tauchte sie ins Wasser ein und kraulte ans Ufer.

Bendix reckte sich. Er hoffte, Aaron noch einmal zu sehen, aber niemand trat an die Reling. Das war's dann also, oder? Mit dem Ärmel wischte er sich übers Gesicht, rieb aber nur noch mehr Salzwasser in die Augen. Dann paddelte auch er zurück zum Ufer, auf die Guanofelsen zu. Ida half ihm aus dem Wasser. Während er sich die Stiefel anzog, sah er ein letztes Mal hinüber zur *Maracuja*.

Aber das Achterdeck war leer.

18.

Als sie zurück an den kleinen Strand kamen, waren ihre Kleider schon fast wieder getrocknet. Im Schatten der Bananensträucher saß Chris und zupfte an sich herum. Verstreut im Sand lagen massenweise Federn und ein Schnabel mit Zähnen. Es sah aus, als sei hier ein Monstervogel explodiert.

»Chris!« Bendix konnte sich nicht daran erinnern, dass er jemals so froh gewesen war, ihn zu sehen.

Chris rappelte sich auf. Erwartungsvoll sah er Bendix und Ida entgegen. Hinter seinen Ohren klebten noch ein paar Daunen. »Und?«, fragte er. »Habt ihr den Großkotz gefunden?«

»Nein«, sagte Ida. »Er war schon an Bord, als wir zurückkamen. Er muss allein aus dem Krater hinausgefunden haben.« Sie grinste zufrieden. »Aber wir waren erfolgreich. Er ist völlig durchgeknallt und will nur noch weg von hier. Aaron macht schon das Schiff klar.« Sie ließ sich auf den Rücken fallen und streckte Arme und Beine von sich. »Aaah!«

Chris' Gesicht verdunkelte sich. »Und . . . Kathi?«, murmelte er. »Kann ich noch mal hin und ihr Tschüss sagen?« Mit flackerndem Blick sah er von Ida zu Bendix.

Bendix biss sich auf die Lippen. Er zuckte mit den Schultern. »Weiß nicht. Ich glaub, ihr Vater hat sie in ihrer Kabine eingeschlossen und lässt sie nicht mehr raus. Damit sie nicht wieder vom Monstervogel entführt wird.«

Chris sackte in sich zusammen. Er sah in die Richtung, in der die *Maracuja* lag, gerade mal ein paar Hundert Meter entfernt, unsichtbar hinter Felsen versteckt, und schwieg.

Eine Weile lang plätscherte nur das Wasser an den Strand und die Vögel trillerten und pfiffen in den Bäumen.

Dann sauste mit einem Mal ein grüner Blitz dicht über dem Sand auf die Kinder zu und landete auf Idas Bauch.

»Hier kommst du nicht lebend raus«, krächzte Karolina.

Bendix lag im Sand und döste vor sich hin. Ab und zu knabberte ein Vogel an seinem Zeh, aber er war zu müde, um aufzustehen und sich in der Hütte schlafen zu legen. Der letzte Tag war ganz schön anstrengend gewesen. Er drehte sich um und knurrte zufrieden in den Sand.

»Das ist ja nicht mit anzusehen!« Idas Stimme riss Bendix aus den Träumen. Dabei war er gerade erst eingenickt.

»Du stehst jetzt auf, läufst zum Schiff und siehst zu, dass du dich von Kathi verabschiedest, du Trauerkloß!«

Bendix rollte sich auf die andere Seite und stützte den Kopf auf. Er blinzelte ins Licht.

Ida stand neben Chris, der inmitten seiner Federn am Boden lag wie eine gestrandete Robbe.

»Aber wenn ihr Vater . . .« Chris' Stimme klang zaghaft.

»Kein Aber! Wenn du sie noch einmal sehen willst, dann geh zu ihr. Von selbst wird sie kaum kommen.« Ida klang so überzeugend, dass Bendix sich hochrappelte. Er schüttelte sich den Sand aus den Haaren. Gute Idee! Zur *Maracuja* wollte er auch mitkommen – wegen Aaron.

Ein wenig später liefen sie zu dritt den Küstenpfad entlang. Zur *Maracuja*. Ein letztes Mal.

Alle drei schwiegen. Nur Karolina auf Idas Schulter krächzte vor sich hin und probierte neue, interessante Wörter aus.

Chris versuchte, mit den Fingern seine Haare und das Hemd zu glätten. Seine Augen blinzelten nervös.

»Du hast da noch ein paar Daunen hinter dem Ohr«, raunte Bendix ihm zu.

Erschrocken rubbelte Chris sich die Ohren. »Mach sie weg!«, quiekte er, als ob Bendix eine Vogelspinne in seinen Haaren erspäht hätte.

Und dann standen sie auf den Guanofelsen, ganz vorn, am Wasser. Stumm schauten sie hinüber zu der schneeweißen Luxusjacht, die Augen zusammengekniffen. Bendix schirmte das gleißende Sonnenlicht mit einem Arm ab. Er sah das Beiboot, fest vertäut auf der Plattform am Heck des Schiffes. Dann entdeckte er Aaron auf dem Achterdeck.

»Aaron!« Bendix, Ida und Chris riefen es gleichzeitig.

Der Pirat blickte auf und kam an die Reling. Erfreut winkte er ihnen zu. Sie winkten zurück. Dann stieß Ida Chris mit dem Ellbogen in die Seite. »Los!«, zischte sie. »Mach schon!«

Chris räusperte sich und bekam rote Flecken im Gesicht. »Kathi!«, krächzte er. »Ist Kathi auch da? Ich würde ihr gern . . . ich mein, ich will ihr noch . . . sagen, dass . . .«

»Einen Moment.« Aaron verschwand durch die Glastür ins Innere des Schiffes. Es dauerte nicht lange, dann tauchte er wieder auf. Mit Kathi.

Chris japste. Sofort hatte er noch mehr rote Flecken im Gesicht. »Kathi!«, rief er und seine Stimme kiekste. »Kathi! Ich w. . . ähm, du bist . . . wirklich . . . ich mein . . . das ist ja so . . .« Er verstummte. Dann holte er tief Luft. »Tschüss, Kathi! Tschüss!« Anschließend konnte er nur noch winken.

Kathi winkte zurück. Sie stand an der Reling, ihr langes blondes Haar schimmerte in der Sonne. »Auf Wiedersehen, Chris!«, rief sie übers Wasser. »Oder besser: Leb wohl! Grüß die süßen Vogelküken von mir! Und die Laysan-Banane oder wie die heißt! Tschüss, ihr alle!« Sie klang sehr vergnügt. Wahrscheinlich war sie glücklich darüber, endlich von Guano wegzukommen.

»Tschüss, Aaron!«, rief Bendix zur *Maracuja* hinüber. »Vielen Dank für alles! Komm mal wieder!«

»Gern!« Aaron lachte. »Furchtbar gern!«

Und dann verschwand Kathi wieder im Schiff. Und Aaron lichtete die Anker. Erst am Heck, dann am Bug. Ein letztes Mal trat er an die Reling und winkte ihnen mit beiden Armen zu. Dann tauchte er unter Deck ab. Ein dumpfes Motorengeräusch grollte auf und aus einer Öffnung am Rumpf begann es zu spucken und zu qualmen. Und die *Maracuja* setzte sich langsam in Bewegung. Sie drehte sich ein wenig, dann tuckerte sie aus der Bucht hinaus, im Zeitlupentempo. Das Nebelhorn tutete. Es war so laut und durchdringend, dass sämtliche Riesenalken aufquäkten vor Schreck und binnen einer Sekunde im Wasser verschwunden waren.

Es dauerte eine Weile, bis das große Schiff das felsige Gewässer verlassen hatte. Erst dann nahm es etwas Fahrt auf.

Die drei Kinder waren mittlerweile von den glitschigen Guanofelsen zurück auf den Grasstreifen gestakst. Bendix blinzelte ins Gegenlicht. Erst als seine Augen zu sehr brannten, wandte er das Gesicht ab. Ida stand neben ihm und plierte noch immer aufs Wasser. Zwei Tränen liefen über ihre Wangen. »Verdammt hell heute«, knurrte sie und wischte sie weg.

Chris war verschwunden.

Bendix drehte sich einmal um sich selbst, aber er konnte Chris nicht sehen. Er tauschte einen Blick mit Ida aus. Sie zuckte mit den Schultern. »Na, er wollte wohl allein sein«, sagte sie nur.

Bendix seufzte. Er konnte das gut verstehen. Wahrscheinlich fühlte sich Chris so ähnlich, wie er sich gefühlt hatte, damals im Waisenhaus. An dem Tag, an dem Thekla aufgetaucht war, mit Archibald, dem Archäopteryx, auf der Schulter. Und an dem sie Chris mitgenommen hatte auf ihre Insel voller großer und sehr ungewöhnlicher Tiere. Chris, ausgerechnet Chris . . . und Bendix war zurückgeblieben . . . allein.

Doch Thekla war zurückgekommen und hatte auch ihn gefragt, ob er sie begleiten wollte.

Kathi würde nicht zurückkommen. Sie hatte Chris wahrscheinlich schon vergessen und freute sich auf den Luxus in einem Fünf-Sterne-Hotel auf Hawaii.

Wieder sah Bendix auf das glitzernde und funkelnde Wasser des Pazifiks hinaus. Die *Maracuja* war nur noch ein kleiner Fleck im endlosen Ozean, gleißend weiß. In wenigen Minuten würde sie aus seinem Sichtfeld verschwunden sein. Stattdessen tauchte ein neuer Fleck am Horizont auf. Ein kleiner bunter Fleck, der auf den Wellen auf und ab tanzte.

»Die *Iguana!*«, rief Bendix. Warm durchrieselte es ihn. Knut war auf dem Weg zu ihnen! Endlich würden sie wieder nach Floribunda zurückkehren können. Auf die Insel der Dinosaurier. Nach Hause.

»Ich lauf schon mal zur Hütte und pack die Sachen zusammen!« Bendix war plötzlich ganz aufgeregt. Er konnte seine Beine gar nicht mehr stillhalten.

»Ist gut.« Ida strich sich eine lange Haarsträhne aus dem Gesicht und setzte sich auf einen Stein. »Ich bleib noch ein bisschen hier.« Karolina hüpfte auf ihr Knie und begann, auf Ida einzuplappern. Ida strich ihr sanft über die grünen Federn.

Und Bendix sprang über ein Viti-Levu-Großfußhuhn und flitzte los.

Das Großfußhuhn gackerte ärgerlich.

Knut fuhr die *Iguana* bis an den kleinen Strand, zum letzten Mal wahrscheinlich. In Zukunft würde er wieder die Guanobucht ansteuern. Bendix lief ihm entgegen, rannte auf nackten Füßen ins Wasser, dass es nur so spritzte. »Sie sind weg, Knut!«, schrie er. »Sie sind endlich weg!«

Knut schob seine Mütze in den Nacken. »Ay«, knurrte er und Lachfältchen umspielten seine Augen. »Habt ihr wirklich Klarschiff gemacht! Alle Achtung! Ich hab meinen Augen nicht getraut, als ich gesehen hab, wie die Luxusjacht in

See stach.« Er sprang ins Wasser und schob mit Bendix zusammen die *Iguana* an den Strand, bis sie festsaß. Dann legte er Bendix die Hände auf die Schultern und sah ihm in die Augen. »Bendix.« Er biss auf den Stiel seiner Pfeife. Aber er sprach nicht weiter. Als ob er vergessen hatte, was er sagen wollte. Stattdessen nahm er Bendix fest in seine Seemannsarme und drückte ihn, dass ihm fast die Luft wegblieb.

Bendix hatte die Matratze zusammengerollt und die Decken sorgfältig aufeinandergestapelt. Er hatte alles, was er an Kleidung gefunden hatte, in den Korb von Tante Popeline gestopft. Er hatte Bootshaken, Axt und Schraubenzieher zusammengesammelt. Alles hatte er sorgfältig am Strand drapiert. Sie brauchten es nur noch einzupacken und loszufahren.

Bendix hatte es so eilig, dass er das Boot allein belud, während Knut am Wasser saß und sich die Pfeife stopfte. »Wo sind Ida und Chris?«, knurrte er dann.

Bendix sah auf. »Irgendwo dahinten«, sagte er und wies in Richtung Guanoküste. »Ich lauf schnell und hol sie.«

Ida kam ihm entgegen. Bendix sah schon von Weitem, dass sie wütend war. Sie polterte durchs Gras, dass selbst die Vögel Abstand von ihr hielten. Nur Karolina klammerte sich auf ihrer Schulter fest wie ein Seemann bei Windstärke zehn.

Bendix blieb stehen und wartete ab. Vielleicht würde Ida sich ein bisschen beruhigt haben, bis sie ihn erreicht hatte.

Sie fauchte und grollte wie ein Tiger. »Ich bring ihn um«, hörte Bendix sie knurren, als sie nahe genug herangekommen war. »Ich bring ihn um!«

Bendix schluckte. Vorsichtshalber trat er noch einen Schritt beiseite. »Was ist passiert?«

Ida blieb vor ihm stehen. In ihren Augen loderte eine Feuersbrunst und sie hatte die Zähne gefletscht. »Chrrris!«, grollte sie. »Ich brrring ihn um!«

»Hier kommst du nicht lebend raus«, bestätigte Karolina knarrend.

Bendix wich noch einen Schritt zurück. Nur um sicherzugehen. »Was hat er getan?«, krächzte er.

»Er hat . . . er hat . . .« Ida warf die Hände in die Luft.

»Aaargh!« Dann stürmte sie an ihm vorbei und lief zum Strand.

Bendix zögerte einen Augenblick. Er wollte hinter Ida herlaufen . . . aber vielleicht sollte er doch lieber Chris suchen und ihn warnen. Er atmete tief durch, dann setzte er sich in Bewegung. In die Richtung, aus der Ida gekommen war.

Weil er Chris nicht finden konnte, schlenderte er zurück zum Strand. Schon aus der Ferne hörte er Ida toben. Er horchte auf, dann begann er zu laufen.

»Gib's endlich zu!«, schrie Ida. »Du hast ihr ein Küken geschenkt! Vorhin, als du sie zum Schiff gebracht hast! Es waren fünf kleine Paradiessittiche im Nest, jetzt sind es nur noch vier!«

Bendix konnte Chris' Antwort nicht verstehen, aber seine Stimme klang jämmerlich.

»Ein Haast-Adler?« Das war wieder Ida. Ihre Stimme überschlug sich vor Wut. »Du spinnst wohl! Haast-Adler holen sich keine Paradiessittich-Küken! Die fressen Vögel, die mindestens deine Gewichtsklasse haben, du Amöbenhirn!«

Atemlos kam Bendix am Strand an. Chris hatte sich mit dem Rücken gegen eine Palme gedrückt. Er sah elend aus. Ida stand direkt vor ihm und es war wohl ein Glück, dass sie ihre Axt nicht parat hatte. Weit und breit war kein Vogel zu sehen.

Knut versuchte einzugreifen. »Nun beruhig dich man, mien Deern«, knurrte er in seinen roten Bart und legte Ida eine Hand auf die Schulter.

Ida schüttelte sie ab. »Nein, ich beruhig mich nicht!«, brüllte sie Chris ins Gesicht. »Nicht, solange dieser Trottel nicht kapiert, dass er alles kaputt machen kann, wenn er Riesenfedern und ausgestorbene Vögel in der Welt verteilt!« Dann wandte sie sich ab und rannte kreuz und quer über den Strand. »Ich will das nicht mehr!«, heulte sie und trat in den Sand, dass er nur so spritzte. »Ich will nicht mehr ständig Angst haben, dass irgendwelche Idioten hier ankommen und alles kaputt machen. Die Inseln, die Vögel . . . mein ganzes Leben.« Sie trat noch einmal in den Sand, dann hob sie einen Stein auf und schleuderte ihn weit aufs Wasser hinaus. Mit einer wütenden Geste wischte sie sich über die Augen und schluchzte auf. »Ich will das nicht mehr!«

Bendix schluckte. Er hätte nicht gedacht, dass Ida jemals Angst hatte. Vor irgendetwas. Aber da hatte er sich wohl getäuscht.

19.

Die Sonne stand noch ziemlich hoch am Himmel, als sie in die Bucht einfuhren. Zahlreiche Pterosaurier glitten durch die Luft und hielten Ausschau nach Fischen. Andere saßen gedrängt am Strand und krächzten vor sich hin.

Lichtreflexe spielten auf dem Wasser. Auf der Anhöhe lag das Haus zwischen Büschen und Bäumen, die in den buntesten Farben blühten.

Bendix wusste gar nicht, wohin er zuerst schauen sollte. In seinem ganzen Körper kribbelte es und seine Beine zappelten von ganz allein. Endlich wieder zu Hause! Endlich! Er stützte sich auf die Windschutzscheibe der *Iguana* und ließ sein Haar durchpusten.

Knut drosselte den Motor. Gleich würde Bendix auf den Steg springen und den gewundenen Pfad zum Haus hochlaufen. Hoffentlich war Thekla da. Es gab so viel zu erzählen!

Blubbernd erstarb der Motor. Mit einem Satz war Knut auf den Holzplanken und machte das Boot fest. Dann stemmte er die Hände in die Seiten und knurrte zufrieden. »So. Da wären wir wieder.« Seine Pfeife wippte im Mundwinkel auf und ab.

Und Bendix betrat den Steg.

Sie luden die *Iguana* aus. Bendix schnappte sich die Matratze und lief auf das Tor im hohen Zaun zu. Endlich wieder den Boden Floribundas unter den Füßen! Und das Geschrei der Flugsaurier in den Ohren! Wie Bendix es vermisst hatte!

»Kacke, verdammte!«

Bendix drehte sich um. Chris war in einen Haufen getreten. In einen ziemlich großen und ziemlich flüssigen Haufen, der mitten am Strand lag. Offensichtlich hatte Thekla den Durchfall der Dinosaurier noch immer nicht so ganz im Griff.

Mühsam öffnete Bendix den schweren Riegel des Gartentors und schlüpfte hindurch. Sofort war er von Bäumen umgeben, in denen reife Mangos und Papayas hingen, von Sträuchern, in denen die verschiedensten Früchte süß dufteten. Mit der Schulter drückte er einen tief hängenden Zweig beiseite, dann lief er, so schnell er konnte, den gewundenen Pfad zum Haus hoch. Insekten surrten ihm um den Kopf. Er schlängelte sich an Bananenpflanzen vorbei, dann an Kakao- und Kaffeebüschen. Tief sog er die Luft ein. Hmm, so duftete es nur in ihrem Garten auf Floribunda! Nach einem Gemisch aus Vanille und Schokolade und frischen Früchten . . . Als Bendix an den Süßkartoffelfeldern vorbeilief, hielt er Ausschau nach Thekla und Tante Popeline, konnte sie aber nicht sehen. Völlig außer Atem ließ er die Matratze vor der Veranda auf die Erde fallen. Dann rannte er ins Haus.

»Hallo!«, schrie er. »Thekla! Tante Popeline! Wir sind wieder da-ha!« Er blieb stehen und starrte blind in die Dunkelheit. Seine Augen mussten sich erst an das dämmerige Licht im Haus gewöhnen. »Thekla?« Er lauschte. Aber er hörte nur seinen eigenen schnellen Atem. Hm ... weit konnten sie eigentlich nicht sein. Bendix schnupperte. Dann wandte er sich nach rechts und stieß die Küchentür auf. Mmmh! Wie es hier duftete! Mit einem Satz war Bendix an der gemauerten Feuerstelle. Das Feuer brannte noch und darüber hing ein Topf, in dem es brodelte ... Curry und Mango und Apfelsine und ... Bendix fing fast an zu sabbern ... war das Banane? Das Gemisch war auf jeden Fall ziemlich gelb und voller Süßkartoffelklößchen und Fruchtstücke. Bendix sah zur Tür. Sicherlich würde Tante Popeline in dem Moment hereinkommen, in dem er von der Soße naschte. Trotzdem. Er griff nach dem Holzlöffel, der auf dem Tisch lag, warf noch einen prüfenden Blick zur Tür und tunkte den Löffel ein.

Köstlich! Süß, fruchtig und ein bisschen scharf. Bendix leckte sich die Lippen. Er hatte schon ganz vergessen, wie gut Tante Popeline kochte. Schnell noch einen Löffel. Und noch einen.

Als Bendix den Löffel wieder auf den Tisch zurücklegte, war er etwas verwundert. Es sah Tante Popeline nicht ähnlich, die Küche für längere Zeit zu verlassen. Schon gar nicht, wenn sie Essen auf dem Feuer hatte.

Vorsichtig trat Bendix wieder vor die Küchentür und dann auf die Veranda. Gerade kamen Ida, Chris und Knut den Pfad hoch, sie schleppten die restlichen Sachen. Bendix hörte

Chris stöhnen. Und dabei trug er doch nur den Korb mit der Kleidung.

Ida ließ ihren Arm voll Waffen ebenfalls vor der Veranda auf den Boden fallen, dass es nur so schepperte. »Wo ist Mama?«, fragte sie und sah Bendix an.

Bendix zuckte die Schultern. »Keine Ahnung.« Er runzelte die Stirn. »Im Haus ist niemand. Auch Tante Popeline ist nicht da.« Suchend sah er sich um. Einen Moment lang hörte er nur das leichte Rascheln der Blätter und das Glucksen der Hühner in ihrem Auslauf. Das Meer rauschte leise.

»Kru.«

Da – was war das? Bendix' Herz begann, schneller zu schlagen. Das Geräusch war aus dem Gehege gekommen, das er vor ein paar Monaten für seinen Camptosaurier Toni gebaut hatte, als er gerade aus dem Ei geschlüpft war.

Jetzt polterte etwas gegen die Bretterwand des Geheges. »Kru«, murrte jemand, »kru!« Und dann tauchte ein Kopf oberhalb der Bretter auf, reckte und schüttelte sich. Ein braun-grünlicher Kopf, lang und ziemlich breit mit einem Hornschnabel am Ende. Vergnügt kaute er auf einem Farn herum. Dann entdeckte er Bendix und hörte auf zu kauen. »Kru!«, gurrte er aufgeregt. »Kru! Kru!«

»Toni!« Bendix versagte fast die Stimme. »Mein Toni!« Ungläubig starrte er den Camptosaurier an.

Was machte Toni in dem Verschlag? War er auch krank? Eigentlich sah er ziemlich munter aus. Und groß war er geworden, riesengroß!

Mit einem Mal kam Leben in Bendix. »Toni!« Er rannte los. In dem Moment öffnete sich die Tür des Geheges. »Überraschung!« Thekla und Tante Popeline sprangen heraus. Tante

Popeline hielt eine Torte in den Händen. Um ihre Füße wuselten Malm, Dogger und Lias und zischten missmutig, bevor sie in den Büschen verschwanden. Kiri humpelte vorsichtig hinterher und sah den drei Compsognathen verärgert nach. In seinem Gipsbein waren Bissspuren zu erkennen.

Tante Popeline nieste.

»Gesundheit«, sagte Bendix.

»Danke«, sagte Tante Popeline.

Thekla blieb stehen. »Endlich«, sagte sie leise und streckte ihre Arme aus. In ihren Augenwinkeln glitzerten Tränen.

Ida sprang ihr in die Arme. »Wir haben es geschafft, Mama! Wir sind sie los!« Thekla wirbelte Ida herum, als sei sie so leicht wie eine Puppe. Dabei war Ida bestimmt einen ganzen Kopf größer als Bendix.

Und Bendix ... er ging auf Toni zu, Schritt für Schritt. Und auch Toni kam ihm entgegen, langsam, als könnte er nicht glauben, dass Bendix da war. »Kru«, gurrte er und senkte den Kopf.

»Ach, mein Toni.« Bendix nahm Tonis Kopf in beide Hände. Er war fast so groß wie ein Pferdekopf. Dann rubbelte er den knochigen Nasenrücken des Camptosauriers.

Toni stupste ihn an, beinahe stieß er Bendix dabei um. Bendix drückte sein Gesicht an Tonis Hals. »Bist du groß geworden, mein Toni«, wisperte er in die warmen Hornschuppen seiner Haut.

Als hätte Toni ihn verstanden, reckte er seinen Kopf in die Höhe, außerhalb von Bendix' Reichweite. Dann drehte er sich um und trabte in das Gehege zurück. Doch schon tauchte er wieder auf. In seinen Krallen hielt er einen Palmwedel, an dem er knabberte.

Bendix musste lachen. »Du bist immer noch genauso verfressen wie früher!« Er stemmte die Hände in die Seiten.

»Ja, was glaubst du denn, wie wir ihn ins Gehege bekommen haben? Und ihn dazu gebracht haben, dass er so lange still war und brav den Kopf unten hielt? Zufällig war er gerade unten am Wasser, als wir sahen, dass das weiße Schiff losfuhr. Da dachten wir, du freust dich vielleicht, ihn wiederzusehen, wenn du nach Hause kommst.« Thekla war hinter Bendix getreten und legte ihm die Hände auf die Schultern. Dann wurde ihre Stimme leiser. »Es ist so schön, dass ihr wieder hier seid, Bendix. Floribunda war gar nicht mehr Floribunda ohne euch.«

Bendix drehte sich um und umarmte Thekla. Oh ja, er war auch froh, wieder hier zu sein! Und wie!

Obwohl er jetzt schon die Vögel von Guano vermisste. Die Rallen, die am Strand herumhüpften, das Krächzen der Färöer Kolkraben ... und natürlich die sprachbegabte Karolina! Wie gut, dass er sie jederzeit wieder besuchen konnte.

»Kru!« Toni stupste ihn an. Aus seinem Hornschnabel baumelte eine Ranke. Dann drehte er sich um und tapste den Pfad zum Wasser hinunter.

Bendix folgte ihm.

Äste knackten und splitterten, als Toni sich zwischen den Bäumen durchzwängte. Er war einfach zu groß geworden. Und zu dick. Licht fiel durch die Zweige und huschte über Tonis massigen Körper, der durch seine braunen und grünlichen Streifen und Flecken gut getarnt war zwischen den Bäumen. Wenn er nur nicht solchen Lärm gemacht hätte!

Am Tor blieb Toni stehen und sah sich um. Bendix quetschte sich mühsam an dem Camptosaurier vorbei, bevor er den schweren Riegel zurückschob. Er stieß das Tor auf.

Mit wenigen Sätzen war Toni am Strand. Er schüttelte sich und strich sich mit den Vorderbeinen über den langen Kopf.

Die Flugsaurier verstummten einen Moment, um dann umso ärgerlicher wieder aufzuflattern und loszukrächzen.

»Tschüss, Toni.« Bendix klopfte ihm den Hals. »Ich komm dich bald wieder besuchen. Versprochen!«

»Kru.« Toni stupste Bendix ein weiteres Mal mit dem Kopf an. Diesmal stieß er ihn wirklich um. Bendix landete im Sand und blieb dort sitzen.

Toni rupfte noch einen Schnabel voll junger Schachtelhalme aus dem Boden, bevor er mit langen Schritten davonlief. Er rannte den Strand entlang, dann änderte er die Richtung und sprang den Trampelpfad hoch, der in den Wald führte.

Bendix schaute ihm nach, bis er ihn nicht mehr sehen konnte. Schließlich rappelte er sich auf und klopfte sich den Sand aus der Hose. Bestimmt war das Essen gleich fertig. Er hatte solch einen Hunger!

Tante Popeline hatte sich mal wieder selbst übertroffen. Es gab fein geschnittene Kräuter-Lachs-Scheiben mit der fruchtigen Soße, Brotfruchtfladen und einen grünen Salat. Dazu reichte sie eine Kanne frisch gepressten Ananassaft.

Die sechs Bewohner Floribundas saßen auf der Veranda, während die Sonne sich dem Horizont näherte und immer röter wurde. Ida aß und erzählte mit vollem Mund, bevor sie wieder von ihrem Brotfruchtfladen abbiss. Dann erzählte Bendix weiter. Vor allen Dingen von den Ereignissen des vergangenen Tages.

Thekla lauschte mit offenem Mund und immer größer werdenden Augen. Sie vergaß ganz ihr Essen darüber. Ab und zu schlug sie die Hände zusammen, dann wieder nahm sie ihre Brille ab, um daran herumzureiben.

Chris hingegen kam vor lauter Essen nicht zum Erzählen. Immer wieder schielte er zum Lachsteller und zur Soßenschüssel hinüber und schluckte schnell seinen Fisch hinunter, damit er sich nachnehmen konnte.

»Nicht so hastig.« Tante Popeline sah ihn streng an. »Es ist genug da, du brauchst nicht zu schlingen. Außerdem gibt es noch Torte.«

»Ich weisch«, nuschelte Chris mit vollem Mund. »Die pascht auch noch rein.« Dann stopfte er noch einen Löffel Soße hinterher.

Schließlich war selbst Chris so pappsatt, dass er sich nicht mehr bewegen konnte. Er hing nur noch in seinem Stuhl und wirkte zufrieden wie schon lange nicht mehr.

Kiri sah auch sehr zufrieden aus. Er hatte sich an Chris' Bein gedrückt und ihm den kleinen Kopf auf den Schoß gelegt. An seinem Schnabel klebten Fruchtstücke.

Bendix betrachtete den Rest der Torte auf dem Tisch. Viel war nicht übrig geblieben. Es war eine Obsttorte mit Vanillepudding gewesen. Den Pudding hatte Tante Popeline aus Vanille, Brotfruchtmehl und Algen hergestellt. Wie so vieles auf der Insel hatte er ein kleines bisschen fischig geschmeckt. Trotzdem war es lange her, dass Bendix zum letzten Mal so etwas Leckeres gegessen hatte.

Es war dunkel geworden. Auf dem Tisch brannten Kerzen und aus der Nacht drangen Geräusche zu ihnen. Scharren und Rascheln. Rauschen und Krächzen. Ein leichter, warmer

Windzug strich über Bendix' Arm. Malm kratzte an seinem Stuhl und zischte. Dann biss er in das Stuhlbein.

»Kri«, knurrte Kiri ihn feindselig an.

Knut hatte sich eine Pfeife angezündet, der Tabakduft mischte sich mit dem von Vanille und Schokolade.

»Und ihr meint, dass sie nichts verraten werden, wenn sie erst einmal wieder in Europa sind?« Theklas Stimme klang besorgt durch das Dunkel.

Ida lachte kurz auf. »Der Großkotz nicht«, sagte sie überzeugt. »Der weiß, dass ihm sowieso keiner glaubt, wenn er von gruseligen, kinderklauenden Monstervögeln erzählt, die sprechen können und an drei Orten gleichzeitig sind.«

»Aaron auch nicht«, warf Bendix schnell ein. »Der ist ehrlich, ganz bestimmt.«

Ida warf einen scharfen Seitenblick auf Chris. »Bei Kathi bin ich mir allerdings nicht so sicher. Der trau ich nicht weiter als bis zu meiner Nasenspitze.«

Chris fuhr hoch und starrte Ida wütend an. »Was solln das jetzt?«, fauchte er. »Immer bist du so gemein zu Kathi und dabei ist sie total nett. Hat uns voll geholfen heute. Das weißt du genau!«

Ida beugte sich vor und knurrte. »Kathi würde die ganze Insel kaputt machen, ohne mit der Wimper zu zucken. Und du würdest ihr dabei helfen.«

»Das stimmt nicht! Du blöde Kuh!« Chris war aufgesprungen.

»Ach ja? Und was ist mit der Feder? Und dem Vogelküken, du Amöbenhirn?« Ida war auch aufgesprungen.

»Stopp«, rief Bendix. »Stopp! Stopp! Haltet die Klappe! Seid endlich still!« Er war auch aufgesprungen. Er wollte das nicht. An diesem wunderschönen Abend wollte er einfach keinen Streit.

Ida und Chris schauten ihn verblüfft an.

»Stopp«, wiederholte Ida dann, »süße Kacke.« Ihr breiter Mund verzog sich bis zu den Ohren.

Bendix musste grinsen. »Verzieh dich, süße Kathi!«

»Meine hübsche Kacke!«

»Ausstopfen!«

»Kathi ist lieb!« Das war Chris. Auch er grinste jetzt, wenn auch ein wenig schief. »Hübsche Kathi!«

»Kathi ist kacke!«

»Hier kommst du nicht lebend raus, süße Kacke!«

Bendix prustete los. Er sank auf seinen Stuhl zurück und hielt sich den Bauch. Er lachte und lachte.

Malm sprang schimpfend von der Veranda und verschwand in der Dunkelheit.

»Kri«, gurrte Kiri zufrieden.

Und Bendix lachte zusammen mit Ida und Chris und es fühlte sich einfach nur gut und richtig an.